CB036338

UNI
VER
SOS
PECULI
ARES

Contos surpreendentes
de fantasia, ficção
e suspense

TRADUÇÃO
Regiane Winarski, Natalie Gerhardt, Carolina Rodrigues, Nat Klussmann, Michele Gerhardt, Andrea Coronado, Carolina Leocadio, Marcelo Hauck

PREPARAÇÃO
Camila Fernandes e Karen Vaz

REVISÃO
Cristina Lasaitis e Bárbara Parente

CAPA E PROJETO GRÁFICO
Marina Avila

1ª edição, 2024, Gráfica Ipsis

DADOS INTERNACIONAIS DE CATALOGAÇÃO NA PUBLICAÇÃO (CIP)
Bibliotecária responsável: Tábata Alves da Silva - CRB-8/9253

Wells, H. G., 1866-1946
Universos peculiares : os melhores contos de fantasia e ficção / H. G. Wells -- São Caetano do Sul, SP : Editora Wish, 2024.
ISBN 978-85-67566-81-8
1. Ficção de fantasia 2. Ficção inglesa I. Título.

24-209798 CDD-823

ÍNDICE PARA CATÁLOGO SISTEMÁTICO
1. Ficção de fantasia : Literatura inglesa 823

EDITORA WISH
www.editorawish.com.br
Redes Sociais: @editorawish
São Caetano do Sul - SP - Brasil

“Se não acabarmos com a guerra,
a guerra acabará conosco.”

H.G. WELLS

Universos
Peculiares de
fantasias
e ficções

Sumário
DE OUTROS
Universos

PREFÁCIO

O homem que fazia ilusões

Por *Cláudia Fusco*

Apresentar H. G. Wells, especialmente para quem gosta de histórias fantásticas, é possivelmente o sonho de muitos pesquisadores de literatura. Os adjetivos que descrevem esse autor e seu legado, até mesmo em textos acadêmicos, beiram o entusiasmo. Afinal, estamos falando de um dos autores mais influentes dos últimos dois séculos, que inspirou e continua inspirando gerações de artistas não apenas no campo da literatura, mas também das artes audiovisuais e dramáticas. Wells é autor de clássicos como *A Máquina do Tempo*, *A Guerra dos Mundos*, *A Ilha do Doutor Moreau* e tantos outros que se mesclaram ao imaginário popular de maneira definitiva. Mesmo hoje, mais de um século depois, ainda há muito o que esmiuçar na obra de Wells.

Explorar o seu legado não é uma tarefa fácil, mas é, sem dúvida, divertida — especialmente quando sabemos que o autor se recusava a caber em qualquer rótulo atribuído a ele. Ao ser considerado o "pai da ficção científica" — conceito que muitos estudiosos vão repetir à exaustão quando se trata de Wells —, o britânico rejeitou o título, dizendo que se tratava de um "cálice envenenado": tentador, mas possivelmente sorrateiro e nocivo a qualquer um que prefira ter múltiplas facetas. Além de escritor, Wells era ensaísta, pensador, pesquisador de biologia, historiador e jornalista, com mais de dois mil textos de não ficção, publicados entre 1886 e 1946, sobre temas contemporâneos.

Talvez seja justamente essa natureza múltipla que tenha tornado Wells uma figura tão interessante de seu tempo, e um autor de ficção científica tão celebrado. Brian Aldiss, escritor e pesquisador de FC, chamou Wells de "o Shakespeare da ficção científica". No verbete sobre o autor para a *Science Fiction: The Illustrated Encyclopedia*, o crítico literário John Clute atesta que Wells foi "o autor mais importante que o gênero já viu até então" e que, ao lado de Júlio Verne, seu contemporâneo, ajudou a pavimentar o caminho da ficção científica como um dos gêneros mais característicos do século XX. Em suas tramas, Wells imprimiu muito de suas percepções sobre a Era Vitoriana, o imperialismo britânico e os abismos entre as camadas da sociedade inglesa, influenciando debates sobre o futuro da política e do mundo em um contexto de guerra.

À época que o autor britânico publicava contos e primeiros romances, a ficção científica anglófona começava a tomar caminhos separados. Wells e seus colegas europeus, especialmente após a Primeira Guerra Mundial, adotaram um tom pessimista em sua produção literária, que se tornará ainda mais evidente na FC dos anos 1940. Já a ficção científica americana, que florescia a partir das revistas *pulp* capitaneadas por editores rigorosos, era considerada uma promessa, um vislumbre de possibilidades gloriosas para o futuro. Quando o editor Hugo Gernsback passa a trazer as histórias de Wells para o contexto americano, o gênero rapidamente foi influenciado pela profundidade crítica e pela imaginação rica do autor britânico. Wells passou a pautar, ainda mais, as conversas e os vislumbres sobre o futuro, além das fronteiras de seu país e de sua visão de mundo.

Essa, inclusive, é uma de suas características mais elogiadas; mais do que autor, Wells era um visionário, um expoente dos estudos de futurologia que viriam a se tornar tão populares nos séculos XX e XXI. Por ser um profundo observador social, Wells escreveu muita não ficção que se propunha a prever conflitos e transformações sociais. O britânico, volta e meia, aparece nas listas de autores de ficção científica, em geral nas primeiras posições,

Foto de Yousuf Karsh | Karsh/Woodfin Camp and Associates

que mais "profetizaram" acontecimentos e invenções do futuro. Entre algumas de suas previsões mais conhecidas, estão a Segunda Guerra Mundial (Wells se adiantou em apenas três meses, prevendo o início do conflito para 1940), a exploração espacial, experimentações genéticas, a bomba atômica, a televisão por satélite e até a internet. Em entrevista ao Smithsonian, o professor de Estudos de Literatura Inglesa define o autor: "[sua] imaginação era apressada; ele queria que o futuro chegasse antes do que o previsto". Nada é banal quando se trata de Wells.

Contudo, na coletânea que você tem em mãos, conhecemos um lado diferente do autor, possivelmente mais íntimo e menos apressado. Sem deixar de lado a excelência técnica, o rigor narrativo, um certo senso de humor característico e a preciosidade de suas descrições — que são igualmente habilidosas ao descrever ruas de Londres, cenas pré-históricas e até o Hades —, Wells se debruça em temas que podem surpreender até seus maiores fãs. Nesses contos, o britânico se arrisca pelo território da magia, do fantasmagórico e do horror, fazendo coro a vozes do século XIX como Mary Shelley, Edgar Allan Poe e o próprio Verne. Sendo esses alguns de seus primeiros contos publicados, é interessante observar quais eram as referências do autor e como ele transita entre temas clássicos, como o fantasma, a infância e a magia.

Wells mostra segurança ao brincar com narrativas conhecidas e invertê-las. O que acontece com um fantasma que não sabe desaparecer? A premissa de que "em terra de cego, quem tem um olho é rei" seria de fato verdadeira? Perguntas que são feitas à fantasia inúmeras vezes, e cujas respostas Wells remove da cartola, em um grande gesto inesperado, para surpreender seus leitores.

Inclusive, mais do que "pai da ficção científica" ou "Shakespeare moderno", uma descrição possível para Wells seja, como a de alguns dos personagens que você vai conhecer nessa coletânea, a de um ilusionista. É papel do mágico experiente encher os olhos de sua audiência com encantamento, distração e esplendor; contudo, por trás da magia, existem mãos e engrenagens hábeis, que conhecem profundamente seu ofício.

O próprio Wells, de certa forma, se descreve assim. Na introdução de *The Scientific Romances of H.G. Wells*, de 1934, o autor explica o conceito da "Lei de Wells", que determina que toda história de ficção científica deve conter apenas um acontecimento extraordinário, e que todo o seu entorno seja banal. Essa era a premissa que usava em boa parte de suas histórias, como forma de mantê-las mais críveis para os leitores. Wells escreve: "para que o autor de histórias fantásticas ajude o leitor a jogar o jogo propriamente, ele precisa ajudá-lo, de toda forma, a *domesticar* a hipótese impossível. Ele deve enganá-lo a fazer concessões a partir de uma premissa plausível, e continuar a história pelo tempo que a ilusão durar [...]. Assim que o truque de mágica foi feito, todo o trabalho do autor de fantasia é manter o resto humano e real. Pitadas de detalhes prosaicos são imperativos e aderentes de forma rigorosa à hipótese. Qualquer fantasia extra, fora da premissa original, imediatamente dá um toque de irresponsabilidade boba às invenções".

Isso fica bastante evidente nos contos dessa coletânea. Muitas dessas histórias são contadas em primeira pessoa, e não é difícil imaginar seus narradores em uma roda em torno da fogueira ou em um bar, confidenciando em voz baixa, pois essas histórias poderiam causar consternação a quem as ouve. Seus narradores sabem que serão desacreditados, porque aquilo que viveram é impossível, improvável, mágico. Isso é parte do grande truque de Wells: nos enredar em narrativas intimistas, vividas por quem as conta.

Ao contrário do ilusionista tradicional, Wells revela segredos por trás de seu truque. Isso não impede que, ainda assim, tenha conseguido o que poucos fizeram: manter a ilusão viva e suas histórias, ouvidas, muito tempo depois que foram propagadas no ar. Espero que o encanto de Wells permaneça vivo ao longo da sua leitura! ✦

Cláudia Fusco é escritora, roteirista, professora e mestre em Estudos de Ficção Científica pela Universidade de Liverpool, Inglaterra. É professora de pós-graduação do Instituto Vera Cruz (Narrativas Fantásticas) e da ESPM-SP (Entretenimento Fantástico), e ministra cursos e palestras sobre literatura e artes fantásticas. Também é parceira e curadora da Tintaglia, clube de leitura de fantasia, ficção científica e horror com foco em diversidade.

CUIDADO! APERTE OS CINTOS PARA A PASSAGEM PELO PORTAL!

CONTOS SELECIONADOS DE

Fantasia & Ficção

(ONDE A FÍSICA NÃO SE APLICA)

1906

THE DOOR IN THE WALL

A Porta no Muro

Lionel Wallace tem uma vívida imaginação, mas decidiu seguir uma carreira política, onde deve ser extremamente racional. Então, se depara com a possibilidade da magia e um perigo nostálgico de tempos passados.

UNIVERSOS PECULIARES

Parte I

Numa noite de confidências, menos de três meses atrás, Lionel Wallace me contou esta história da Porta no Muro. Na ocasião, achei que, para ele, a história fosse real.

Ele a contou com uma convicção tão simples e direta que não pude deixar de acreditar. Mas, de manhã, no meu apartamento, acordei num ambiente diferente, e, enquanto ainda estava deitado na cama e lembrava as coisas que ele tinha me contado, agora sem o glamour da voz sincera e lenta, desprovidas da iluminação fraca do abajur, da atmosfera irreal que o envolvia e de coisas agradáveis como a sobremesa, os copos e os guardanapos do nosso jantar, que tornavam tudo um mundinho reluzente e distante das realidades cotidianas, passei a ver a história como simplesmente inacreditável.

— Ele me iludiu! — falei, e depois: — E como fez isso bem!... Não é o tipo de coisa que eu esperaria que logo ele fizesse bem.

Depois, quando me sentei na cama e tomei meu chá matinal, comecei a tentar entender o tom de realidade que me deixou perplexo nas reminiscências impossíveis, supondo que de alguma forma sugerissem, apresentassem, transmitissem (nem sei que palavra usar) experiências que eram impossíveis de relatar.

Bem, não recorro a essa explicação agora. Já superei minhas dúvidas. Acredito agora, como acreditei no momento em que a história foi contada, que Wallace se esforçou ao máximo para revelar a verdade do segredo dele para mim. Mas, se ele mesmo via, ou se só achava que via, se era dono de um privilégio inestimável ou se era vítima de um sonho fantástico, não posso nem fingir que sei. Mesmo os fatos da morte dele, que acabaram com minhas dúvidas de vez, não esclarecem isso. É algo que o leitor vai ter que julgar por si mesmo.

Não lembro agora que comentário ou crítica minha levou um homem tão reticente a se confidenciar a mim. Acho que estava se defendendo de uma acusação de indolência e falta de confiabilidade que eu tinha feito em relação a um grande movimento público no qual ele havia me decepcionado. Mas ele declarou de repente:

— Tenho uma preocupação...

Depois de uma pausa que dedicou à observação da cinza do charuto, ele continuou:

— Sei que fui negligente. O fato é que... não é um caso de fantasmas e nem de aparições... mas... é uma coisa estranha de contar, Redmond... Eu sou assombrado. Sou assombrado por uma coisa... que tira a luz das coisas, me enche de desejos...

Ele fez uma pausa, carregada daquela timidez inglesa que tanto nos assola quando falamos de coisas comoventes, graves ou lindas.

— Você estava em Saint Athelstan o tempo todo — disse ele, e por um momento isso me pareceu bem irrelevante. — Bem.

Fez uma pausa. Com hesitação no começo e depois com mais facilidade, começou a contar sobre a coisa que estava escondida na vida dele, sobre a lembrança fantasma de uma beleza e uma felicidade que enchiam seu coração de desejos insaciáveis que faziam todos os interesses e espetáculos da vida mundana parecerem insípidos, tediosos e inúteis para ele.

Agora que sei mais, a coisa parece escrita visivelmente na cara dele. Tenho uma fotografia na qual aquela expressão de indiferença foi capturada e intensificada. Lembra o que uma mulher disse sobre ele uma vez, uma mulher que o amou muito. "De repente", disse ela, "o interesse dele desaparece. Ele se esquece de você. Não se importa nem um pouco com você, que está bem debaixo do nariz dele..."

Mas o interesse não estava sempre ausente em Wallace, e, quando estava prestando atenção a alguma coisa, ele podia parecer um homem extremamente bem-sucedido. Sua carreira é de fato feita de sucessos. Ele me ultrapassou muito tempo atrás; alçou posições muito acima da minha e conquistou um espaço no mundo que eu não conseguiria. Ainda faltava um ano para ele completar quarenta e dizem agora que ele estaria no governo e muito provavelmente no novo Gabinete se estivesse vivo. Na escola, ele sempre me superava sem esforço algum, como se pela própria natureza. Estudamos juntos no Colégio Saint Athelstan, em West Kensington, durante quase todos os anos letivos. Ele entrou na escola como meu semelhante, mas terminou bem acima de mim, numa explosão de bolsas de estudo e desempenho brilhante, embora eu ache que meu rendimento foi bem razoável. E foi na escola que ouvi falar pela primeira vez da Porta no Muro, sobre a qual ouviria pela segunda vez somente um mês antes da morte dele.

Para ele, pelo menos, a Porta no Muro era uma porta de verdade que levava de um muro real a realidades imortais. Disso, agora tenho certeza.

E apareceu na vida dele cedo, quando ele era um garotinho de cinco ou seis anos. Lembro como, enquanto fazia suas confidências com uma seriedade lenta, ele refletiu e admitiu a data.

— Havia hera-americana vermelha nela, um tom carmim vibrante e uniforme ao sol âmbar num muro branco. Apareceu de repente, embora eu não lembre bem como, e havia folhas de castanheiro-da-índia no chão limpo na frente da porta verde. Estavam com manchas amarelas e verdes, sabe, não marrons nem sujas. Deviam ter acabado de cair. Acho que deve significar que era outubro. Eu procuro folhas de castanheiro-da-índia todos os anos e as conheço bem.

"Se estiver certo a respeito disso, eu tinha cinco anos e quatro meses de idade."

Ele disse que era um garotinho precoce: aprendeu a falar absurdamente cedo e era tão são e "antiquado", como as pessoas dizem, que tinha permissão para tomar iniciativas que a maioria das crianças não tem aos sete nem aos oito anos. Sua mãe morreu quando ele nasceu, e por isso ficou sob os cuidados menos vigilantes e autoritários de uma governanta. Seu pai era um advogado severo e ocupado, que lhe dava pouca atenção e esperava grandes coisas dele. Com toda a sua inteligência, acredito que ele achava a vida meio cinzenta e enfadonha. Um dia, ele saiu vagando.

Não lembrava qual foi a negligência que permitiu que ele saísse, nem o rumo que tomou nas ruas de West Kensington. Tudo isso desapareceu em meio aos borrões incuráveis da memória. Mas o muro branco e a porta verde se destacavam de forma distinta.

No desenrolar da lembrança daquela experiência infantil remota, ele sentiu uma emoção peculiar na primeira vez que viu a porta. Foi uma atração, um desejo de alcançá-la, abri-la e entrar. Ao mesmo tempo, teve a convicção clara de que era imprudente ou errado (não sabia bem qual das duas opções) ceder a essa atração. Insistiu que era curioso ter percebido desde o comecinho, a não ser que sua memória estivesse lhe pregando uma peça, que a porta estava destrancada, que ele poderia entrar se quisesse.

Quase consigo ver o garotinho, atraído e repelido ao mesmo tempo. E também estava bem claro na mente dele, embora o motivo jamais tenha sido explicado, que o pai ficaria furioso se ele entrasse pela porta.

Wallace descreveu todos os momentos de hesitação com minuciosos detalhes. Ele passou em frente à porta e, com as mãos nos bolsos, fazendo uma tentativa infantil de assobiar, foi até o fim do muro. Lembrava-se de uma variedade de lojas comuns e sujas e principalmente de um encanador e pintor, com uma variedade poeirenta de canos de cerâmica, torneiras de chumbo, amostras de papel de parede e latas de tinta. Ele parou e fingiu examinar essas coisas, desejando secreta e apaixonadamente a porta verde.

Ele contou que teve um ímpeto de emoção. Saiu correndo para que a hesitação não se apossasse dele novamente, atravessou com a mão esticada a porta verde e deixou que se fechasse ao passar. E assim, num instante, foi parar no jardim que assombrou toda a sua vida.

Foi muito difícil para Wallace expressar sua compreensão do jardim no qual tinha ido parar.

Havia algo no ar de lá que inspirava euforia, que dava uma sensação de leveza e coisas boas e bem-estar; havia algo na visão que deixava todas as cores limpas e perfeitas e sutilmente luminosas. No momento em que entrou, o sentimento foi de uma felicidade intensa... como só acontece em raros momentos e quando se é jovem e cheio de vida e se pode ficar feliz neste mundo. E tudo era lindo lá...

Wallace parou para refletir antes de continuar contando.

— Sabe — disse ele com a inflexão cheia de dúvidas de um homem que se detém diante das coisas incríveis —, havia duas onças enormes lá... Sim, onças-pintadas. E não senti medo. Havia um caminho longo e amplo com canteiros de mármore cheios de flores dos dois lados, e esses dois animais enormes de pelo aveludado estavam brincando ali com uma bola. Um olhou e veio na minha direção, parecendo muito curioso. Aproximou-se de mim, roçou a orelha redonda e macia com muita delicadeza na mãozinha que estiquei e ronronou. Estou dizendo, era um jardim encantado. Eu sei. E o tamanho? Ah! Prolongava-se para a frente e para os lados, para lá e para cá. Acredito que havia colinas ao longe. Só Deus sabia onde West Kensington tinha ido parar de repente. E, de alguma forma, foi como ir para casa.

“No momento em que a porta se fechou atrás de mim, esqueci a rua com as folhas caídas, os táxis e carrinhos de comerciantes, esqueci o tipo de atração gravitacional para a disciplina e a obediência de casa, esqueci todas as hesitações e medos, esqueci a discrição, esqueci todas as realidades íntimas desta vida. Em um momento, me tornei um garotinho muito feliz e maravilhado... em outro mundo. Era um mundo com atributos diferentes, uma luz mais calorosa, mais penetrante e suave, com uma felicidade clara e leve no ar e fios de nuvens tocadas pelo sol no azul do céu. À minha frente, havia um caminho longo e amplo, convidativo, com canteiros sem ervas daninhas dos dois lados, carregados de flores sem poda, e as duas onças enormes. Passei as mãos sem medo no pelo macio e acariciei as orelhas redondas e os cantos sensíveis embaixo das orelhas e brinquei com elas e pareceu que me davam as boas-vindas ao lar. Havia uma sensação clara de volta para o lar em minha mente, e, quando uma garota alta e loura apareceu no caminho e veio falar comigo, sorrindo, e disse "E então?", me pegou no colo, me beijou, me pôs no chão e me pegou pela mão, não houve surpresa, mas só uma impressão de certeza prazerosa, de ser lembrado de coisas felizes que tinham sido, estranhamente, deixadas de lado. Havia degraus largos, lembro bem, que apareceram entre galhos de delfínios, e subindo por eles chegamos a uma grande alameda entre árvores muito velhas e escuras. Por toda essa alameda, entre os troncos vermelhos e sulcados, havia assentos de honra e estátuas de mármore, e pombas brancas muito mansas e amistosas...

"E por toda essa alameda a minha amiga me levou, olhando para baixo — eu me lembro dos traços agradáveis, do queixo delicado no rosto doce e gentil —, ... me fazendo perguntas com uma voz baixa e simpática, e contando coisas, coisas agradáveis, eu sei, embora o que eram eu nunca tenha conseguido lembrar... E, de repente, um macaquinho-prego, muito limpo, com pelo castanho-avermelhado e olhos dóceis cor de mel, desceu de uma árvore até nós e correu ao meu lado, olhando para mim e sorrindo, e pulou em meu ombro. Nós seguimos com grande felicidade..."

Ele fez uma pausa.

— Continue — falei.

— Eu me lembro de pequenas coisas. Passamos por um velho meditando entre louros, lembro bem, e por um lugar animado com periquitos, e percorremos uma colunata ampla e sombreada até chegarmos a um palácio espaçoso e fresco, cheio de chafarizes agradáveis, de coisas lindas, dos atributos e das promessas do desejo de um coração. E havia muitas coisas e muitas pessoas, algumas que ainda parecem se destacar com clareza e outras indistintas, mas todas eram lindas e gentis. De certa forma, não sei como, entendi que todas eram gentis comigo, que estavam felizes por eu estar lá, e me encheram de alegria com seus gestos, com o toque de suas mãos, com o acolhimento e o amor em seus olhos. Sim...

Ele refletiu por um tempo.

— Encontrei amigos lá. Isso significou muito para mim, porque eu era um garotinho solitário. As pessoas estavam se entretendo com jogos divertidos numa quadra coberta de grama onde havia um relógio de sol enfeitado de flores. E, nas brincadeiras, havia amor...

"Mas... é estranho. Há uma lacuna na minha memória. Não me lembro do que brincamos. Nunca lembrei. Depois, quando criança, passei horas tentando, mesmo às lágrimas, recordar a forma daquela felicidade. Eu queria reviver as brincadeiras, no meu quartinho de brinquedos, sozinho. Não! Só lembro a felicidade e os dois amigos que ficaram mais comigo... E de repente apareceu uma mulher morena e sombria, com rosto sério e pálido e olhos sonhadores, uma mulher sombria usando um vestido longo e macio de um tom claro de roxo, carregando um livro, que fez sinal para mim e me levou com ela até a galeria acima de um salão... embora meus amigos tivessem ficado contrariados ao me ver partir, parando o jogo e olhando enquanto eu era levado. 'Volte para nós!', exclamaram eles. 'Volte para nós logo!' Olhei para o rosto da mulher, mas ela não deu atenção a eles. Sua expressão era muito gentil e séria. Ela me levou até um banco na galeria e fiquei imóvel ao seu lado, pronto para olhar o livro quando ela o abriu sobre o joelho. As páginas se abriram. Ela apontou e eu olhei, impressionado, pois, nas páginas vivas daquele livro, eu me vi; era uma história sobre mim, e nela havia todas as coisas que tinham acontecido comigo desde que nasci...

"Foi maravilhoso para mim porque as páginas daquele livro não traziam desenhos, entende, mas realidades."

Wallace fez uma pausa séria e me olhou com dúvida.

— Continue — pedi. — Eu entendi.

— Eram realidades... sim, deviam ser; as pessoas se mexiam e as coisas iam e vinham nelas. Minha querida mãe, que eu quase tinha esquecido; meu pai, severo e honrado, os criados, meu quarto e todas as coisas familiares de casa. A porta da frente e as ruas movimentadas, com trânsito para lá e para cá. Olhei e fiquei impressionado, mas olhei com certa dúvida, de novo, para o rosto da mulher e virei as páginas, pulando isso e aquilo, para ver mais do livro, e mais, até que enfim cheguei a mim parado e hesitante em frente à porta verde no muro branco e comprido e senti mais uma vez o conflito e o medo.

"'E depois?', perguntei, e teria virado a página, mas a mão fria da mulher séria me segurou.

"'Depois?', insisti, e lutei delicadamente com a mão dela, levantando seus dedos com toda a minha força infantil, e, quando ela cedeu e a página virou, ela se inclinou na minha direção como uma sombra e beijou a minha testa.

"Mas a página não mostrava o jardim encantado, nem as onças, nem a garota que me levara pela mão, nem os amigos de brincadeira que relutaram tanto em me deixar partir. Mostrava uma rua comprida e cinzenta em West Kensington, naquela hora fria da tarde antes de todos os postes se acenderem, e eu estava lá, uma figurinha lamentável, chorando alto, incapaz de me controlar, e chorava porque não podia voltar aos meus queridos companheiros de brincadeira que gritaram para mim: 'Volte para nós! Volte para nós logo!'. Eu estava lá. Aquilo não era a página de um livro, mas a dura realidade; aquele lugar encantado e a mão controladora da mãe séria junto a quem fiquei tinham sumido. Para onde tinham ido?"

Ele parou de novo e ficou mudo por um tempo, olhando para o fogo.

— Ah! A infelicidade daquele retorno! — murmurou ele.

— E depois? — perguntei após um minuto.

— Que pobre coitado infeliz eu fiquei, trazido de volta a este mundo cinzento! Quando me dei conta da totalidade do que tinha acontecido comigo, fui tomado por uma dor incontrolável. E a vergonha e a humilhação daquele choro em público e do meu retorno maldito ainda estão dentro de mim. Vejo novamente o velho cavalheiro de aparência benevolente e óculos dourados que parou e falou comigo, primeiro, me cutucando com o guarda-chuva. "Pobrezinho", disse ele. "Está perdido?" E eu, um garoto de Londres de cinco anos! E ele chamou um jovem policial gentil e uma multidão se formou ao meu redor e me levou para casa. Chorando, exposto e assustado, fui do jardim encantado para os degraus da casa do meu pai.

"Isso é o melhor que consigo me lembrar da minha visão daquele jardim, o jardim que ainda me assombra. Claro que não sou capaz de transmitir a qualidade indescritível de irrealidade translúcida, aquela diferença das coisas comuns da experiência que permeava tudo; mas isso... isso foi o que aconteceu. Se foi um sonho, tenho certeza de que foi um sonho acordado e extraordinário... Hum! Naturalmente, em seguida veio um interrogatório horrível, da minha tia, do meu pai, da babá, da governanta, de todo mundo...

"Tentei contar para eles, e meu pai me deu minha primeira sova por mentir. Quando tentei contar para minha tia depois, ela me puniu de novo pela minha insistência imoral. Depois, como falei, todo mundo ficou proibido de me ouvir, de ouvir uma palavra sobre o acontecido. Até meus livros de contos de fadas foram tirados de mim por um tempo... porque eu 'fantasiava demais'. Hã? Sim, fizeram isso mesmo! Meu pai era antiquado... E minha história foi sufocada dentro de mim. Eu a sussurrei para meu travesseiro, um travesseiro que costumava ficar úmido e salgado devido a meus lábios murmurando entre lágrimas infantis. E acrescentei às minhas orações oficiais e cada vez menos fervorosas um pedido de coração: 'Deus, por favor, que eu possa sonhar com o jardim. Ah! Me leve de volta ao meu jardim! Me leve de volta ao meu jardim!'

"Sonhei muitas vezes com o jardim. Posso ter ampliado a lembrança, posso tê-la modificado; não sei... Você entende que tudo isso é uma tentativa de reconstruir uma experiência muito precoce a partir de lembranças fragmentadas. Entre isso e as outras recordações consecutivas da minha infância, há um abismo.

Houve uma época em que pareceu impossível para mim voltar a falar daquele maravilhoso vislumbre."

Fiz uma pergunta óbvia.

— Não — disse ele. — Não me lembro de ter tentado voltar para o jardim naquela época de infância. Parece estranho agora, mas acho que é bem possível que meus movimentos tenham passado a ser vigiados com atenção depois da minha desventura, para impedir que eu me perdesse de novo. Não, só depois que você já me conhecia foi que tentei reencontrar o jardim. E acredito que tenha havido um período, por incrível que pareça agora, quando me esqueci completamente do jardim... Deve ter sido quanto eu tinha uns oito ou nove anos. Você se lembra de mim criança, em Saint Athelstan?

— Claro!

— Não dei sinais naquela época de ter um sonho secreto, dei?

Parte II

Ele olhou para mim com um sorriso repentino.

— Você já brincou de Passagem do Noroeste comigo?... Não, você não fazia o mesmo caminho que eu!

Ele continuou:

— Era o tipo de jogo que toda criança criativa faz o dia todo. A ideia era a descoberta de uma passagem noroeste para a escola. O caminho para a escola era bem simples; o jogo consistia em encontrar um caminho que não fosse simples, saindo dez minutos mais cedo numa direção qualquer, quase impossível, e seguindo por ruas desconhecidas até meu objetivo. E, num dia, me meti numas ruas de classe baixa do outro lado de Campden Hill e comecei a achar que, pela primeira vez, o jogo me venceria e eu chegaria atrasado à escola. Tentei desesperadamente seguir por uma rua que parecia não ter saída e encontrei uma passagem no final. Corri por lá com esperança renovada. "Pode ser que eu consiga", pensei, e passei por uma fileira de lojinhas imundas que eram inexplicavelmente familiares e, ora! Lá estava meu muro branco e comprido e a porta verde que levava ao jardim encantado!

"A visão me pegou de surpresa. Afinal, aquele jardim, aquele jardim maravilhoso, não era sonho!..."

Ele fez uma pausa.

— Acho que minha segunda experiência com a porta verde marca o mundo de diferença que existe entre a vida ocupada de um estudante e o lazer infinito de uma criança pequena. Nessa segunda vez, não pensei nem por um momento em entrar naquela hora. É que... Primeiro, minha mente estava tomada pela ideia de chegar à escola na hora, determinada a não quebrar meu recorde de pontualidade. Eu devo ter sentido ao menos um desejo de experimentar a porta. Sim, devo ter sentido isso... Mas acho que me lembro da atração da porta mais como outro obstáculo à minha determinação dominante de chegar à escola. Fiquei imediatamente interessado na descoberta que tinha feito, claro, segui com a cabeça tomada por ela, mas fui para a escola. A porta não me deteve. Passei correndo, olhando o relógio, vi que me sobravam dez minutos e desci a ladeira até um ambiente conhecido. Cheguei à escola, sem fôlego, é verdade, e molhado de suor, mas na hora. Lembro-me de pendurar o casaco e o chapéu... Passei direto pela porta e a deixei para trás. Estranho, não é?

Ele me olhou, pensativo.

— Claro que eu não sabia, na ocasião, que a porta nem sempre estaria lá. Os estudantes têm imaginação limitada. Acho que eu pensava que era ótimo ela estar lá, eu saber como chegar a ela, mas a escola estava me chamando. Devo ter ficado bem distraído e desatento naquela manhã, lembrando o que conseguia das pessoas lindas e estranhas que eu logo voltaria a ver. Estranhamente, eu não tinha dúvida de que elas ficariam felizes em me ver... Sim, devo ter pensado no jardim naquela manhã como o tipo de lugar alegre ao qual alguém poderia recorrer nos interlúdios de uma carreira estudantil extenuante.

"Não voltei naquele dia. O dia seguinte era de folga parcial e isso talvez tenha me influenciado. Talvez meu estado de desatenção também tenha gerado cobranças sobre mim e consumido a margem de tempo necessária para o desvio de caminho. Não sei. O que sei é que, nesse intervalo, o jardim encantado ficou tanto na minha mente que não consegui guardá-lo só para mim.

"Eu contei... Qual era o nome dele? Um jovem com aparência de furão que a gente chamava de Squiff."

— O jovem Hopkins — falei.

— Hopkins, isso mesmo. Não gostei de contar para ele, tive uma sensação de que era contra as regras contar, mas contei. Ele fez parte do caminho de volta para casa comigo; era falante, e, se não tivéssemos conversado sobre o jardim encantado, teríamos falado sobre outra coisa, e era intolerável para mim pensar em qualquer outro assunto. Por isso, falei.

"Bom, ele contou meu segredo. No dia seguinte, no recreio, me vi cercado de seis garotos maiores, me provocando um pouco e muito curiosos para ouvir mais sobre o jardim encantado. Tinha aquele grandalhão, Fawcett, se lembra dele? E também Carnaby e Morley Reynolds. Você não estava lá, por acaso? Não, acho que eu lembraria se você estivesse...

"Um menino é uma criatura de sentimentos estranhos. Acredito de verdade que fiquei, apesar da minha repulsa secreta por mim mesmo, meio lisonjeado de ter a atenção daqueles garotos grandes. Lembro especialmente um momento de prazer causado pelo elogio de Crawshaw... Lembra-se de Crawshaw, filho do compositor Crawshaw? Ele disse que era a melhor mentira que já tinha ouvido. Mas, ao mesmo tempo, senti uma pontada dolorosa de vergonha pela revelação do que eu acreditava que era mesmo um segredo sagrado. Aquele animal do Fawcett fez uma piada sobre a garota de verde..."

A voz de Wallace ficou mais baixa com a lembrança daquela vergonha.

— Eu fingi não ouvir — disse ele. — Então, Carnaby me chamou de repente de menino mentiroso e duvidou de mim quando falei que era verdade. Eu disse que sabia onde ficava a porta verde e que podia levar todos até lá em dez minutos. Carnaby bancou o virtuoso e disse que eu teria que fazer isso mesmo... e confirmar minhas palavras ou sofrer as consequências. Carnaby já torceu seu braço? Talvez você entenda, então, como foi comigo. Jurei que minha história era verdade. Não havia ninguém na escola para salvar um garoto do Carnaby, apesar de Crawshaw ter protestado. Carnaby estava como gostava. Fiquei animado e corado, além de um pouco assustado. Me comportei como um idiota e o resultado de tudo foi que, em vez de ir sozinho para o meu jardim encantado, fui na frente, com bochechas vermelhas, orelhas quentes, olhos atentos e minha alma ardendo de infelicidade e vergonha, de um grupo de seis colegas de escola debochados, curiosos e ameaçadores.

"Nós nunca encontramos o muro branco e a porta verde..."

— Você quer dizer...?

— Quero dizer que não consegui encontrar. Eu teria encontrado se pudesse.

"E depois, quando pude ir sozinho, também não consegui encontrá-la. Nunca encontrei. Agora, parece que sempre a procurei durante meus tempos de estudante, mas nunca mais a vi."

— Os rapazes... foram desagradáveis?

— Bestiais... Carnaby armou um julgamento por eu ter mentido descaradamente. Lembro que entrei em casa escondido e subi a escada para não revelar o som dos meus soluços. Mas, quando dormi de tanto chorar, não foi por causa de Carnaby, e sim pelo jardim, por causa da bela tarde que desejei, pelas mulheres doces e simpáticas e pelos amigos que me aguardavam e pelo jogo que esperei aprender de novo, aquele jogo lindo e esquecido...

"Acreditei firmemente que, se eu não tivesse contado... Tive momentos ruins depois, de chorar à noite e devanear durante o dia. Por dois semestres, me descuidei e tive notas ruins. Lembra? Claro que lembra! Foi você. Foi quando você me superou em matemática que voltei a me dedicar aos estudos.

Parte III

Por um tempo, meu amigo olhou em silêncio para o coração vermelho da lareira. Por fim, disse:

— Só voltei a vê-la quando tinha dezessete anos.

"Surgiu na minha frente pela terceira vez quando eu estava indo para Paddington a caminho de Oxford, tentar minha bolsa de estudos. Tive só um vislumbre momentâneo. Eu estava inclinado na janela do meu cabriolé fumando um cigarro, sem dúvida me achando um homem do mundo, e de repente apareceu a porta, o muro, a sensação de coisas inesquecíveis, mas ainda alcançáveis.

"Nós passamos direto; fiquei surpreso demais para mandar o táxi parar até termos passado e dobrado a esquina. Tive um momento estranho, um momento duplo e divergente na minha vontade: bati na portinha perto do teto do táxi e baixei o braço para pegar o relógio. 'Sim, senhor!', disse o condutor rapidamente. 'Ah... bem... não é nada', declarei. 'Engano meu! Não temos muito tempo! Continue!', e ele continuou...

"Consegui minha bolsa de estudos. E, na noite seguinte àquela em que fui informado sobre isso, fiquei sentado em frente à lareira no meu quartinho no segundo andar, meu estúdio, na casa do meu pai, com o elogio dele, um raro elogio, e os conselhos sensatos ecoando em meus ouvidos, e fumei meu cachimbo favorito, a incrível teimosia da adolescência, e pensei naquela porta no muro branco e comprido. 'Se eu tivesse parado', pensei, 'teria perdido a bolsa de estudos, teria perdido Oxford... teria estragado a bela carreira à minha frente! Eu começo a ver as coisas com mais clareza!' Caí numa reflexão profunda, mas não duvidei naquele momento que essa minha carreira merecia sacrifícios.

"Aqueles amigos queridos e o ambiente de lá me pareceram doces, muito agradáveis, mas remotos. Agora, meu foco era no mundo. Eu via outra porta se abrindo: a porta da minha carreira."

Ele olhou novamente para a lareira. Por um momento, as chamas vermelhas destacaram no rosto dele uma força teimosa, que de repente sumiu.

— Bem — disse ele e suspirou. — Eu segui a carreira. Fiz muita coisa, trabalhei muito, trabalhei arduamente. Mas tive mil sonhos com o jardim encantado e vi a porta, ou ao menos a vislumbrei, quatro vezes desde então. Sim, quatro vezes. Por um tempo, este mundo foi tão colorido e interessante, pareceu tão cheio de significados e oportunidades, que o charme meio apagado do jardim era, por comparação, desbotado e remoto. Quem quer fazer carinho numa onça quando está indo jantar com mulheres bonitas e homens distintos? Cheguei de Oxford a Londres, um homem promissor que fez um tanto para compensar o que se esperava dele. Um tanto, mas houve decepções...

"Duas vezes, me apaixonei. Não vou ficar falando disso, mas uma vez, quando procurei uma pessoa que sei que duvidava que eu tivesse coragem de procurá-la, peguei um atalho por uma rua pouco movimentada perto de Earl's Court e dei de cara com um muro branco e uma porta verde familiar. 'Que estranho', eu disse para mim mesmo, 'achei que este lugar ficasse em Campden Hill. É o lugar que nunca consegui encontrar, como contar as pedras de Stonehenge, o lugar daquela fantasia estranha que tive.' E segui em frente, determinado a seguir meu caminho. Naquela tarde, a porta não teve apelo para mim.

"Tive só um impulso momentâneo de tentar abrir a porta, três passos para o lado bastavam, embora eu tivesse certeza, em meu coração, de que se abriria para mim. Mas pensei que fazer isso me atrasaria para o encontro no qual eu achava que minha honra estava envolvida. Depois, lamentei minha pontualidade; teria sido melhor ao menos dar uma espiada e acenar para as onças, mas eu já sabia que não deveria procurar depois o que não se encontra procurando. Sim, aquela vez me fez lamentar muito...

"Anos de trabalho árduo depois, não tive mais nenhum vislumbre da porta. Só recentemente foi que apareceu de novo para mim. Com ela, veio a sensação de que uma mancha tênue tinha se espalhado pelo meu mundo. Comecei a pensar nele como uma coisa lamentável e amarga por eu nunca mais poder ver a porta. Talvez eu estivesse sofrendo de excesso de trabalho; talvez tenha sido o que já ouvi chamarem de crise dos quarenta. Não sei. Mas o brilho intenso que torna o esforço fácil sumiu das coisas recentemente, e isso numa época com tantos novos acontecimentos políticos... quando eu deveria estar trabalhando. Estranho, não é? Mas começo a achar a vida penosa e as recompensas, quando começo a obtê-las, desprezíveis. Comecei um tempo atrás a desejar muito o jardim. Sim... e já vi três vezes."

— O jardim?

— Não, a porta! E não entrei!

Ele se inclinou por cima da mesa na minha direção, a voz tomada por um enorme sofrimento.

— Três vezes tive a oportunidade... três! Se aquela porta aparecer para mim de novo, juro, vou entrar e fugir dessa poeira e desse calor, desse brilho vão da vaidade, dessas futilidades penosas. Vou entrar e não vou voltar. Desta vez, vou ficar... Eu jurei, mas, quando a hora chegou... não fui.

"Três vezes em um ano eu passei pela porta e não consegui entrar. Três vezes no ano passado.

"A primeira vez foi na noite da divisão da Lei da Amortização dos Inquilinos, na qual o governo foi salvo por três votos. Lembra? Ninguém do nosso lado e talvez bem poucos do outro esperavam o fim daquela noite. O debate se desfez com a fragilidade de cascas de ovo. Eu e Hotchkiss estávamos jantando com o primo dele em Brentford, nós dois desacompanhados, e fomos chamados por telefone e partimos no automóvel do primo dele. Chegamos quase atrasados e, no caminho, passamos pelo meu muro e pela minha porta... lívida ao luar, manchada de amarelo quando o brilho dos faróis a iluminou, mas inconfundível. 'Meu Deus!', exclamei. 'O quê?', perguntou Hotchkiss. 'Nada!', respondi, e o momento passou.

"'Fiz um grande sacrifício', falei ao líder do partido quando entrei. 'Todos fizeram', disse ele, e seguiu apressado.

"Não sei como eu podia ter feito diferente. A ocasião seguinte foi quando eu estava correndo para me despedir do meu pai em seu leito de morte. Naquele momento, as exigências da vida também foram imperativas. Mas a terceira vez foi diferente; aconteceu uma semana atrás. Fico tomado de remorso quando lembro. Eu estava com Gurker e Ralphs; não é segredo e agora você sabe que já conversei com Gurker. Estávamos jantando no Frobisher's e a conversa ficou íntima entre nós. A questão da minha posição no ministério reconstruído sempre ficava além dos limites da discussão. Sim, sim. Isso está resolvido. Melhor não falar nada ainda, mas não há motivo para guardar segredo de você... Sim, obrigado! Obrigado! Mas me deixe contar a história.

"Naquela noite, as coisas estavam no ar. Minha posição era delicada. Eu estava ansioso para ouvir uma palavra decisiva de Gurker, mas fui atrapalhado pela presença de Ralphs. Estava usando toda a minha capacidade mental para fazer com que a conversa leve e inconsequente não fosse obviamente dirigida ao ponto que me interessava. Tive que fazer isso. O comportamento de Ralphs desde então mais do que justificou minha cautela... Ralphs, eu sabia, nos deixaria depois da Kensington High Street e aí eu poderia surpreender Gurker com minha franqueza repentina. Às vezes, é preciso recorrer a esses pequenos artifícios... E então, na margem da minha visão, percebi mais uma vez o muro branco e a porta verde na nossa frente na rua.

"Nós passamos por ela conversando. Eu passei. Ainda vejo a sombra do perfil de Gurker, o claque na cabeça inclinado sobre o nariz proeminente, as muitas dobras do cachecol na frente das nossas sombras conforme andávamos.

"Passei a cinquenta centímetros da porta. 'Se eu disser boa-noite para os dois e entrar', perguntei a mim mesmo, 'o que vai acontecer?' E estava muito ansioso para ter aquela conversa com Gurker.

"Não pude responder à pergunta no meio de todos os outros problemas. 'Vão me achar louco', pensei. 'E se eu sumir agora! O desaparecimento impressionante de um político proeminente!' Isso pesou em mim. Mil coisas mundanas, mesquinhas e inconcebíveis pesaram em mim naquela crise."

Ele se virou para mim com um sorriso triste, falando lentamente.

— Aqui estou! — disse ele.

E repetiu:

— Aqui estou! E minha chance escapou de mim. Três vezes em um ano a porta foi oferecida a mim; a porta que leva à paz, ao prazer, a uma beleza além de qualquer sonho, a uma gentileza que nenhum homem na face da Terra pode conhecer. E eu a rejeitei, Redmond, e ela sumiu...

— Como você sabe?

— Eu sei. Eu sei. Agora, tenho que viver a vida, continuar as tarefas que me seguraram com tanta força quando meus momentos chegaram. Você diz que tenho sucesso... essa coisa vulgar, repugnante, irritante, invejada. Eu tenho. — Ele estava com uma noz na mão. — Se isto fosse meu sucesso... — disse ele, e a esmagou e mostrou para mim.

"Vou dizer uma coisa, Redmond. Essa perda está me destruindo. Há dois meses, há quase dez semanas, não faço nada além dos deveres mais necessários e urgentes no trabalho. Minha alma está tomada por arrependimentos impossíveis de aplacar. À noite, quando há menos chance de ser reconhecido, eu saio. Fico vagando. Sim. Eu me pergunto o que as pessoas pensariam se soubessem. Um ministro do Gabinete, o líder responsável pelo mais vital dos departamentos, vagando sozinho, sofrendo, às vezes lamentando audivelmente, por uma porta, um jardim!"

Parte IV

Vejo agora o rosto meio pálido e o fogo sombrio e desconhecido que surgiu nos olhos dele. Vejo-o vividamente hoje. Relembro as palavras, o tom de voz, com o *Westminster Gazette* da noite anterior ainda em meu sofá noticiando a morte dele. No almoço de hoje, o clube só falava dele e do estranho enigma de seu destino.

Encontraram o corpo bem cedo na manhã de ontem, em uma escavação funda perto da estação de East Kensington. É um dos buracos que foram cavados em conexão com a extensão da ferrovia para o sul. Fica protegido da entrada do público por um muro de tábuas na rua principal, no qual uma pequena porta foi feita para a conveniência de alguns dos trabalhadores que moram naquela direção. A porta foi deixada aberta por causa de uma confusão entre dois capatazes e foi por lá que ele entrou...

Minha mente está sobrecarregada de perguntas e dúvidas.

Parece que ele voltou andando do Parlamento na noite anterior; muitas vezes, ele ia andando para casa depois de uma sessão. E imagino sua silhueta escura percorrendo as ruas vazias da madrugada, absorto, concentrado. Seria possível que as luzes elétricas fracas perto da estação tivessem feito as tábuas parecerem brancas? Aquela porta fatal destrancada teria despertado uma lembrança?

Será que já houve, afinal, uma porta verde no muro?

Não sei. Contei a história como ele a contou. Há momentos em que acredito que Wallace tenha sido apenas vítima da coincidência entre uma rara mas não inédita alucinação e uma armadilha negligente, no entanto, essa não é minha crença mais predominante. Você pode me achar supersticioso, se quiser, e até tolo; mas, de fato, estou mais do que meio convencido de que ele tinha, na verdade, um dom anormal e uma sensação, algo que não sei o que é, que, na forma de muro e porta, lhe ofereciam uma saída, uma passagem secreta e peculiar de fuga para um mundo diferente e mais bonito. De qualquer modo, podemos dizer que acabou o traindo no final. Mas será mesmo? Aí está o maior mistério desses sonhadores, desses homens de visão e de imaginação. Nós vemos o mundo simples e comum, o muro de tábuas e o buraco. Pelos nossos padrões, ele saiu da segurança para a escuridão, o perigo e a morte. Mas foi assim que ele viu? ✦

1909

A MOONLIGHT FABLE

Uma fábula ao luar

Um jovem ganha o mais lindo dos trajes, feito por sua mãe. Ela, superprotetora, só permite que ele o use em ocasiões especiais. Mas, maravilhado por um belo luar, ele decide desobedecê-la – pela primeira e última vez.

UNIVERSOS PECULIARES

Era uma vez um rapazinho para quem a mãe costurou um lindo terno. Ela o fez em tons de verde e dourado, e o teceu de tal forma que nem consigo colocar em palavras tamanha delicadeza e beleza. Havia uma gravata macia cor de laranja para dar nó sob o queixo, e os botões novinhos brilhavam como estrelas. Ele não conseguia conter a felicidade e o orgulho que sentia e ficou parado na frente do espelho comprido assim que o vestiu, tão surpreso e alegre com o presente que não conseguia desviar o olhar.

Queria usá-lo todos os dias, não importava aonde fosse, só para mostrar para todo mundo. Pensou em todos os lugares que já visitara e em todas as cenas cujas descrições já tinha ouvido, e tentou imaginar como seria a sensação caso visitasse todos aqueles lugares e cenas usando o terno novinho em folha. Quis logo sair com ele, atravessando a grama alta da campina sob o sol quente — só pelo prazer de continuar vestido com o terno! Porém, a mãe lhe disse:

— Nem pensar!

Ela explicou que ele deveria tomar muito cuidado com aquele terno, pois jamais teria outro tão belo; deveria guardá-lo e poupá-lo, usando-o apenas em raras ocasiões especiais. Era o terno que usaria em seu casamento, disse ela. E pegou os botões e os forrou com papel de seda por temer que o esplendor se acabasse, prendeu protetores no punho e no cotovelo das mangas onde o terno poderia se desgastar. Ele odiava e resistia àquelas coisas, mas o que poderia fazer? E, por fim, os avisos e conselhos surtiram efeito, e ele permitiu que seu lindo terno fosse dobrado nos vincos apropriados e guardado com esmero. Era quase como se tivesse aberto mão dele. Mas o rapazinho sempre se imaginava vestindo-o e pensava na ocasião mais que especial quando finalmente poderia usá-lo sem as proteções dos botões, perfeito em todos os sentidos, sem se preocupar com nada e mais garboso do que nunca.

Uma noite, quando estava sonhando com o terno, como de costume, viu-se tirando o papel de seda de um dos botões e descobriu que o brilho tinha desbotado um pouco. Isso roubou toda a paz do seu sono. Ele poliu e poliu aquele pobre botão desbotado e o resultado foi deixá-lo ainda mais apagado. Acordou e ficou pensando no brilho perdido, imaginando como se sentiria se, talvez, quando chegasse a grande ocasião (seja lá qual fosse), um dos botões por acaso tivesse perdido o resplendor das coisas novas. Por dias e dias, esse pensamento angustiou sua mente. E, quando sua mãe lhe permitiu usar o terno de novo, sentiu-se tentado e quase sucumbiu ao ímpeto de tirar o papel de seda de um dos botões só para ver se continuava tão resplandecente quanto antes.

Bem-apessoado, seguia o caminho para a igreja, tomado por aquele desejo desvairado. Pois saiba que a mãe permitia, depois de repetir mil avisos de cuidado, que ele usasse o terno às vezes, aos domingos, por exemplo, para ir e voltar da igreja, quando não havia ameaça de chuva ou vento algum a soprar, e nem o risco de se sujar ou estragar o terno, sempre com os botões cobertos e as proteções no lugar, e, se o sol estivesse forte demais, uma sombrinha para proteger as cores. E sempre, depois de tais ocasiões, ele o escovava e o dobrava com muito cuidado, como ela o ensinara, e o guardava novamente.

O rapazinho respeitava todas as restrições que a mãe lhe impunha para usar o terno. Sempre obedecia e seguia as ordens até que, em uma noite estranha, acordou e viu pela janela o luar brilhando lá fora. Pareceu-lhe que não era um luar comum, bem como aquela noite, e por um tempo ficou deitado, sonolento, com aquela estranha convicção ressoando na mente. O pensamento se juntou a outro, como coisas que sussurram calidamente nas sombras. Então ele se sentou na cama estreita, de repente muito alerta, com o coração disparado no peito e um tremor da cabeça aos pés. Tomou uma decisão. Sabia agora que usaria o terno como ele merecia ser usado. Não havia dúvidas em sua mente. Estava com medo, muito medo, mas também muito, muito feliz.

Levantou-se da cama e demorou-se perto da janela, observando o luar que banhava o jardim e tremendo diante do que estava prestes a fazer. O ar carregava o clamor dos grilos, sussurros e o som infinitesimal de todas as pequeninas coisas vivas. Caminhou a passos leves para que o assoalho de madeira não rangesse, temendo despertar a casa adormecida, e seguiu até o grande guarda-roupas escuro onde seu lindo terno dobrado repousava. Retirou cada uma das peças de roupa e, com cuidado e ansiedade, arrancou o papel de seda e as proteções até ficar diante da perfeição e do encanto com o qual se deparara da primeira vez, quando sua mãe o presenteara, tanto tempo atrás que parecia ter sido em outra vida. Nenhum botão perdera o brilho, nem uma linha sequer do seu querido terno desbotara. Ficou tão feliz que derramou silenciosas lágrimas enquanto se vestia de maneira apressada, porém silenciosa. E então voltou, com passos suaves e rápidos, para a janela que dava para o jardim, e lá ficou por um minuto, radiante sob o luar, os botões cintilando feito estrelas, antes de pular pelo peitoril com o mínimo ruído possível e descer até a trilha do jardim lá embaixo. Ficou diante da casa da mãe, com suas paredes brancas e quase tão simples quanto durante o dia, com todas as persianas fechadas, como olhos entregues ao sono, menos a dele. As árvores lançavam sombras tal qual uma complexa renda preta sobre a parede.

O jardim ao luar era muito diferente do jardim durante o dia; o luar se emaranhava por entre as sebes e se estendia como fantasmagóricas teias de aranha de uma nesga de luz para outra.

Cada flor emitia um brilho branco ou rubro, quase negro, e o ar noturno estremecia ao som de pequenos grilos e rouxinóis cantando, ocultos nas profundezas das árvores.

Não havia escuridão no mundo, apenas sombras cálidas e misteriosas, e todas as folhas e espinhos eram contornados por pérolas iridescentes de orvalho. A noite estava mais quente do que qualquer outra; o céu, por algum milagre, parecia mais vasto e próximo e, apesar da lua cheia e marfim que reinava no mundo, estava repleto de estrelas.

O rapazinho não gritou nem cantou toda sua alegria infinita. Ficou parado por um tempo, como que enfeitiçado e, então, com uma exclamação aguda e os braços estendidos, correu como se pudesse abraçar toda a imensidão do mundo de uma só vez. Não seguiu as impecáveis trilhas que recortavam o jardim, mas passou por entre os canteiros e a relva úmida, alta e fragrante, através das violetas da noite e dos tabacos selvagens, os ramos de malvas-brancas como fantasmas, cruzando as moitas de erva-lombrigueira e lavanda e correndo pelo campo verde e florido na altura dos joelhos. Chegou à grande cerca-viva e a atravessou direto e, embora os espinhos das amoreiras o ferissem profundamente e rasgassem seu maravilhoso terno, e ervas daninhas e abrolhos o agarrassem e grudassem nele, o rapazinho não se importou; sabia que tudo aquilo fazia parte do desejado momento de usar o terno.

— Estou feliz por ter vestido meu terno — disse ele. — Estou tão feliz que usei meu terno!

Além da cerca-viva, deparou-se com o lago dos patos, ou pelo menos era um lago durante o dia. À noite, porém, havia ali uma grande cumbuca de luar prateado, barulhenta por conta do coaxar de sapos, a luz prateada torcida e revirada em padrões estranhos. O rapazinho correu para a água por entre os juncos estreitos e negros até ela ficar na altura dos joelhos, da cintura e, por fim, dos ombros, formando anéis negros e brilhantes em volta das mãos, ondulando e tremendo por entre as estrelas bordadas nos reflexos das copas emaranhadas das árvores nas margens. Avançou até ser obrigado a nadar. Atravessou o lago e chegou ao outro lado, arrastando o que lhe parecia não lentilhas-d'água, mas sim um véu muito prateado, comprido, pegajoso e gotejante. E assim ele continuou seu caminho pelo emaranhado retorcido da erva de salgueiro e do mato alto da outra margem, até chegar, feliz e sem fôlego, à estrada.

— Estou tão feliz — disse ele. — Estou mais feliz do que nunca por estar usando uma roupa perfeita para a ocasião!

A estrada avançava em linha reta como uma flecha zunindo em direção ao profundo poço azul do céu sob a lua, uma estrada branca e brilhante em meio aos rouxinóis cantantes. E por ela o rapazinho seguiu, ora correndo e saltitando, ora caminhando alegremente, com as roupas que sua mãe cosera com mãos amorosas e incansáveis. A estrada era poeirenta, mas, para ele, era apenas uma brancura macia e, conforme avançava, uma mariposa escura se aproximou, esvoaçando em volta da sua figura molhada, cintilante e apressada. No início, não deu atenção à mariposa, mas logo sacudiu as mãos para ela, como se juntos dançassem conforme ela voava em volta da cabeça dele.

— Doce mariposa! — exclamou ele. — Minha querida mariposa! Que noite maravilhosa, a mais maravilhosa do mundo! Você achou minha roupa bonita, querida mariposa? Tão bonita quanto as suas listras e esta veste prateada que cobre a terra e o céu?

E a mariposa foi se aproximando cada vez mais até que, por fim, suas asas aveludadas roçaram seus lábios...

Na manhã seguinte, o rapazinho foi encontrado morto, com o pescoço quebrado, no fundo do poço de pedra, com suas lindas roupas um pouco ensanguentadas, sujas e manchadas com as lentilhas-d'água do lago. Mas a expressão em seu rosto era de tamanha felicidade, que, quem o visse, entenderia que ele morrera feliz de fato, sem nunca conhecer o fluxo frio e prateado das lentilhas-d'água do lago. ✦

1903

MR. SKELMERSDALE IN FAIRYLAND

Sr. Skelmersdale no Reino das Fadas

Um artista ouve a história do famoso sr. Skelmersdale, que alega ter visitado o país das fadas e está disposto a fazer o que for preciso para voltar para lá.

UNIVERSOS PECULIARES

— Naquela loja tem um homem que esteve no Reino das Fadas — contou o médico.

— Que disparate! — exclamei, olhando de novo para lá. Era uma típica loja de vilarejo: na frente, agência postal e telégrafo; do lado de fora, panelas de zinco e escovas; na vitrine, botas, tecidos e carnes em conserva. — Fale-me mais sobre isso — pedi, após uma pausa.

— Não sei — respondeu o médico. — Ele é só um vagabundo comum... se chama Skelmersdale. Mas todo mundo por aqui acredita nisso como se fosse uma verdade bíblica.

Retomei o assunto.

— Não sei nada sobre isso — insistiu o médico —, e nem quero saber. Eu o atendi por causa de um dedo que ele quebrou em um jogo de críquete de casados contra solteiros, e foi quando fiquei sabendo do absurdo. Só isso. Para você ver o tipo de coisa com que tenho que lidar, não é? Seria bom trazer alguma noção de saneamento básico para um povo como este!

— Verdade — falei com um tom de voz um tanto complacente, e ele continuou a me contar sobre o esgoto de Bonham. Acredito que coisas do tipo são capazes de preocupar bastante os secretários de saúde. Fui o mais compreensivo que pude, e, quando ele chamou o povo de Bonham de "burros", eu disse que eles eram "deveras burros", mas nem isso o acalmou.

Posteriormente, mais para o final do verão, enquanto terminava meu capítulo sobre Patologia Espiritual — que realmente foi mais difícil de escrever do que é de ler —, uma vontade urgente de me isolar me levou a Bignor. Eu me hospedei em uma fazenda e me vi de novo do lado de fora daquela mesma lojinha, procurando tabaco.

— Skelmersdale — falei para os meus botões quando a vi, e entrei.

Fui atendido por um rapaz baixo, mas robusto, de pele clara e macia, dentes bem-cuidados e pequenos, olhos azuis e jeito lânguido. Eu o escrutinei com curiosidade. Exceto por um toque de melancolia em sua expressão, ele não tinha nada de extraordinário. Usava camisa de mangas curtas, o avental de seu ofício e um lápis enfiado atrás da orelha inofensiva. Atravessada em seu colete preto, havia uma corrente de ouro, na qual estava pendurada uma moeda de guinéu.

— Mais nada hoje, senhor? — perguntou ele, debruçado sobre a minha conta enquanto falava.

— É o sr. Skelmersdale? — perguntei.

— Sim, senhor — respondeu ele, sem levantar os olhos.

— É verdade que já esteve no Reino das Fadas?

Ele me fitou por um momento com as sobrancelhas franzidas e uma expressão exasperada e ofendida.

— Ah, pare com essa bobagem! — exclamou ele. Após um momento de hostilidade, me olhando nos olhos, continuou fazendo a minha conta. — Quatro, seis e cinquenta — disse ele, após uma pausa. — Obrigado, senhor.

E assim, de forma pouco propícia, começou o meu relacionamento com sr. Skelmersdale.

Bem, por meio de uma série de árduos esforços, consegui superar esse dia e conquistar a confiança dele. Eu o encontrei de novo no Village Room, onde, certa noite após o jantar, fui jogar sinuca e mitigar o extremo isolamento em que vivia e que me era tão útil para trabalhar durante o dia. Meus planos eram jogar com ele e, depois, conversar. Descobri que o único assunto que deveria evitar era o Reino das Fadas; em todo o resto, ele era aberto e amigável de uma forma bastante comum, mas aquela questão o chateava: era um tabu declarado. Só uma vez escutei uma alusão à experiência enquanto ele estava presente no salão, e foi de um peão de fazenda grosseiro que estava perdendo para ele. Skelmersdale tinha encaçapado várias bolas seguidas, o que, para os padrões de Bignor, era um feito e tanto.

— Calma aí! — disse o adversário. — Nada dos seus truques de fadas!

Skelmersdale o fitou por um momento, com o taco na mão, então jogou-o no chão e saiu do salão.

— Por que você não o deixa em paz? — perguntou um senhor respeitável que estava apreciando o jogo, e, com o burburinho geral de desaprovação, o sorriso de satisfação sumiu do rosto do lavrador.

Senti que essa era a minha oportunidade e arrisquei:

— Qual é a graça desse Reino das Fadas?

— Não tem nenhuma graça o Reino das Fadas, não para o jovem Skelmersdale — respondeu o senhor respeitável, bebendo.

Um homem baixinho com bochechas rosadas foi mais comunicativo:

— Dizem, senhor — explicou ele —, que levaram ele para a colina Aldington e prenderam ele lá por umas três semanas.

E com isso o grupo cresceu. Uma vez que um começou a falar, os outros ficaram mais dispostos a participar, e em pouco tempo eu tinha pelo menos uma visão geral do caso de Skelmersdale. Antes de vir para Bignor, ele trabalhava em uma lojinha muito parecida em Aldington, e foi lá que algo aconteceu e ninguém sabia o quê. Contava a história que, uma noite, ele ficou até tarde na colina e desapareceu, não sendo visto por ninguém e voltando três semanas depois com "os punhos da camisa tão limpos como quando saiu" e os bolsos cheios de poeira e cinzas. Ele voltou em um estado de infelicidade que demorou a passar e, por muitos dias, não contou a ninguém onde estivera. A garota de quem era noivo em Clapton

Hill tentou tirar a informação dele, mas acabou abandonando-o, segundo ela, por dois motivos: porque ele se recusou a contar e porque ficou "zangado". E, então, um tempo depois, ele deixou escapar para alguém que estivera no Reino das Fadas e queria voltar, mas quando a coisa se espalhou e ele virou alvo da zombaria típica da área rural, Skelmersdale deixou tudo para trás de repente e veio para Bignor para se afastar do rebuliço. Quanto ao que havia acontecido no Reino das Fadas, porém, nenhum deles sabia. Nesse momento, o grupo no Village Room parou de se entender e foi uma confusão só. Um dizia uma coisa, outro dizia outra.

A postura deles ao lidar com esse assombro era ostensivamente crítica e cética, mas eu conseguia perceber um tanto de crença por trás de suas opiniões bem protegidas. Assumi uma linha de interesse inteligente, tingida com uma dúvida razoável sobre toda a história.

— Se o Reino das Fadas fica dentro da colina Aldington, por que vocês não cavam? — questionei.

— É o que eu sempre digo — disse o jovem lavrador.

— Algumas pessoas já tentaram cavar a colina Aldington, vez ou outra — respondeu o respeitável senhor de forma solene. — Mas não sobrou ninguém para contar a história.

A unanimidade daquela crença vaga que me cercava era impressionante; eu sentia que deveria haver algo na raiz de tal convicção, e minha forte curiosidade sobre o caso se tornou ainda mais aguçada. Se era para arrancar esses fatos de alguém, esse alguém tinha que ser o próprio Skelmersdale; portanto, eu me esforcei com ainda mais afinco para tentar apagar a impressão ruim que deixara e conquistar sua confiança a ponto de fazê-lo me contar de livre e espontânea vontade. Nesse aspecto, eu tinha uma vantagem social: por ser uma pessoa afável, aparentemente sem emprego e que usava camisas de lã grossa e calças curtas, o povo de Bignor naturalmente me via como um artista, e no notável código de precedência social de Bignor, um artista ficava bem acima de um funcionário de mercadinho. Skelmersdale, como muitos de sua classe, era um tanto esnobe; ele me dissera para "parar com essa bobagem", mas apenas quando o provoquei do nada, e tenho certeza de que se arrependeu depois. Eu sabia que ele gostaria de ser visto andando comigo. No devido tempo, ele prontamente aceitou a proposta para fumar um cachimbo e tomar um uísque na minha casa, e lá, guiado por um feliz instinto de que havia questões de coração envolvidas nisso, e sabendo que confidências geram confidências, eu o deixei muito interessado sobre meu passado real e fictício. E foi na terceira visita, depois do terceiro uísque, se me lembro bem, após contar sobre um romance ingênuo da minha adolescência, que enfim, por livre e espontânea vontade, ele quebrou o gelo.

— Foi assim comigo lá em Aldington — contou ele. — Mas foi tudo tão estranho. No começo, eu não me importava nem um pouco, só ela; depois, quando já era tarde demais, só eu.

Eu me esforcei para não me antecipar após tal alusão, mas então ele mesmo lançou outra e, pouco depois, estava tão claro quanto o dia que a única coisa que ele queria era falar sobre essa aventura no Reino das Fadas, a mesma que escondera por tanto tempo. Veja, ao me expor sem o menor pudor, eu conseguira; havia deixado de ser mais um estranho um tanto incrédulo e talvez jocoso e me tornara um possível confidente. Ele mordera a isca por conta de seu desejo de mostrar que também havia vivido e sentido muitas coisas, e um fervor tomou conta dele.

No início, ele certamente fora vago e confuso, e o meu entusiasmo para esclarecer certas questões específicas só estava à altura da minha preocupação para não avançar rápido demais. Mas bastou outro encontro para estabelecermos uma base sólida de confiança, e, do princípio ao fim, acho que consegui entender a maior parte dos fatos; na verdade, consegui captar quase tudo que o sr. Skelmersdale, com suas habilidades limitadas de narração, seria capaz de contar. Assim sendo, agora conto a história da aventura dele, unindo todas as peças. Se realmente aconteceu, se ele imaginou, sonhou ou caiu em algum tipo de estranho transe alucinatório, confesso que não sei. Mas não acredito, nem por um momento, que ele tenha inventado isso. O homem, com toda sua simplicidade e honestidade, acredita que a coisa aconteceu como ele diz que aconteceu; é evidente que ele é incapaz de sustentar uma mentira tão elaborada, e o fato de mentes tão simples, rústicas e, ainda assim, perspicazes acreditarem nele confirma sua sinceridade a meu ver. Ele acredita, e ninguém tem um fato sequer que possa contrariar sua crença. Quanto a mim, com tal endosso, transmito sua história. Estou velho demais para me justificar ou me explicar.

Ele afirma que, certa noite, por volta das dez horas, foi dormir na colina Aldington, possivelmente no meio do verão; ele nunca pensou muito sobre a data e não tem certeza em qual semana isso ocorreu, apenas que era uma noite gostosa e sem vento, de lua crescente. Eu me esforcei para ir visitar essa colina três vezes desde que essa história caiu no meu interesse, e uma delas foi em uma noite de verão de lua crescente que, talvez, fosse uma similar àquela da aventura dele. Júpiter estava grande e esplêndido acima da lua e, ao norte e noroeste, o céu esverdeado apresentava um brilho vívido onde o sol se punha. A colina se destacava sombria sob o céu, cercada a certa distância por bosques escuros, e conforme eu subia, escutava a passada leve de coelhos fantasmagóricos ou invisíveis. No topo da colina, e apenas lá, havia o zunido de inúmeros mosquitos. Acredito que a colina seja um monte artificial, o túmulo de algum grande líder pré-histórico, e certamente nenhum homem jamais escolheu um sepulcro mais espaçoso. A leste, além das montanhas, é possível ver a cidade de Hythe e, do outro lado do canal, a talvez uns cinquenta quilômetros ou mais, as luzes brancas do cabo Gris-Nez e Bolonha do Mar piscam e cintilam. A oeste, fica o extenso vale de Weald, visível até a cidade de Hindhead e a montanha Leith, e o vale de Stour cortando a região montanhosa de Downs ao norte até os intermináveis morros depois da vila de Wye. Toda a região pantanosa de Romney Marsh se estende ao sul, as cidades de Dymchurch, Romney e Lydd, além de Hastings e sua colina, ficam todos a uma distância média, e montanhas se multiplicam vagamente ao longe além da cidade de Eastbourne até as falésias de Beachy Head.

E por ali Skelmersdale vagou, perturbado por seu caso de amor anterior e, como ele mesmo disse, "sem se importar aonde ia parar". Ali, sentou-se para refletir, amuado e triste, e foi dominado pelo sono. Foi assim que caiu nas mãos das fadas.

A discussão que o deixara chateado era sobre um assunto bobo entre ele e uma garota de Clapton Hill de quem estava noivo. Ele disse que ela era filha de um fazendeiro, "muito respeitável" e, sem a menor dúvida, uma excelente escolha para ele. Porém, ambos eram muito jovens e com aquele ciúme mútuo, aquela ponta de crítica aguda e intolerável, e o apetite irracional por uma perfeição de beleza que a vida e a sabedoria acabam, misericordiosamente, atenuando. Não faço ideia do motivo exato da discussão. Talvez ela tenha dito que gostava de homens com polainas em um dia no qual ele não estava usando nenhuma, ou talvez ele tenha dito que preferia que ela usasse um determinado tipo de chapéu, mas, independentemente de como tenha começado, passou por uma série de estágios confusos até chegar à amargura e às lágrimas. Sem dúvidas, ela chorou e ele se encolheu, e ela foi embora fazendo comparações detestáveis, com sérias dúvidas se algum dia realmente havia gostado dele e com a certeza absoluta de que nunca mais gostaria. E com esse tipo de coisa na cabeça, chateado, ele subiu a colina Aldington e, talvez após um longo intervalo, de forma inexplicável, pegou no sono.

Ele acordou e viu que estava deitado sobre um gramado mais macio do que qualquer lugar onde se deitara antes, sob a sombra de árvores muito escuras que escondiam completamente o céu. Na verdade, ao que parece, no Reino das Fadas o céu está sempre escondido. Exceto por uma noite, quando as fadas estavam dançando, durante todo o tempo em que ficou entre elas, o sr. Skelmersdale não viu nem uma estrela. E, naquela noite, tenho minhas dúvidas se ele estava mesmo no Reino das Fadas ou do lado de fora, onde ficam os juncos e trilhas, naqueles prados perto da linha do trem em Smeeth.

Mas era iluminado embaixo dessas árvores; nas folhas e em meio à relva, piscavam inúmeros vaga-lumes, muito brilhantes e delicados. A primeira impressão do sr. Skelmersdale foi a de que ele estava pequeno, e a seguinte, de que várias pessoas ainda menores se encontravam de pé à sua volta. Ele disse que, por alguma razão, não ficou surpreso nem assustado, mas sentou-se com determinação e esfregou os olhos para afastar o sono. E ali, ao seu redor, agrupavam-se os elfos sorridentes que o pegaram dormindo sob seus domínios e o levaram para o Reino das Fadas.

Não consegui muitas informações sobre a aparência desses elfos, de tão vago e imperfeito que era o vocabulário de Skelmersdale e de tão desatento que ele era aos mínimos detalhes. Eles usavam uma roupa bastante leve e bonita, que não era de lã, seda, folhas, nem pétalas de rosa. Ficaram todos ao redor dele enquanto ele se sentava e acordava. Descendo a clareira em sua direção, através de uma avenida iluminada por vaga-lumes e guiada por uma estrela, vinha a Senhora das Fadas, a personagem principal dessa lembrança e história. Sobre ela, obtive mais informações. Vestia uma roupa verde transparente e, na sua cintura fina, havia um grosso cinto prateado. O cabelo dela caía ondulado pelos dois lados do seu rosto; havia alguns cachos não tão rebeldes, mas fora de lugar, e sua testa era adornada por uma pequena tiara com uma única estrela. As mangas eram abertas, deixando à mostra um pouco de seus braços; o pescoço, acho, ficava um tanto visível, pois Skelmersdale descrevia sua beleza e também a do queixo dela. Usava um colar de coral e, no colo, uma flor da mesma cor. As suaves linhas do queixo, das bochechas e do pescoço eram infantis. E os olhos, pelo que entendi, eram de um castanho cintilante, muito afáveis, diretos e doces sob as pálpebras. Por esses detalhes, é possível ver como essa dama deve ter impressionado enormemente o sr. Skelmersdale. Ele tentava explicar, mas não conseguia; muitas vezes, dizia coisas como "a forma como ela se movia". Imagino que algum tipo de alegria despretensiosa irradiava dessa Senhora.

E foi na companhia dessa pessoa encantadora, como seu convidado e escolhido, que o sr. Skelmersdale foi conduzido à intimidade do Reino das Fadas. Ela o recebeu de forma alegre e calorosa.

Suspeito que tenha apertado as duas mãos dela, enquanto ela o fitava com uma expressão iluminada. Afinal, dez anos atrás, o jovem Skelmersdale devia ser um rapaz muito bonito. Então ela o pegou pelo braço e, acho, guiou-o pela clareira iluminada por vaga-lumes.

A descrição desarticulada do sr. Skelmersdale não esclareceu exatamente como as coisas aconteceram. Ele forneceu vislumbres insatisfatórios de estranhos aspectos e ações, de lugares onde havia muitas fadas juntas, de "coisas que pareciam cogumelos cor-de-rosa brilhantes", das comidas das fadas, das quais ele só conseguia repetir "você precisava provar!", e das canções delas, que eram "como uma caixinha de música" e saíam de dentro das flores. Havia um grande espaço aberto onde as fadas montavam e corriam em "coisas", mas o que o sr. Skelmersdale queria dizer com "aquelas coisas que elas montavam" não sei explicar. Larvas, talvez, ou grilos, ou os pequenos besouros que sempre nos escapam. Havia um lugar onde a água jorrava e flores amarelas gigantes cresciam, e lá, nas épocas mais quentes, as fadas se banhavam juntas. Elas jogavam, dançavam e faziam muito amor élfico também, acredito, em meio aos matagais cobertos de musgo. Não há dúvidas de que a Senhora das Fadas fez amor com o sr. Skelmersdale e também de que o jovem rapaz tentou resistir a ela. Na verdade, chegou um momento em que ela se sentou ao seu lado, em um canto tranquilo e afastado "cheirando a violetas", e falou com ele sobre amor.

— Quando a voz dela ficou baixinha e ela sussurrou — disse o sr. Skelmersdale —, e colocou a mão na minha, sabe, chegando perto de mim daquele jeito suave e amável que só ela tinha, foi muito difícil ficar com a minha cabeça no lugar.

Parece que ele manteve a cabeça no lugar até certo ponto. Ele disse que quando viu "como o vento estava soprando", sentado ali em um lugar que cheirava a violetas, sentindo o toque da sua adorável Senhora das Fadas, gentilmente revelou a ela que estava noivo.

Ela respondera que o amava muito e ele era seu doce rapaz humano, e lhe daria qualquer coisa que pedisse: até mesmo o desejo mais profundo do seu coração.

O sr. Skelmersdale, que, acredito, se esforçava para evitar olhar para aqueles pequenos lábios que se abriam e fechavam, conduziu a conversa a uma questão um pouco mais íntima, dizendo que gostaria de ter capital suficiente para abrir uma lojinha. Ele só queria sentir que tinha dinheiro suficiente para aquilo, confessou a ela. Posso imaginar a surpresa naqueles olhos castanhos dos quais ele havia falado, mas ela foi compreensiva e fez várias perguntas sobre a lojinha, "rindo" o tempo todo. Então, ele fez a confissão completa sobre seu noivado e contou a ela tudo sobre Millie.

— Tudo? — perguntei.

— Tudo — respondeu ele. — Quem ela era, onde morava e tudo mais sobre ela. Eu meio que senti como se precisasse, então contei. A Senhora das Fadas me disse: "Considere feito. Você sentirá que tem o dinheiro, conforme seu desejo. E agora... você deve me beijar".

O sr. Skelmersdale fingiu não escutar a última parte da fala dela e disse que ela era muito gentil, que ele realmente não merecia tanta gentileza e...

A Senhora das Fadas se aproximou de repente e sussurrou: "Me beije!".

— E — disse o sr. Skelmersdale —, como um bobo, eu a beijei.

Existem beijos e beijos, e esse deve ter sido bem diferente dos sinais ruidosos de afeição que ele recebia de Millie. Havia algo de mágico naquele beijo, e com certeza ele representou um ponto de virada. Por algum motivo, essa foi uma das passagens que ele achou suficientemente importante para descrever por um longo tempo. Tentei articular tudo e me desvincular das dicas e gestos que acompanharam a descrição, mas não tenho dúvidas de que foi tudo diferente de como estou contando e muito melhor, mais doce, sob a luz suave e o silêncio vívido das clareiras das fadas. A Senhora das Fadas quis saber mais sobre Millie, sempre muito amável, e continuou a fazer muitas e muitas perguntas. Quanto à beleza de Millie, eu o vejo respondendo que ela era "normal". E, então, em outra ocasião semelhante, a Senhora das Fadas disse que havia se apaixonado por ele quando o jovem dormia sob o luar, e por isso ele fora trazido para o Reino das Fadas; como ela não sabia sobre Millie, achara que talvez houvesse uma chance de ele amá-la.

"Mas agora sei que você não pode, então deve terminar comigo por enquanto e voltar para Millie." Ela disse isso, e embora Skelmersdale já estivesse apaixonado por ela, por pura inércia, continuou a fazer o mesmo que fizera desde sempre. Eu o imagino sentado em um estado de estupefação no meio de todas aquelas lindas coisas cintilantes, falando sobre Millie e a lojinha que ele projetava e a necessidade de ter um cavalo e uma carroça... E aquele absurdo deve ter continuado por dias e dias. Vejo essa dama ingênua, rondando-o, tentando diverti-lo, delicada demais para compreender a complexidade dele e sensível demais para deixá-lo ir. E ele, hipnotizado por sua condição terrena, seguiu-a para lá e para cá, cego a tudo no Reino das Fadas, com exceção da maravilhosa intimidade que desfrutava. É difícil, talvez impossível, compreender o tamanho da doçura radiante dela apenas com a pobreza das frases rudes e fragmentadas de Skelmersdale. Para mim, ao menos, ela brilhava em meio à desordem da história dele como um vaga-lume em um emaranhado de ervas daninhas.

Deve ter acontecido muita coisa enquanto isso tudo se sucedia, e uma vez eles até dançaram sob o luar que cobria os prados perto de Smeeth. Mas, por fim, tudo chegou a um fim. Ela o levou a um lugar cavernoso, iluminado por uma espécie de luz vermelha noturna, onde havia arcas e mais arcas, tigelas e caixas feitas de ouro, e um grande monte do que pareciam ao sr. Skelmersdale moedas de ouro. Havia pequenos gnomos no meio dessa riqueza, que a saudaram e se afastaram. E, de repente, ela se virou para ele com os olhos cintilantes.

"Você foi muito gentil em ficar comigo por tanto tempo, mas é chegada a hora de deixá-lo ir. Você deve voltar para a sua Millie. E aqui, como prometi... eles vão lhe dar ouro."

— Ela engasgou — disse o sr. Skelmersdale. — Com isso, tive um pressentimento... — Ele colocou a mão sobre o peito. — Como se eu fosse desmaiar. Senti que estava pálido, sabe, e tremendo, e mesmo assim... eu não tinha nada para dizer.

Ele parou.

— Sim — incentivei.

A cena estava além do que ele poderia descrever. Mas sei que ela lhe deu um beijo de despedida.

— E você não disse nada?

— Nada — respondeu ele. — Fiquei imóvel como um bezerro empalhado. Ela só olhou para trás uma vez, sabe, e ficou olhando e chorando... Eu podia ver o brilho dos olhos dela e então... ela se foi, e ficaram todos aqueles homenzinhos ao meu redor, enchendo as minhas mãos e meus bolsos e todo o resto com ouro.

E foi quando a Senhora das Fadas desapareceu que o sr. Skelmersdale realmente compreendeu. De repente, ele começou a tirar dos bolsos o ouro que estavam lhe dando e berrou para que parassem de fazê-lo.

— Eu falei: "Não quero o seu ouro, não acabou ainda. Não vou embora. Quero falar com a Senhora das Fadas de novo". Tentei ir atrás dela, mas eles me seguraram. Sim, colocaram suas mãozinhas ao redor da minha cintura e me empurraram de volta. Eles continuaram a me dar mais e mais ouro até que estivesse caindo por dentro das minhas calças e escorregando das minhas mãos. "Eu não quero o seu ouro", dizia, "só quero falar com a Senhora das Fadas de novo."

— E você falou?

— Acabei brigando com eles.

— Antes de vê-la?

— Eu não a vi. Quando consegui me desvencilhar deles, ela não estava mais lá.

Então ele correu em busca dela pela caverna com luz vermelha, atravessando uma gruta comprida, procurando-a, até que saiu em um lugar grande e desolado onde o fogo-fátuo pairava no ar. E, ao seu redor, elfos dançavam, desdenhosos, e pequenos gnomos saíam da caverna atrás dele, trazendo as mãos cheias de ouro e jogando em cima dele, gritando: "Amor de fada, ouro de fada! Amor de fada, ouro de fada!".

Ao escutar essas palavras, um medo de que tudo tivesse acabado tomou conta de Skelmersdale, e ele levantou a voz e a chamou. De repente, estava correndo pela encosta que saía da boca da caverna, entre espinhos e sarças, gritando o nome dela várias vezes. Ignorava os elfos que dançavam à sua volta e o beliscavam, bem como o fogo-fátuo que o envolvia e cobria seu rosto, e os gnomos que o perseguiam, gritando e atirando ouro de fada. Enquanto corria com esse estranho alvoroço à sua volta distraindo-o, de repente percebeu que estava afundado até o joelho em um pântano, entre raízes retorcidas, até que tropeçou em uma e caiu...

Ele caiu e rolou e, naquele instante, viu-se esparramado na colina Aldington, completamente sozinho sob as estrelas.

Segundo ele, sentou-se na mesma hora e viu que estava gelado e rígido, as roupas molhadas de orvalho. A primeira luz do amanhecer chegou acompanhada de um vento gelado. Ele poderia ter acreditado que tudo não havia passado de um sonho estranhamente vívido até enfiar a mão no bolso e ver que estava cheio de cinzas. Então teve certeza de que era o ouro de fada que tinham lhe dado. Ainda conseguia sentir os beliscões, embora não houvesse nem uma marca nele. E, daquela maneira tão repentina, o sr. Skelmersdale deixou o Reino das Fadas e voltou para o mundo dos homens. Até ali, achava que tudo acontecera em uma noite, até que voltou para a loja em Aldington e descobriu, em meio ao espanto de todos, que passara três semanas longe.

— Deus! Foi uma trabalheira! — exclamou sr. Skelmersdale.

— O quê?

— Explicar. Suponho que você nunca teve que explicar nada parecido na sua vida.

— Nunca — respondi. Por um tempo, ele discorreu sobre o comportamento dessa e daquela pessoa, mas evitou um nome.

— E Millie? — perguntei finalmente.

— Eu não tinha a mínima vontade de ver Millie — confessou.

— Acredito que ela parecesse diferente?

— Todo mundo mudou. Para sempre. Todo mundo parecia grande, sabe, e grosseiro. Suas vozes eram altas. Ora, até o sol, quando nascia de manhã, irritava meus olhos!

— E Millie?

— Eu não queria ver Millie.

— E quando a encontrou?

— Foi por acaso, no domingo, saindo da igreja. "Onde você esteve?", ela me perguntou, e logo vi que a gente ia brigar. Não me importei. Era como se eu tivesse esquecido dela mesmo enquanto ela estava ali falando comigo. Ela não era nada. Eu não conseguia entender o que já tinha visto nela ou o que poderia ter sido de nós. Às vezes, quando ela não estava por perto, eu voltava, mas nunca quando ela estava lá. Era como se a outra aparecesse e a borrasse... De alguma forma, isso não partiu o coração dela.

— Casou? — perguntei.

— Com um primo — respondeu o sr. Skelmersdale, e ficou olhando para o padrão da toalha de mesa por um tempo.

Quando falou de novo, ficou claro que já tinha esquecido a antiga namorada e que a conversa trouxera a Senhora das Fadas, em todo seu triunfo, de volta ao seu coração. Ele falou mais dela: logo estava revelando as coisas mais curiosas, estranhos segredos amorosos que seria traição repetir aqui. Na verdade, acho que a coisa mais esquisita em tudo isso foi escutar aquele simples funcionário de mercadinho depois de acabar sua história, com um copo de uísque ao seu lado e um charuto entre os dedos, e testemunhar seu relato, com tristeza ainda, mas com uma angústia enfraquecida pelo tempo, sobre o insaciável desejo que tomara conta de seu coração.

— Eu não conseguia comer, não conseguia dormir. Errei pedidos e me confundi com o troco. Ela estava ali, dia e noite, sugando-me cada vez mais. Ah, eu a queria. Senhor! Como a queria! Eu subia lá na colina quase todas as noites, às vezes até quando chovia. Costumava caminhar ao redor da colina, pedindo para que me deixassem entrar. Berrando. Quase chorando às vezes. Eu era um tolo e estava infeliz. Ficava repetindo que tudo tinha sido um erro. E todo domingo à tarde eu subia lá, embora soubesse tão bem quanto você que não adiantava. E tentava dormir lá.

Ele parou bruscamente e decidiu beber um pouco do uísque.

— Eu tentava dormir lá — confessou, e posso jurar que seus lábios estavam tremendo. — Tentei dormir lá várias vezes. Mas não conseguia, sabe, nunca. Achava que se conseguisse dormir lá, aconteceria alguma coisa. Mas eu sentava lá, deitava e não conseguia... pensando e desejando. Esse desejo... Eu tentei...

Ele soprou a fumaça do charuto, bebeu o resto do uísque em espasmos, levantou-se de repente e abotoou o paletó, fitando de forma atenta e crítica as pinturas baratas ao lado da lareira. O caderninho preto onde todos os dias anotava os pedidos se projetava do bolso do seu paletó. Quando fechou todos os botões, bateu no peito e virou-se para mim.

— Bem, já vou indo.

Havia algo no olhar e no jeito dele que era difícil demais para ele expressar em palavras.

— Falei muito — disse por fim, já na porta, e, com um sorriso lânguido, foi embora.

E esta é a história do sr. Skelmersdale no Reino das Fadas, exatamente como ele me contou. ✦

1932

THE QUEER STORY OF BROWNLOW'S NEWSPAPER

A extraordinária história do jornal de Brownlow

Numa noite de 1931, o sr. Brownlow recebe em casa um estranho item: um jornal datado exatamente 40 anos depois da noite em questão. Intrigado, ele lê as notícias de 1971 e se surpreende com as mudanças do mundo – até sua governanta estragar tudo.

UNIVERSOS PECULIARES

Chamo esta história de extraordinária porque não tem explicação. Logo que ouvi trechos da história de Brownlow, eu a achei extraordinária e inacreditável. Mas ela se recusa a continuar inacreditável. Depois de resistir, questioná-la, escrutinizá-la, voltar atrás diante das provas e depois de rejeitar todas as provas, considerando-as embustes, me recusar a ouvir mais sobre ela e, então, voltar atrás e reconsiderá-la por uma curiosidade irresistível e repassar todos os detalhes de novo, sou obrigado a concluir que Brownlow, até onde sei com certeza, está contando a verdade. Embora seja uma verdade extraordinária, extraordinária e excitante para a imaginação. Quanto mais crível a história se torna, mais extraordinária ela fica. Isso me deixa perturbado, febril e infectado, não por germes, mas por dúvidas e curiosidade insatisfeitas.

Brownlow, eu admito, é um espírito fanfarrão. Sei que conta mentiras. Mas eu nunca soube que ele criara algo tão elaborado e prolongado quanto esta história, caso fosse um embuste, teria de ser. Ele é incapaz de qualquer coisa elaborada e prolongada, é preguiçoso e relaxado demais para uma coisa dessas. E ele teria rido. Em algum ponto, teria rido e entregado tudo. Ele não tem nada a ganhar insistindo nisso. Sua honra não está em jogo em nenhum dos casos. Além disso, há seu recorte de jornal como prova — e o pedaço de um embrulho endereçado...

Entendo que vai estragar a história para muitos leitores o fato de começá-la com Brownlow em um estado muito definitivo no lado mais alegre da sobriedade. Ele não estava a fim de fazer uma observação fria e calculada, quanto mais um registro preciso. Enxergava as coisas pela lente da embriaguez. Estava disposto a vê-las e saudá-las alegremente, e deixá-las passar sem lhes dar a devida atenção. As limitações de tempo e espaço não lhe pesavam. Passava da meia-noite. Estivera em um jantar com amigos.

Perguntei quem eram os amigos — e me satisfiz com uma ou duas possibilidades óbvias daquele jantar. Eram, disse-me ele, "apenas amigos. Não tiveram nada a ver com aquilo". Não costumo insistir neste ponto, mas fiz uma exceção nesse caso. Observei meu homem e arrisquei repetir a pergunta. Não ocorreu nada fora do comum no jantar, a não ser pelo fato de que foi um jantar surpreendentemente bom. O anfitrião foi Redpath Baynes, o advogado, que os recebeu na sua casa em St. John's Wood. Descobri que Gifford, do *Evening Telegraph*, a quem conheço de vista, também estava presente e, dele, consegui o que queria. A conversa foi alegre e intensa, Brownlow estava inspirado e fez uma imitação de sua tia Lady Clitherholme repreendendo um encanador incompetente durante a obra na sua residência. Essa lembrança inicial foi recebida com considerável animação — ele sempre foi muito bom com a tia, Lady Clitherholme — e Brownlow deixou a festa obviamente satisfeito com seu pequeno sucesso social e a ocasião deveras agradável. Eles tinham conversado, perguntei, sobre o futuro, Einstein, J. W. Dunne ou qualquer outro assunto sério naquela festa? Não tinham. Discutiram o jornal moderno? Não. Não havia ninguém a quem chamassem de pregador de peças naquela festa, e Brownlow tinha voltado para casa sozinho de táxi. Era isso que eu mais desejava saber. O motorista o deixou na entrada principal de Sussex Court.

Não há nada digno de nota sobre sua subida de elevador até o quinto andar de Sussex Court. O ascensorista de plantão não notou nada de diferente. Eu perguntei se Brownlow tinha dito "Boa noite". O ascensorista não se lembrava.

— Em geral ele diz "Olá, O." — disse o ascensorista, esforçando-se visivelmente, mas sem ter nada específico de que se lembrar.

E é aí que os frutos dos meus interrogatórios sobre a condição de Brownlow naquela noite específica chegam ao fim. O resto da história veio diretamente dele. Minhas investigações chegaram a isto: ele com certeza não estava bêbado. Mas estava um pouco alto, um tanto além do nosso contato hostil e opressivo com as realidades imediatas da existência. A vida brilhava suave e calorosamente nele, e o inesperado podia muito bem acontecer de forma animada, fácil e aceitável.

Ele seguiu pelo longo corredor com seu tapete vermelho, iluminação clara e ocasionais portas de carvalho, cada qual com seu número artístico de metal. Passei por aquele corredor em inúmeras ocasiões com ele. Era seu costume animar a passagem, tirando o chapéu em tom sério a cada entrada que passava, cumprimentando seus vizinhos desconhecidos e invisíveis. Dirigia-se a eles baixinho, mas de forma distinta, por nomes lúdicos, embora às vezes ligeiramente indecorosos, de sua própria invenção, expressando bons votos ou fazendo-lhes pequenos elogios.

Por fim, chegou à própria porta, a de número 49, e entrou sem a menor dificuldade. Acendeu a luz do hall de entrada. Espalhadas pelo piso de carvalho polido e invadindo o tapete chinês, havia cartas e avisos, a correspondência noturna. Sua criada e arrumadeira, que dormia em um quarto em outra parte do prédio, estava de folga, caso contrário as cartas teriam sido recolhidas e colocadas na mesa do seu escritório. Mas estavam no chão. Fechou a porta ou ela se fechou sozinha; tirou o casaco e o cachecol, colocou o chapéu na cabeça do cocheiro grego cujo busto adorna seu hall e se abaixou para pegar as cartas.

Isso também aconteceu sem nenhum acidente. Ficou um pouco chateado por ter perdido o *Evening Standard*. É seu costume, conta ele, assinar a edição da tarde do *Star* para ler na hora do chá e também a edição noturna do *Evening Standard* para ler logo antes de dormir, mesmo que fosse apenas a charge de Low. Ele catou todos aqueles envelopes e pacotes e os levou consigo até a pequena sala de estar.

Ali, ligou o aquecedor elétrico, preparou um uísque soda fraco e foi para o quarto para calçar chinelos macios e substituir o paletó por um casaco de lã de lhama, antes de voltar para a sala, acender um cigarro e se acomodar na poltrona perto do abajur de leitura para examinar a correspondência. Lembra-se disso tudo de forma bem detalhada, pois eram coisas rotineiras que repetira inúmeras vezes.

Brownlow não é uma pessoa preocupada; é direto. É um desses extrovertidos joviais que abrem e leem todas as cartas e circulares assim que chegam. Durante o dia, sua secretária intercepta e lida com a maioria delas, mas, à noite, foge do controle dela e faz como lhe apraz, ou seja, abre tudo.

Rasgou vários envelopes. Havia um aviso formal de recebimento de uma carta de negócios que ditara no dia anterior, uma carta do seu advogado pedindo alguns detalhes sobre um acordo que estava fazendo, uma oferta de um cavalheiro desconhecido e de nome aristocrático para lhe emprestar dinheiro com a emissão de uma nota promissória e um aviso sobre a proposta de uma nova ala para o seu clube.

— As mesmas coisas de sempre. — Ele suspirou. — As mesmas coisas de sempre. Que chatice elas são!

Sempre tinha a esperança, como todos os homens que se aproximam da meia-idade, que sua correspondência trouxesse surpresas agradáveis — e isso nunca acontecia. Então, como ele me disse, *inter alia*, pegou um jornal notável.

Parte 2

Era diferente de um jornal comum, mas não o suficiente para que não fosse reconhecido como um jornal, e ele ficou surpreso, disse, por não o ter notado antes. Estava embrulhado em um papel verde-claro, mas não tinha selo e parecia ter sido entregue não pelo carteiro, mas por alguma outra pessoa. (Este papel de embrulho ainda existe; eu o vi.) Ele já o tinha rasgado quando notou que não era ele o destinatário.

Por um instante, ficou olhando para o endereço que lhe parecia um pouco estranho. A tipografia era incomum: "Sr. Evan O'Hara, Sussex Court, 49".

— Nome errado — disse Brownlow. — Endereço certo. Estranho. Sussex Court, 49... Suponho que ele esteja com o meu *Evening Standard*... Uma troca não é um roubo.

Colocou o papel do embrulho rasgado junto com as cartas não respondidas e abriu o jornal.

O título impresso em letras grandes, em um tom preto esverdeado e ligeiramente ornadas, era de uma fonte parecida com a usada no endereço. Mas, quando leu, viu que era o *Evening Standard!* Ou, pelo menos, o "*Even Standrd*".

— Bobagem — disse Brownlow. — É a droga de um jornal irlandês. Não sabem escrever direito, esses irlandeses...

Creio que tenha tido essa impressão, talvez por causa do papel verde e da tinta verde, que poderia ser um golpe de loteria de Dublin.

Ainda assim, se havia algo a ser lido, ele leria. Olhou para a primeira página, na qual se lia a manchete:

"WILTON BORING ATINGE ONZE MIL METROS:
SUCESOS ASSEGURADOS"

— Não — disse Brownlow. — Deve ser petróleo... Esses caras do petróleo são uns analfabetos - esqueceram um "s" em "sucessos".

Apoiou o jornal no joelho por um instante, recuperou as forças tomando um gole da bebida, pegou e acendeu um segundo cigarro e, então, se recostou na cadeira para fazer uma avaliação imparcial de qualquer estímulo para investimento em petróleo que pudesse estar em andamento.

Mas não era um artigo sobre petróleo. Logo percebeu que na verdade era algo mais estranho do que petróleo. Ele se viu analisando um verdadeiro jornal noturno que tratava, até onde percebia em uma primeira olhada, de assuntos de outro mundo.

Por um instante, teve a sensação de que a poltrona e a saleta de estar flutuavam em um vasto espaço e, então, tudo voltou a ficar firme e sólido.

Este objeto nas suas mãos era, sem sombra de dúvidas, um jornal impresso. Um pouco estranho na tipografia, e o papel não era áspero como o de um jornal normal, mas não deixava de ser normal. Estava impresso em três ou quatro colunas — ele realmente não conseguia se lembrar exatamente — e havia manchetes alinhadas sob o cabeçalho da página. Havia um elemento meio *art nouveau* no fim de uma das colunas, que poderia ser uma publicidade (mostrava uma mulher com um chapelão enorme), e no canto superior esquerdo havia um inconfundível mapa de previsão do tempo da Europa Ocidental, com linhas isobáricas coloridas ou isotérmicas, ou seja lá o que fossem, e a inscrição: "Previsão do tempo para amanhã".

E, então, notou a data. Era 10 de novembro de 1971!

— Espere um pouco — disse Brownlow. — Espere um pouco aí!

Inclinou o jornal de um lado para o outro. A data continuou a mesma: 10 de novembro de 1971.

Levantou-se em um estado de imensa perplexidade e largou o jornal, sentindo um medo momentâneo dele. Esfregou a testa.

— Você deu uma de Rip Van Winkle e dormiu por anos, Brownlow, meu garoto? — perguntou para si mesmo.

Pegou o jornal novamente, foi até o hall e se olhou no espelho. Ficou mais tranquilo ao ver que não havia sinais de avanço da idade, mas a expressão de consternação e incredulidade que viu no reflexo de repente lhe pareceu indigna e injustificada. Começou a rir de si mesmo, mas não de forma incontrolável. Então, olhou para o rosto conhecido.

— Eu devo estar altinho — disse ele, usando seu modo habitual de dizer "de porre".

Sobre a mesa de apoio havia um calendário ajustável e respeitável que indicava que era 10 de novembro de 1931.

— Viu só? — perguntou ele em tom de reprimenda enquanto sacudia o jornal extraordinário diante dele. — Eu deveria ter percebido há uns dez minutos que você era uma brincadeira. Um truque bobo, para dizer o mínimo. Acho que colocaram Low como editor esta noite. E ele deve ter tido essa ideia, não?

Sentiu que tinham lhe pregado uma peça, mas a piada era boa. E, animado com aquele entretenimento incomum, voltou para a poltrona. Era uma boa ideia, um jornal de quarenta anos no futuro. Seria divertido se tivesse sido bem-feito. Por um tempo, nenhum som, a não ser o farfalhar das páginas sendo viradas e a respiração de Brownlow, quebrava o silêncio do apartamento.

Parte 3

Considerando que era uma criação imaginativa, achou que o jornal estava bom demais. Sempre que virava uma página, esperava que a folha caísse na gargalhada e denunciasse a piada. Mas isso não aconteceu. De mera piada, transformou-se em uma brincadeira imensa e divertida, talvez um pouco elaborada demais. E, então, como uma brincadeira, aquilo passou por estágios e estágios de incredibilidade, como qualquer coisa, exceto o que professava ser, até se tornar algo totalmente incrível. Deve ter custado muito mais do que uma edição normal. Todos os tipos de cores foram usados e, de repente, ele se deparou com ilustrações que eram mais do que assombrosas; eram a realidade em cores. Nunca na vida tinha visto uma impressão tão colorida — as construções, o cenário e os costumes nas imagens eram estranhos. Estranhos, mas críveis. Eram fotografias coloridas de uma realidade dali a quarenta anos. Não conseguia acreditar em nada além daquilo. Não havia espaço para dúvida diante da presença delas.

Voltou atrás no pensamento, afastando-se da ideia de que se tratava de uma peça que estavam lhe pregando. O jornal que segurava não tinha sido apenas caro, mas custado os olhos da cara. Não importava o preço, seria impossível produzi-lo. O mundo, no presente momento, não seria capaz de produzir um objeto como aquele jornal. Disso ele tinha certeza.

Ele se sentou virando as páginas do jornal — de forma deveras mecânica — enquanto tomava seu uísque. Seu ceticismo estava suspenso, e as barreiras da crítica foram derrubadas. Sua mente agora conseguia aceitar a ideia de que estava lendo um jornal de quarenta anos no futuro sem mais protestar.

Ele fora endereçado ao sr. Evan O'Hara e acabara em suas mãos. Muito bem. Esse tal de Evan O'Hara evidentemente sabia como ficar à frente das coisas...

Duvido que naquela hora Brownlow tenha achado qualquer coisa maravilhosa na situação.

Ainda assim, era, e continua sendo, uma situação muito maravilhosa. O assombro de tudo aquilo cresce na minha mente enquanto escrevo. Foi só gradualmente que consegui construir esta imagem de Brownlow virando as páginas miraculosas, para que eu mesmo possa acreditar. E você entenderá como. Enquanto a coisa toda se revira entre credibilidade e incredibilidade na minha mente, perguntei a ele, em parte para justificar ou refutar o que ele tinha me dito, e em parte para satisfazer, por fim, minha crescente e ávida curiosidade:

— O que você leu? O que o jornal dizia? — Ao mesmo tempo, eu também estava tentando pegá-lo na mentira e solicitar todos os detalhes que ele poderia fornecer.

O que estava escrito lá? Em outras palavras, como será o mundo daqui a quarenta anos? Aquela era a escala extraordinária da visão da qual Brownlow teve um deslumbre. O mundo daqui a quarenta anos! Fico deitado à noite pensando em tudo que o jornal poderia ter revelado. Muito revelou, mas dificilmente revelou algo que não se transforme imediatamente em uma constelação de enigmas. Logo que ele me contou sobre isso, fui totalmente cético — o que é, admito, uma pena. Fiz perguntas de um jeito que as pessoas poderiam descrever como "grosseiro". Eu estava pronto — como deixei bem claro para ele — para retrucar "Mas isso é absurdo", na primeira escorregada dele. E eu tinha um compromisso que me fez partir depois de meia hora. Mas aquilo já tinha tomado conta da minha imaginação, e telefonei para Brownlow antes da hora do chá, querendo saber mais sobre a "história extraordinária" novamente. À tarde, ele estava chateado por causa da descrença que eu tinha demonstrado naquela manhã e me deu poucas informações.

— Receio que eu estava bêbado e devo ter sonhado — disse-me ele. — Eu mesmo estou começando a duvidar.

À noite, ocorreu-me pela primeira vez que, se ele não pudesse contar e registrar o que tinha visto, poderia ficar confuso e cético em relação a si mesmo. A fantasia poderia se misturar com o ocorrido. Ele poderia restringir e alterar as coisas para que fossem mais críveis. Desse modo, no dia seguinte, almocei, passei a tarde com ele e organizei tudo para passarmos o fim de semana em Surrey. Consegui dissipar o melindre que ele sentia em relação a mim. Meu entusiasmo crescente restaurou o dele. Então, nós nos propusemos seriamente a, em primeiro lugar, recuperar tudo do que ele conseguisse se lembrar sobre o jornal e, em seguida, formar alguma ideia coerente do mundo sobre o qual ele me contava.

Talvez seja um pouco banal mencionar que não éramos treinados para aquela tarefa. Pois quem poderia ser considerado treinado a fazer o que tentávamos? Que fatos ele poderia classificar como importantes e como organizá-los? Queríamos saber tudo que pudéssemos sobre 1971, e os fatos pequenos e os grandes se misturavam uns nos outros e se ofendiam entre si.

A manchete de primeira página sobre os onze mil metros em Wilton é, na minha opinião, um dos itens mais significativos da história. Fomos bem claros em relação a isso. Ela se referia, diz Brownlow, a uma série de tentativas de acessar o suprimento de calor abaixo da superfície da Terra. Fiz várias perguntas.

— Isso foi *explicado*, sabe? — disse Brownlow com um sorriso, enquanto estendia uma das mãos, remexendo os dedos. — Foi bem explicado. O sistema antigo, disseram, era descer por alguns metros ou um quilômetro para pegar carvão e queimar. Se descer um pouco mais, não será necessário retirar o carvão nem queimar nada. Basta chegar ao calor e ele subirá sozinho, usando o próprio vapor. Viu? Simples.

Ele acrescentou, então:

— Estão muito animados com isso. Não era apenas a manchete; havia um grande artigo em letras garrafais. Qual era mesmo o título? Ah! "A era da combustão chega ao fim"!

Aquilo é obviamente um grande passo para a humanidade, que vai acontecer em 10 de novembro de 1971. E, pelo modo como Brownlow descreve a situação, mostra claramente um mundo muito mais preocupado com os fundamentos econômicos do que o mundo de hoje, e lidando com eles em uma escala maior e com um espírito mais ousado.

A animação de se chegar às reservas centrais de calor, Brownlow tinha bastante certeza, não era apenas o sintoma de um aumento na inteligência e no interesse econômico práticos. Havia muito mais espaço para o trabalho científico e invenções do que vemos nos jornais contemporâneos. Havia diagramas e símbolos matemáticos, conta ele, mas ele não os olhou com muita atenção porque não conseguiu entender.

— *Extremamente* intelectual, boa parte daquilo — disse ele.

Evidentemente um mundo mais inteligente para os nossos netos e, como as imagens mostraram, um mundo mais feliz e saudável também.

— A moda fazia você ficar olhando — disse Brownlow, saindo por uma tangente. — Todas aquelas cores.

— Era muito elaborada? — perguntei.

— Em tudo, *menos* isso — respondeu ele.

A descrição dessas roupas é vaga. As pessoas retratadas nas ilustrações sociais e nos anúncios pareciam ter reduzido o uso de peças — refiro-me a coisas como coletes, calças, meias e assim por diante — a um mínimo. Não cobriam mais colo e peitoral. Parecia haver um tremendo exagero no uso de braceletes, principalmente no braço esquerdo, chegando até a altura do cotovelo, as quais tinham dispositivos que serviam como bolsos. A maioria desses acessórios de braço parecia ser muito decorativa, quase como pequenos escudos. E havia também um chapéu imenso, geralmente enrolado e levado na mão, e mantos longos de cores adoráveis e feitos com os tecidos mais belos e macios, que ou desciam a partir de uma espécie de gorjal, ou eram pregueados e enrolados no corpo nu, ou presos com cinto ou jogados sobre os ombros.

Havia algumas imagens de multidões de várias partes do mundo.

— As pessoas pareciam bem — disse Brownlow. — Prósperas e sadias, sabe? Algumas mulheres, simplesmente lindas.

Minha mente foi para a Índia. O que estava acontecendo na Índia?

Brownlow não conseguia se lembrar de nada sobre a Índia.

— Angkor — disse Brownlow. — Não fica na Índia, não é? Havia algum tipo de carnaval acontecendo por entre as "adoráveis" construções da ensolarada Angkor.

O povo de lá tinha a pele mais escura, mas se vestia do mesmo modo que as pessoas das outras partes do mundo.

O político dentro de mim se inquietou. Não havia nada sobre a Índia? Tinha certeza disso? Decerto não havia nada que tivesse deixado uma impressão na mente de Brownlow. E quanto à Rússia Soviética?

— Nada sobre a Rússia Soviética — respondeu Brownlow. Toda aquela confusão tinha deixado de ser uma questão de interesse diário.

— E como a França está lidando com a Alemanha?

Brownlow também não conseguia se lembrar de nada sobre nenhuma dessas grandes potências. Nem do Império Britânico nem dos Estados Unidos. Não havia menção a quaisquer trocas, comunicações, embaixadores, conferências, competições, comparações, tensões, nas quais o governo desses lugares aparecesse, até onde conseguia se lembrar. Buscou em sua mente. Especulei que talvez tudo que estivesse acontecendo era igual a hoje em dia — e igual aos últimos cem anos — e, dessa forma, ele passou os olhos pelos trechos em questão, mas eles não lhe chamaram a atenção. Mas ele tinha certeza de que esse não era o caso.

— Tudo isso ficou de fora — disse ele.

Ele está resoluto na afirmação de que não havia eleições em progresso, nenhum artigo sobre o parlamento, nem sobre políticos, nenhuma menção a Genebra, nem nada sobre armamento ou guerra. Todos esses principais assuntos de um jornal contemporâneo pareciam fazer parte do que "ficou de fora". Não é que Brownlow não tenha dado atenção a isso; ele tem certeza de que não estavam lá.

Agora isso é uma coisa realmente maravilhosa. Significa, pelo que entendi, que daqui a quarenta anos o grande jogo de estados soberanos chegará ao fim. Parece também que o jogo parlamentar também terá acabado e que haverá a adoção de um novo método de lidar com os assuntos humanos. Nenhuma palavra sobre patriotismo nem nacionalismo; nenhuma palavra sobre partido, nenhuma alusão sequer. Em apenas quarenta anos! Enquanto metade dos humanos já nascidos no mundo ainda estará viva! Não dá nem para acreditar logo de cara. Eu, pelo menos, não conseguiria, não fosse por aqueles dois pedaços de papel rasgado. Preciso deixar bem claro que fiquei em um estado de — como posso explicar? — crença incrédula.

Parte 4

Afinal de contas, em 1831, pouca gente acreditava em viagens ferroviárias ou em barcos a vapor e, em 1871, uma pessoa poderia fazer uma viagem pelo mundo em oitenta dias em um navio a vapor e enviar telegramas em alguns minutos praticamente para qualquer canto da Terra. Quem poderia ter imaginado uma coisa dessas em 1831? Revoluções da vida humana, quando começam a chegar, chegam muito rápido. Nossas ideias e nossos métodos mudam mais rápido do que imaginamos.

Em apenas quarenta anos!

Não era apenas o fato dessa ausência de políticas nacionais no jornal daquela noite, mas havia um outro elemento ainda mais fundamental. Negócios, nós dois achamos, finanças, melhor dizendo, não estavam em destaque, pelo menos não tanto quanto as notícias contemporâneas. Não temos muita certeza em relação a isso, mas essa é a impressão. Não havia a cotação da Bolsa de Valores, por exemplo, nenhuma página dedicada à cidade e nada ocupando seu lugar. Cheguei a sugerir que Brownlow talvez tivesse pulado uma página e que talvez fosse tão parecido com os dias de hoje que ele passou direto e se esqueceu. Foi o que eu sugeri, mas ele tem quase certeza de que esse não é o caso. Assim como a maioria de nós atualmente, ele acompanha de perto, e com certo nervosismo, os números dos seus investimentos e tem certeza de que procurou o artigo sobre a cidade.

O dia 10 de novembro de 1971 pode ter caído em uma segunda-feira — parece ter havido algum tipo de reajuste dos meses e dias da semana; mas esse é um detalhe que não vou abordar agora —, mas isso não é o suficiente para explicar a ausência das notícias da cidade. Isso também, ao que tudo indica, terá desaparecido daqui a quarenta anos.

Será, então, que alguma transformação revolucionária e extraordinária está por vir? Algo que porá um fim aos investimentos e à especulação? O mundo se tornará bolchevique? No jornal, porém, não havia qualquer sinal disso, nem nenhuma referência do tipo. Ainda assim, contra esta ideia de alguma estupenda revolução econômica, temos o fato de que, daqui a quarenta anos, a edição noturna de um jornal londrino conhecido continuará sendo entregue na caixa de correio de uma pessoa como acontece hoje em dia. Nenhuma sugestão de transformação social ali. O mais forte efeito parece vir de mudanças imensas que chegaram aos poucos, no dia a dia, a cada hora, sem nenhum tipo de salto revolucionário, do mesmo modo que as manhãs ou a primavera chegam ao mundo.

Tais especulações fúteis são irresistíveis. O leitor deve perdoá-las. Voltemos, então, à nossa história.

Havia uma foto de uma avalanche perto de Ventimiglia, uma de algum trabalho químico em Salzburgo e outra ainda de uma luta perto de Irkutsk. (Dessa foto, como já vou explicar, ainda resta um recorte desbotado.)

— Chamaram isso de... — Brownlow fez um esforço para se lembrar e estalou os dedos, triunfante: — ... "Captura de bandidos pela Polícia Federal".

— *Polícia Federal de qual país?* — perguntei.

— Pois aqui, você me pegou — respondeu Brownlow. — Os sujeitos dos dois lados pareciam chineses, mas havia um ou dois mais altos que poderiam ser americanos, britânicos ou escandinavos.

Brownlow disse de repente:

— Mas o que ocupava boa parte do jornal eram gorilas. Havia muito estardalhaço sobre eles, na verdade. Não tanto que ficasse enfadonho, mas, mesmo assim, muito estardalhaço. Fotografias. Um mapa. Um artigo especial e mais algumas notas.

O jornal, na verdade, anunciara a morte do último da espécie. Demonstrou-se um considerável ressentimento diante da tragédia que ocorrera na reserva africana reservada a esses animais. A população mundial de gorilas vinha diminuindo havia anos. Em 1931, a estimativa era de que havia novecentos. Quando o Conselho Federal assumiu, eram apenas trezentos.

— Conselho Federal *de onde*? — perguntei.

Brownlow não sabia muito mais do que eu. Quando leu a expressão, ela lhe pareceu certa. Ao que tudo indica, aquele Conselho Federal tinha muito a fazer imediatamente, mas com recursos insuficientes. Tive a impressão no início de que devia ser algum tipo de conselho conservador, improvisado em uma situação de pânico para salvar criaturas raras da extinção. Os gorilas não foram protegidos o suficiente e foram apagados da existência de forma repentina por alguma forma maligna de gripe. Tudo acontecera praticamente antes de ser detectado. O jornal clamava por investigação e mudanças drásticas de reorganização.

Esse Conselho Federal, seja lá de onde for, parecia ser um órgão de importância considerável em 1971. Seu nome apareceu novamente no artigo sobre reflorestamento. Esse assunto interessou Brownlow por demais, uma vez que ele tem grandes investimentos em madeireiras. Esse órgão governamental não apenas era responsável pela moléstia dos gorilas selvagens como também pela plantação de árvores em lugares como — notem os nomes! — Canadá, Estado de Nova York, Sibéria, Argel e a costa leste da Inglaterra, tendo sido denunciado por inúmeras negligências no combate a pragas de insetos e doenças fúngicas em plantas. O conselho ultrapassava nossas fronteiras contemporâneas de forma surpreendente, abarcando todo o mundo. "Apesar das recentes restrições adicionais impostas às grandes madeireiras da indústria de construção e moveleira, existe uma possibilidade real de escassez de madeira nas regiões ameaçadas a partir de 1985. O Conselho Federal admite um atraso no início dos trabalhos para conter a situação urgente; mas, diante do lúcido relatório preparado pela Comissão James, há pouca ou nenhuma justificativa para a falta de agressividade e o excesso de confiança que o Conselho demonstrou."

Eu só sou capaz de citar esse artigo em particular, porque, na verdade, está diante de mim enquanto escrevo. Como explicarei mais adiante, ele é tudo o que resta deste jornal notável. O resto foi destruído e tudo que podemos saber a respeito dele agora é por meio da memória boa, mas não totalmente confiável, de Brownlow.

Parte 5

Minha mente, com o passar dos dias, está fixa naquele Conselho Federal. Esse órgão significa possivelmente que existirá uma federação mundial, um controle científico de toda vida humana daqui a quarenta anos? Acho essa possibilidade... desconcertante. Sempre acreditei que o mundo estava destinado a se unificar. "Parlamento da Humanidade e Confederação do Mundo", nas palavras de Tennyson, mas sempre acreditei que esse processo levaria séculos. No entanto, meu senso temporal não é bom. Sempre tive tendência a subestimar o ritmo da mudança. Escrevi em 1900 que haveria aeroplanos dali a "cinquenta anos". E aquelas coisas desconcertantes estavam voando para todos os lados e transportando passageiros antes de 1920.

Mas deixe-me contar brevemente o resto do jornal da noite. Parecia haver muitos artigos de esporte e moda; escreveram muito sobre uma coisa chamada "espetáculo" — com fotos — um monte de críticas ilustradas sobre arte decorativa e particularmente arquitetura. As construções arquitetônicas que viu nas fotos eram "imensas e magníficas. Grandes blocos de construção. Tipo Nova York, mas de uma forma mais coesa"... Infelizmente, ele não sabe desenhar. Havia seções dedicadas a uma coisa que ele não conseguia compreender, mas que acha que era tipo "coisas de um programa de rádio".

Tudo aquilo sugere um tipo de avanço na vida humana, parecida com a vida que levamos hoje, mas possivelmente mais alegre e melhor. Mas aqui está algo... diferente.

— A taxa de natalidade — disse Brownlow, tentando se lembrar — era de sete a cada mil.

Soltei uma exclamação. As taxas de natalidade mais baixas na Europa agora estão entre dezesseis ou mais por mil. A da Rússia é de quarenta por mil e está diminuindo devagar.

— Era sete — disse Brownlow. — Exatamente sete. Eu notei isso. Em um parágrafo.

— Mas a taxa de natalidade de onde? — perguntei. — Da Grã-Bretanha? Da Europa?

— Só falava em taxa de natalidade — respondeu Brownlow. — Só isso.

Creio que esse seja o item mais irresistível daquele estranho vislumbre do mundo dos nossos netos. Uma taxa de natalidade de sete por mil não significa uma população mundial fixa; significa uma população que está diminuindo em ritmo bem acelerado — a não ser que a taxa de mortalidade esteja ainda menor. Possivelmente as pessoas, nessa época, não morram tanto, e talvez vivam muito mais. Sobre isso, Brownlow não tinha muito a dizer. As pessoas nas fotos não lhe pareceram muito "velhas". Havia muitas crianças e pessoas jovens ou de aparência jovem.

— Mas, Brownlow, não havia crimes? — perguntei.

— Tinha — respondeu Brownlow. — Eles falaram sobre um grande caso de envenenamento, mas era difícil demais de entender. Você sabe como é com esse tipo de crime. A não ser que você esteja acompanhando desde o início, é difícil entender a situação. Nenhum jornal descobriu ainda que para cada crime deve haver um resumo atualizado todos os dias. E, daqui a quarenta anos, eles ainda não fazem isso. Ou melhor, não farão. Como você preferir colocar.

— Havia vários crimes e os jornalistas os chamavam de histórias — resumiu ele. — Histórias pessoais. O que me surpreendeu foi que eles pareciam ser mais empáticos do que os nossos repórteres, mais preocupados com os motivos e menos com as descobertas. O que você poderia chamar de psicológico, por assim dizer.

— Havia algum artigo sobre livros? — perguntei.

— Não me lembro de ter lido nada sobre livros — disse ele.

E isso foi tudo. A não ser por mais um ou outro detalhe sobre um possível 13º mês no calendário anual, isso era tudo. Era insuportavelmente irresistível. Esse é o relato de Brownlow sobre o jornal. Ele o leu — como qualquer pessoa lê um jornal. Ele estava naquele estado ébrio confortável quando nada é inacreditável e nada é realmente maravilhoso. Sabia que estava lendo a edição noturna de um jornal dali a quarenta anos, e se sentou diante da lareira, fumou e tomou seu drinque e não ficou mais perturbado do que ficaria se estivesse lendo um livro criativo sobre o futuro.

De repente, o relógio de bronze badalou. Duas horas.

Ele se levantou e bocejou. Largou aquele jornal espantoso e milagroso, como costumava fazer com qualquer jornal velho; levou a correspondência para a escrivaninha do gabinete e, com o passo preguiçoso de um homem cansado, deixou as roupas espalhadas de qualquer maneira pelo chão e foi para a cama.

No meio da noite, porém, acordou com sede e a cabeça anuviada. Ficou ali, acordado, e pensou que algo de muito estranho tinha lhe acontecido. A mente voltou à ideia de que tinha caído em uma história muito engenhosa. Levantou-se para tomar um gole de água Vichy e um remédio para o fígado, enfiou a cabeça na água fria e se viu sentado na cama, enxugando o cabelo e duvidando se realmente tinha visto aquelas fotos em cores vivas ou se tinha imaginado tudo aquilo. Também lhe passou pela cabeça que a possiblidade de uma escassez de madeira em 1985 seria algo que poderia afetar seus investimentos e principalmente um fundo que estava fazendo em nome de um bebê em quem estava interessado. Seria inteligente, pensou ele, investir mais em madeira.

Atravessou o corredor e voltou para a sala de estar. Ficou sentado ali, de roupão, virando as páginas maravilhosas. Estava lá, nas suas mãos, cada página completa, sem nenhuma orelha. Pensou que poderia estar acontecendo algum tipo de auto-hipnose, mas certamente as fotografias pareciam tão reais quanto se estivesse olhando pela janela. Depois de olhar para elas por um tempo, releu o parágrafo sobre a madeira. Sentia que precisava guardar aquela informação. Não sei se você compreenderá como funcionava a mente dele — de minha parte, consigo entender como aquilo era perfeitamente irracional e totalmente natural ao mesmo tempo —, mas ele pegou aquele jornal maravilhoso, dobrou a página em questão, rasgou aquele artigo em particular e abandonou o restante. Cambaleou sonolento para o quarto e caiu no sono.

Parte 6

Quando acordou de novo, eram nove horas da manhã. Seu chá matinal encontrava-se intocado na mesa de cabeceira, e o quarto estava banhado de sol. Sua criada tinha acabado de entrar no quarto.

— Você estava dormindo tão bem que não tive coragem de acordá-lo. Quer que eu pegue um chá fresco? — disse ela.

Brownlow não respondeu. Estava tentando se lembrar de uma coisa estranha que tinha acontecido.

Ela repetiu a pergunta.

— Não. Vou tomar café de roupão antes do banho — ele disse, e ela saiu do quarto.

Foi quando ele viu o recorte do jornal.

Em instantes, estava no corredor, indo apressado para a sala de estar.

— Eu deixei um jornal aqui — disse ele. — Deixei um jornal.

Ela veio ver o que ele queria.

— Um jornal? — perguntou ela. — Ele foi para o lixo há duas horas, junto com toda a poeira.

Brownlow teve um momento de extrema consternação.

Ele começou a invocar Deus.

— Eu queria *ficar* com ele! — gritou. — Eu queria *ficar* com ele.

— Mas como *eu* poderia saber disso?

— Mas você não notou que aquele jornal tinha uma aparência extraordinária?

— Eu não tenho muito tempo para ficar lendo jornal, preciso limpar o apartamento todo — disse ela. — Acho que vi umas fotos coloridas de mulheres banhando-se e algumas cantoras, mas isso não me importa. Não parecia um jornal adequado para mim. E como eu poderia saber que você ia querer lê-lo de novo esta manhã?

— Eu preciso pegar esse jornal de volta — disse Brownlow. — É de vital importância. Mesmo que todo o condomínio precise parar, eu quero aquele jornal de volta.

— Eu não conheço nada que tenha voltado da lixeira — disse a criada. — Uma vez que lançamos pela calha, o lixo se vai. Mas vou ligar para a portaria e ver o que pode ser feito. A maioria das coisas cai direto na fornalha de água fervente. Eles dizem...

É verdade. O jornal estava perdido.

Brownlow quase enlouqueceu de raiva. Com um enorme esforço para se controlar, sentou-se e comeu o desjejum frio. Ficava repetindo "Ah, meu Deus!" enquanto comia. No meio da refeição, levantou-se para pegar o recorte do jornal no quarto e, então, encontrou o invólucro endereçado a Evan O'Hara no meio das cartas que recebera na noite anterior. Aquilo parecia quase uma confirmação enlouquecedora. Aquilo realmente tinha acontecido.

Logo depois do desjejum, ele me ligou para pedir ajuda para clarear os pensamentos.

Eu o encontrei em seu gabinete, com os dois pedaços de papel diante dele. Ele fez um gesto solene.

— O que houve? — perguntei, de pé, diante dele.

— Diga-me — disse ele. — Diga-me o que são esses objetos. Isso é sério. Ou... — Ele deixou a frase por dizer.

Peguei o pedaço rasgado do invólucro e senti sua textura.

— Sr. Evan O'Hara — li.

— Sim. Sussex Court, 49, não?

— Isso — concordei e olhei para ele.

— *Isso* não é alucinação, não é?

Ele negou com a cabeça.

— E quanto a isto? — A mão dele tremeu enquanto estendia o recorte para mim. Eu o peguei.

— Estranho — disse eu. Fiquei olhando para a tinta verde--escura, a fonte incomum e algumas novidades de grafia. Então, virei o recorte. No verso do artigo havia uma parte das lustrações; suponho que era um quarto da fotografia da "Captura de bandidos pela Polícia Federal" que já mencionei.

Quando a vi naquela manhã, ainda não tinha começado a desbotar. Representava um pedaço de alvenaria quebrada em um deserto arenoso com montanhas a distância. A atmosfera fria e clara e o brilho de úma tarde sem nuvens eram perfeitamente visíveis. No primeiro plano, havia quatro homens mascarados vestindo uniforme marrom e usando alguma máquina pequena de rodinhas com um tubo e um bico emitindo um jato que saía pela esquerda, onde o fragmento foi arrancado. Não consigo imaginar o que o jato estava fazendo. Brownlow diz que acha que estavam envenenando alguns homens em uma cabana. Eu nunca tinha visto uma impressão com cores tão reais.

— Mas o que é isto? — perguntei.

— É *aquilo* — disse Brownlow. — Eu não estou louco, não é? Realmente é *aquilo*.

— Mas que diabos é isto?

— É um recorte de um jornal de 10 de novembro de 1971.

— É melhor você explicar — disse eu e me sentei, segurando o recorte, para ouvir a história.

E, com eliminação de muitas perguntas, digressões e repetições quando possível, esta é a história que escrevi aqui.

Eu disse no início que esta era uma história extraordinária e extraordinária ela permanece, fantasticamente extraordinária. Eu volto a ela de tempos em tempos, e ela se recusa a se assentar na minha mente como algo que não seja qualquer coisa além de incongruente com tudo que já vivenciei e tudo em que acredito. Não fosse pelos dois pedaços de papel, talvez fosse fácil desconsiderá-la. Talvez fosse fácil dizer que Brownlow tivera uma visão ou um sonho com nitidez e consistência sem paralelo. Ou que fora enganado, e sua cabeça ficara confusa com o embuste. Ou ainda, pode-se acreditar que ele realmente tenha visto o futuro com algum tipo de exagero naquelas previsões citadas pelo sr. J. W. Dunne no seu notável "Experimentos com o Tempo". Mas nada que o sr. Dunne contou pode explicar como uma edição noturna de um jornal pode ser entregue na abertura de cartas quarenta anos adiantado.

O invólucro não sofreu qualquer alteração desde que o vi pela primeira vez. Mas o recorte de jornal do artigo sobre reflorestamento está se dissolvendo em um pó fino e o fragmento da foto no verso está desbotando; a maior parte da cor se foi e os contornos perderam a nitidez. Levei um pouco do farelo para o meu amigo Ryder da Royal College, cujo trabalho em microquímica é muito conhecido. Ele disse que aquilo não é papel no sentido exato. Diz que é feito de alumínio fortificado com uma mistura de alguma substância artificial resinosa.

Parte 7

Embora eu não ofereça nenhuma explicação deste caso, acho que vou arriscar uma pequena profecia. Tenho uma crença ferrenha de que em 10 de novembro de 1971 o nome do morador do apartamento 49 do prédio Sussex Court será sr. Evan O'Hara. (Não existe nenhum morador com esse nome atualmente em Sussex Court, e eu não encontrei ninguém com esse nome do catálogo telefônico do prédio, nem de Londres). E, naquela noite em particular, daqui a quarenta anos, ele não vai receber seu exemplar usual do *Even Standrd*: em vez disso, vai receber a edição do *Evening Standard* de 1931. Eu tenho a fantasia incurável de que é isso que vai acontecer.

Esteja eu certo ou errado, o fato é que Brownlow realmente teve duas horas marcantes para ler um jornal de quarenta anos à frente de seu tempo e que eu tenho tanta certeza disso quanto tenho certeza de que meu nome é Hubert G. Wells. Existe algo que eu possa dizer que seja mais forte do que isso? ✦

1898

MR. LEDBETTER'S VACATION

As férias do sr. Ledbetter

O sr. Ledbetter está inconformado com sua falta de aventura. Disposto a provar para si mesmo que não é covarde, ele invade uma casa – sem saber que lá reside um homem que o levará para a maior aventura de sua vida.

UNIVERSOS PECULIARES

Meu amigo, o sr. Ledbetter, é um homenzinho de rosto redondo, cuja mansidão natural no olhar fica exacerbada quando se nota o feixe de luz através de seus óculos, e cuja voz grave e ponderada irrita pessoas irritadiças. Traz consigo, desde os tempos de escola, certa clareza elaborada na pronúncia que o acompanha até seu vicariato atual, e também certa determinação ansiosa em ser firme e correto em relação a todas as questões, tenham elas importância ou não. É sacerdotalista e joga xadrez, e muitos suspeitam que pratica secretamente matemática avançada — coisas mais honrosas do que interessantes. Sua conversa é prolixa e dada a detalhes desnecessários. De fato, muitos consideram a interação com ele "maçante", para ser franco, e já até me fizeram o elogio de perguntar por que o tolero. Contudo, por outro lado, há uma grande facção que se impressiona com o fato de ele tolerar um conhecido desleixado e desonroso como eu. Poucos parecem enxergar equilíbrio na nossa amizade. Mas isso é porque não sabem do vínculo que nos une, da minha ligação amistosa, graças à Jamaica, com o passado do sr. Ledbetter.

Sobre esse passado, ele demonstra uma modéstia angustiada:

— *Não sei* o que eu faria caso isso se tornasse conhecido — diz ele; e repete, com emoção: — Não sei *o que* faria.

Para falar a verdade, duvido que faria qualquer coisa além de ficar com as orelhas muito vermelhas. Mas isso ficará claro mais à frente; também não contarei aqui sobre nosso primeiro encontro, uma vez que, como regra geral — embora eu esteja propenso a quebrá-la —, o fim de uma história deva vir depois do início, e não antes. E o início desta história data de muito tempo atrás; na verdade, agora já faz quase vinte anos desde que o Destino, por meio de uma série de manobras complicadas e surpreendentes, trouxe o sr. Ledbetter, por assim dizer, até minhas mãos.

Naquela época, eu morava na Jamaica, e o sr. Ledbetter era professor na Inglaterra. Ele tinha entrado para o clero, e já era possível reconhecer nele o mesmo homem que é hoje: a mesma rotundidade no rosto, os mesmos óculos — ou semelhantes — e a mesma sombra tênue de surpresa em sua expressão relaxada. Ele estava, é claro, desleixado quando o vi, e seu colarinho era mais uma atadura úmida do que um colarinho, o que deve ter ajudado a preencher o abismo natural que havia entre nós — mas, sobre isso, como afirmei, falarei mais tarde.

A história começou em Hithergate-on-Sea e, ao mesmo tempo, com as férias de verão do sr. Ledbetter. Lá ele chegou, buscando um descanso muito necessário, com uma maleta marrom com as iniciais "F.W.L.", um chapéu de palha branco e preto novíssimo e dois pares de calças brancas de flanela. Ficou naturalmente animado por ter deixado a escola, pois não gostava muito dos meninos que ensinava. Após o jantar, travou uma discussão com uma pessoa loquaz que estava hospedada na pensão à qual ele recorrera, seguindo o conselho da tia. Essa pessoa loquaz era o único homem além dele na casa. A discussão era sobre o melancólico desaparecimento do encanto e da aventura nos últimos tempos, a prevalência das viagens pelo mundo, a abolição das distâncias graças ao vapor e à eletricidade, a vulgaridade das propagandas, a degradação da humanidade por causa da civilização e muitas outras coisas. A pessoa loquaz se mostrou particularmente eloquente ao falar sobre a decadência da coragem humana devido à segurança, uma segurança que o sr. Ledbetter irrefletidamente se juntou a ele para lamentar. O sr.

Ledbetter, no primeiro deleite da emancipação de seus "deveres", e talvez ansioso por estabelecer uma reputação de sociabilidade viril, bebeu, um tanto mais livremente do que era aconselhável, do excelente uísque que a pessoa loquaz produzia. Mas ele não ficou embriagado, insiste. Ficou simplesmente mais eloquente do que costuma ser quando sóbrio, e desprovido de uma percepção mais apurada em seu juízo. E, após aquela longa conversa sobre os admiráveis velhos tempos que nunca voltariam, ele saiu para uma Hithergate enluarada e, sozinho, subiu a estrada na encosta onde os casarões se amontoam.

Ele lamentara, e agora, enquanto caminhava pela estrada silenciosa, ainda lamentava que o destino lhe houvesse reservado uma vida tão monótona de pedagogo. Que existência prosaica ele levava; tão estagnada, tão insípida! Segura, metódica, ano após ano, que razão havia para a bravura? Ele pensou com inveja naqueles dias errantes e medievais, tão próximos e tão distantes, de missões e espiões, de *condottieri* e de muitas circunstâncias arriscadas que exigiam erguer espadas. E, de repente, surgiu uma dúvida, uma estranha dúvida, vinda de algum pensamento fortuito sobre tormentos, que destruía por completo a atitude que ele adotara naquela noite.

Ele, o sr. Ledbetter, afinal era de fato tão corajoso quanto presumia? Será que realmente ficaria tão satisfeito se as ferrovias, a polícia e a segurança desaparecessem de repente da terra?

O homem loquaz havia falado sobre o crime com inveja.

— O assaltante — dissera — é o único aventureiro de verdade que restou na Terra. Pense em sua luta solitária contra todo o mundo civilizado!

E o sr. Ledbetter fizera eco à sua inveja:

— Eles *de fato* se divertem um pouco na vida — concordara. — E são as únicas pessoas que o fazem. Pense em como deve ser a sensação de esgueirar-se para dentro de uma casa! — E soltou uma risada cruel.

Agora, nesse momento íntimo e mais franco de meditação, pegou-se fazendo uma comparação entre seu tipo de coragem e o do criminoso habitual. Ele tentou responder a esses questionamentos insidiosos com uma total asseveração.

— Eu poderia fazer tudo isso — afirmou o sr. Ledbetter. — Desejo fazer tudo isso. Apenas não cedo aos meus impulsos criminosos. Minha bravura moral me impede.

Mas duvidou até mesmo enquanto dizia essas coisas a si próprio.

O sr. Ledbetter passou por um casarão grande e isolado. Convenientemente situada acima de uma varanda silenciosa e útil, havia uma janela escura e escancarada, totalmente aberta. Na época, ele mal percebera, mas aquela imagem o acompanhou e entrelaçou-se em seus pensamentos. Imaginou-se escalando aquela varanda, esgueirando-se agachado, mergulhando naquele interior escuro e misterioso.

— Ora! Você não ousaria — disse o Espírito da Dúvida.

— O dever para com meus semelhantes me proíbe — respondeu a dignidade do sr. Ledbetter.

Eram quase onze horas, e a cidadezinha litorânea já estava muito quieta. O mundo inteiro dormia sob o luar. Apenas um acolhedor retângulo de veneziana ao longe na estrada dava indícios de alguma vida desperta. Ele se virou e retornou lentamente até o casarão com a janela aberta. Ficou durante algum tempo do lado de fora do portão, em meio a um campo de batalha onde as motivações se confrontavam.

— Vamos testar as coisas — disse a Dúvida. — Para satisfazer essas dúvidas intoleráveis, mostre que ousa entrar naquela casa. Invada sem levar nada. Isso, afinal, não é crime.

Muito delicadamente, ele abriu e fechou o portão, e deslizou até as sombras dos arbustos.

— Isso é tolice — alertou a cautela do sr. Ledbetter.

— Eu já esperava por isso — retrucou a Dúvida.

Seu coração batia rápido, mas ele certamente não sentia medo. *Não* sentia medo, mas permaneceu sob aquelas sombras por um tempo considerável.

A subida até a varanda, era evidente, teria de ser feita às pressas, pois seria tudo à plena luz do luar, e seria possível vê-lo do portão que dava para a avenida. Uma treliça incrustada com rosas trepadeiras jovens e ambiciosas tornava a subida ridiculamente fácil. Ali, naquela sombra negra junto ao vaso de pedra com flores, ele poderia se agachar e ver mais de perto essa brecha na segurança doméstica, a janela aberta. Por um tempo, o sr. Ledbetter ficou tão quieto quanto a noite, e então aquele uísque insidioso fez pender a balança. Ele correu até lá, escalou a treliça com movimentos rápidos e convulsivos, saltou o parapeito da varanda e caiu ofegante na sombra, exatamente como havia planejado. Tremia violentamente, sem fôlego, e seu coração batia ruidoso, mas com um sentimento de exultação. Estava a ponto de gritar ao descobrir que sentia tão pouco medo.

Uma frase feliz que aprendera com o "Mefistófeles" de Wills lhe veio à mente enquanto estava agachado ali.

— Eu me sinto como um gato sobre as telhas — sussurrou para si mesmo.

Era muito melhor do que esperava — essa euforia da aventura. Ele sentia muito por todos os pobres infelizes para quem invadir casas era algo desconhecido. Nada acontecera. Ele estava bastante seguro. E agindo com grande valentia!

E agora a janela, para completar a invasão! Será que ousaria fazer isso? A posição dela, acima da porta da frente, fazia supor que dava para um patamar ou corredor, e não havia espelhos nem sinal de se tratar de um quarto, ou qualquer outra janela no primeiro andar que sugerisse a possibilidade de haver alguém adormecido em seu interior. Por um tempo, ficou ouvindo sob a janela, depois ergueu os olhos acima do peitoril e espiou lá dentro. Bem perto, num pedestal, o que foi um pouco surpreendente a princípio, estava uma gesticulante estátua de bronze, quase em tamanho natural. Ele se abaixou e, depois de algum tempo, espiou novamente. Mais adiante, havia um amplo patamar, com uma luz fraca; uma frágil cortina de contas, muito preta e nítida, de frente para outra janela; uma ampla escadaria, mergulhando num abismo de escuridão lá embaixo; e outra, que subia para o segundo andar. Ele olhou para trás, mas a quietude da noite não fora interrompida.

— Crime — sussurrou —, crime.

E subiu às pressas no peitoril, entrando suave e rapidamente na casa. Seus pés pousaram em silêncio sobre um tapete de pele. Ele era de fato um assaltante!

Ficou agachado por um tempo, todo ouvidos e olhos atentos. Lá fora, ouvia-se ruídos de passos e um farfalhar, e por um momento ele se arrependeu da aventura. Um curto "miau", um sibilar e um súbito silêncio davam indícios de que eram apenas gatos, tranquilizando-o. Sua coragem aumentou. Ele se levantou. Todos estavam na cama, ao que parecia. É tão fácil cometer um assalto, se a pessoa estiver disposta... Ele ficou feliz por ter posto isso à prova. Decidiu levar algum troféu insignificante, apenas para provar que não tinha qualquer temor covarde da lei, e partir por onde tinha entrado.

Ele olhou em volta e de repente o espírito crítico voltou a surgir. Assaltantes faziam muito mais do que uma mera invasão como aquela: eles entravam nos quartos, arrombavam cofres. Bem, ele não estava com medo. Não podia arrombar cofres, pois isso seria uma tola falta de consideração com seus anfitriões. Mas entraria nos quartos, iria para o andar de cima. Mais: disse a si mesmo que estava perfeitamente seguro; uma casa vazia não poderia ser mais calma e tranquilizadora. Contudo, ele teve de cerrar as mãos e reunir toda a sua determinação antes de começar a subir muito delicadamente a escada na penumbra, parando por vários segundos entre cada degrau. No andar acima havia um patamar quadrado com uma porta aberta e várias portas fechadas. E toda a casa estava em silêncio. Por um momento, ficou se perguntando o que aconteceria se alguém acordasse de repente e aparecesse. A porta aberta mostrava um quarto iluminado pela lua, a colcha branca e intacta. Dentro desse quarto, ele se esgueirou por três minutos intermináveis e pegou uma barra de sabonete como butim — seu troféu. Ele se virou para descer com ainda mais cuidado do que havia subido. Aquilo era tão fácil quanto...

Silêncio...!

Passos! Sobre o cascalho do lado de fora da casa, e então o som de chaves, o rangido e o estrondo de uma porta abrindo e batendo, e o chiado de um fósforo no corredor abaixo. O sr. Ledbetter ficou petrificado ao de repente se dar conta da loucura que o levara até ali.

— Diabos, como vou sair dessa?

O hall de entrada iluminou-se com a chama de uma vela, algum objeto pesado bateu contra o porta-guarda-chuva, e pés começaram a subir a escada. Num piscar de olhos, o sr. Ledbetter percebeu que sua saída estava interditada. Ele ficou parado por um momento, uma figura digna de pena, confusa e arrependida.

— Minha nossa! Como fui *tolo*! — sussurrou.

E então disparou rapidamente pelo patamar escuro até o quarto vazio de onde acabara de sair. Ficou ouvindo enquanto tremia. Os passos alcançaram o patamar do primeiro andar.

Que pensamento terrível! Este provavelmente era o quarto do homem que acabara de chegar! Não havia nem um momento a perder! O sr. Ledbetter se abaixou ao lado da cama, agradeceu aos Céus por haver nela uma saia e rastejou para dentro de sua proteção menos de dez segundos antes de ser tarde demais. Ficou imóvel, apoiado sobre as mãos e os joelhos. A luz da vela que avançava apareceu através dos pontos mais finos do tecido; as sombras correram loucamente pelo cômodo e ficaram rígidas quando a vela foi pousada.

— Meu Deus, que dia! — disse o recém-chegado, bufando ruidosamente.

E pareceu depositar um fardo pesado em cima do que o sr. Ledbetter, a julgar pelos pés, decidiu que era uma escrivaninha. O homem oculto foi então até a porta e trancou-a, examinou cuidadosamente os ferrolhos das janelas e baixou as venezianas, e, ao voltar, sentou-se na cama com espantosa pesadez.

— *Que* dia! — exclamou. — Meu Deus!

Bufou outra vez, e o sr. Ledbetter ficou inclinado a acreditar que a pessoa estava enxugando o rosto. As botas dele eram boas e resistentes; as sombras de suas pernas através da saia da cama sugeriam que se tratava de um homem de extraordinária robustez. Depois de algum tempo, ele tirou parte da roupa de cima — um paletó e um colete, concluiu o sr. Ledbetter — e, após jogá-las sobre a grade da cama, ficou ali, respirando menos ruidosamente e, ao que parecia, refrescando-se de um calor considerável. De vez em quando, murmurava para si mesmo, e em certa ocasião riu baixinho. O sr. Ledbetter murmurava para si mesmo, mas não riu.

— De todas as tolices possíveis... — disse o sr. Ledbetter. — O que diabos vou fazer agora?

Sua visão era necessariamente limitada. Os diminutos orifícios entre as costuras do tecido da saia deixavam entrar certa quantidade de luz, mas não permitiam que ele espiasse. As sombras por trás dessa cortina, exceto por aquelas pernas claramente definidas, eram enigmáticas e fundiam-se de forma confusa com os padrões floreados do chintz. Sob a borda da saia, uma tira de carpete estava visível e, ao abaixar os olhos com cautela, o sr. Ledbetter descobriu que essa tira se estendia por toda a área do piso que sua vista alcançava. O tapete era luxuoso, o quarto, amplo e, a julgar pelos rodízios e outras partes do mobiliário, bem decorado.

O que ele deveria fazer, achou difícil imaginar. Esperar até que aquela pessoa tivesse ido para a cama e então, quando parecesse dormir, rastejar até a porta, destrancá-la e sair em disparada para a varanda parecia ser a única opção. Seria possível pular da varanda? Imagine o perigo! Quando pensou nas chances de tudo sair errado, o sr. Ledbetter se desesperou. Estava prestes a esticar a cabeça ao lado das pernas do cavalheiro, tossir se necessário para chamar sua atenção e, em seguida, sorrir, desculpar-se e explicar sua infeliz intrusão com algumas frases bem escolhidas. Mas achou essas frases difíceis de escolher. *"Sem dúvida, senhor, minha aparição aqui é peculiar"* ou *"Creio que perdoará minha aparição um tanto ambígua ao sair de baixo do senhor"*, foi o máximo em que conseguiu pensar.

Perspectivas sombrias dominaram-lhe a imaginação. Supondo que não acreditassem, o que fariam com ele? Será que seu caráter nobre e imaculado não valeria nada? Tecnicamente, ele era um assaltante, isso era indiscutível. Seguindo essa linha de pensamento, ele redigia um lúcido pedido de desculpas por "esse crime técnico que cometi", a ser proferido antes que recebesse a sentença no banco dos réus, quando o cavalheiro robusto se levantou e começou a dar voltas pelo quarto. O sujeito trancou e destrancou gavetas, e o sr. Ledbetter teve uma esperança passageira de que ele pudesse estar se despindo. Mas, não! O homem se sentou à escrivaninha, começou a escrever e depois rasgar documentos. Em seguida, o cheiro de papel vergê creme sendo queimado misturou-se com o odor de charutos nas narinas do sr. Ledbetter.

— A posição em que me encontrava — explicou-me o sr. Ledbetter depois, quando me contou essas coisas — era em muitos aspectos nada recomendável. Uma barra transversal que havia embaixo da cama pressionava minha cabeça excessivamente, jogando uma parte desproporcional do meu peso sobre as minhas mãos. Depois de um tempo, experimentei o que se chama, creio eu, de torcicolo. A pressão das minhas mãos no carpete áspero logo se tornou dolorosa. Meus joelhos também doíam, pois minhas calças roçavam com força sobre eles. Naquela época, eu usava colarinhos bem mais altos do que uso hoje — de seis centímetros, na verdade — e descobri algo que não havia notado antes, que a ponta do colarinho que eu usava estava ligeiramente puída sob o queixo. Mas muito pior do que tudo isso era uma coceira no rosto que só conseguia aliviar fazendo uma careta violenta; tentei levantar a mão, mas o farfalhar da manga me assustou. Depois de um tempo, tive de renunciar a esse alívio também, pois descobri — felizmente a tempo — que minhas contorções faciais estavam fazendo os óculos deslizarem pelo nariz. A queda deles, é claro, teria me revelado, e eles acabaram parando numa posição inclinada, com um equilíbrio nada estável. Além disso, eu tinha um leve resfriado, e um desejo intermitente de espirrar ou fungar me trouxe bastante inconveniência. Na verdade, independentemente da ansiedade extrema causada pela minha posição, meu desconforto físico tornou-se em pouco tempo de fato muito considerável. Mas, ainda assim, tive de ficar lá, imóvel.

Depois de um tempo que se mostrou interminável, começou a ouvir um som tilintante. E ele foi ganhando ritmo: *plim, plim, plim* — vinte e cinco vezes —, uma batida sobre a escrivaninha e um grunhido emitido pelo dono das pernas robustas. Ocorreu ao sr. Ledbetter que esse tilintar era de ouro. Ele ficou incredulamente curioso à medida que o som prosseguia. E sua curiosidade foi aumentando. Se fosse mesmo ouro, aquele homem extraordinário já devia ter contado algumas centenas de libras. Por fim, o sr. Ledbetter não conseguiu resistir mais e, com muito cuidado, começou a dobrar os braços e abaixar a cabeça até o chão, na esperança de espiar sob a saia da cama. Ele mexeu os pés, e um deles fez um leve ruído ao raspar no chão. De repente, o tilintar cessou. O sr. Ledbetter se retesou. Depois de um tempo, o tilintar foi retomado. Então parou de novo e tudo ficou em silêncio, exceto o coração do sr. Ledbetter — para ele, o órgão parecia bater como um tambor.

O silêncio continuou. Agora a cabeça do sr. Ledbetter estava no chão, e ele conseguia enxergar as pernas robustas até a altura das canelas, completamente imóveis. Os pés estavam com as pontas apoiadas no chão e recuados, ao que parecia, sob a cadeira de seu dono. Tudo estava em completo silêncio, e assim prosseguiu, quieto. Ocorreu ao sr. Ledbetter uma grande esperança de que o desconhecido estivesse tendo um ataque ou tivesse morrido de repente, a cabeça inerte sobre a escrivaninha...

O silêncio continuou. O que tinha acontecido? O desejo de espiar tornou-se irresistível. Com muito cuidado, o sr. Ledbetter moveu a mão para a frente, esticou um dedo desbravador e começou a erguer a saia logo diante de seus olhos. Nada quebrou o silêncio. Agora ele via os joelhos daquele desconhecido e a parte de trás da escrivaninha, e então... encarou o cano de um pesado revólver sobre a escrivaninha, apontado para sua cabeça.

— Saia daí, seu canalha! — disse a voz do cavalheiro robusto num tom laconicamente calmo. — Saia. Por este lado, e agora. Nada de truques. Saia logo, agora.

O sr. Ledbetter saiu na mesma hora, talvez um pouco relutante, mas sem tentar nenhum truque e imediatamente, como lhe foi ordenado.

— Ajoelhe-se — disse o homem robusto — e levante as mãos.

A saia voltou a cair atrás do sr. Ledbetter, e ele se ergueu da posição de quatro e levantou as mãos.

— Vestido como um pároco — observou o cavalheiro robusto. — Que o diabo me carregue se não estiver! E um sujeitinho ainda por cima! Seu *canalha*! O que diabos deu em você para vir aqui esta noite? O que diabos o levou a se enfiar debaixo da minha cama?

Ele não parecia exigir uma resposta, mas imediatamente prosseguiu com várias observações muito desagradáveis sobre a aparência pessoal do sr. Ledbetter. Não era um homem muito grande, mas parecia forte para o sr. Ledbetter: era tão robusto quanto suas pernas haviam prometido, tinha feições pequenas e delicadamente talhadas, distribuídas numa área considerável do rosto esbranquiçado, e uma grande quantidade de queixos. Por fim, o tom de sua voz tinha uma espécie de nota sussurrante.

— O que diabos, repito, o levou a se enfiar embaixo da minha cama?

O sr. Ledbetter, com esforço, deu um sorriso propício e abatido. E tossiu.

— Posso entender perfeitamente... — começou.

— O quê?! O que diabos é isso? É *sabonete*?! Não! Seu canalha. Não ouse mexer essa mão.

— É sabonete — respondeu o sr. Ledbetter. — Da sua pia. Sem dúvida...

— Cale-se — interveio o homem robusto. — Posso ver que é sabonete. Mas logo um sabonete...

— Se eu puder explicar...

— Não explique. Com certeza vai ser mentira, e não há tempo para explicações. O que eu ia perguntar? Ah, sim! Você está com algum cúmplice?

— Em poucos minutos, se você...

— Você está com algum cúmplice? Maldito seja. Se começar com qualquer palavrório escorregadio, eu atiro. Tem algum cúmplice com você?

— Não — disse o sr. Ledbetter.

— Presumo que seja mentira — retrucou o homem robusto. — Mas vai pagar se estiver mentindo. Por que diabos não me derrubou quando subi as escadas? Não vai ter nenhuma chance agora. Imagine, ficar debaixo da cama! Agora você está encurralado de qualquer forma.

— Não vejo como posso fornecer um álibi — observou o sr. Ledbetter, tentando mostrar em suas palavras que era um homem culto.

Houve uma pausa. O sr. Ledbetter percebeu que, numa cadeira ao lado de seu captor, encontrava-se uma bolsa preta grande em cima de uma pilha de papéis amassados, e que havia papéis rasgados e queimados sobre a mesa. E, na frente deles, dispostas metodicamente ao longo da borda, fileiras e mais fileiras de rolinhos de moedas amarelos — cem vezes mais ouro do que o sr. Ledbetter jamais vira em toda a sua vida. A luz de duas velas, em castiçais de prata, iluminava o metal precioso. A pausa se prolongou.

— Está bem cansativo manter minhas mãos assim — disse o sr. Ledbetter com um sorriso suplicante.

— Tudo bem — respondeu o homem robusto. — Mas o que fazer com você, eu ainda não sei muito bem.

— Sei que minha situação é ambígua.

— Meu Deus! Ambígua?! E lá vai ele com seu sabonete e um formidável colarinho clerical. Você *é* um maldito assaltante, é isso que você é. Se é que já existiu algum assaltante assim!

— Para ser totalmente preciso — disse o sr. Ledbetter, e de repente seus óculos escorregaram e fizeram barulho ao bater nos botões do colete.

O homem robusto mudou de semblante, um lampejo de resolução feroz atravessou seu rosto e houve um estalo no revólver. Ele pôs a outra mão na arma. Então olhou para o sr. Ledbetter, e seus olhos baixaram até o pincenê caído.

— Agora está totalmente engatilhado — informou o homem depois de uma pausa, e pareceu voltar a respirar. — Mas eu lhe digo que você nunca esteve tão perto da morte. Meu Deus! *Estou* quase feliz. Se não fosse o revólver não estar engatilhado, agora você estaria caído aí, morto.

O sr. Ledbetter não disse nada, mas sentiu a sala balançar.

— Tanto faz escapar por pouco ou por muito. Foi sorte para nós dois não ter sido o caso. Meu Deus! — Ele bufou ruidosamente. — Não há necessidade de ficar pálido por uma bobagem dessas.

— Posso garantir, senhor... — começou o sr. Ledbetter, com esforço.

— Só há uma coisa a fazer. Se eu chamar a polícia, estou perdido: meu pequeno negócio estará acabado. Assim não vai dar certo. Se eu amarrá-lo e deixá-lo, a coisa pode ser descoberta amanhã. Amanhã é domingo e segunda-feira é feriado bancário. Eu contava com três dias. Atirar em você é assassinato e resultaria em forca; e, além disso, vai pôr a perder todo o maldito negócio. Não consigo ter ideia do que fazer... não tenho ideia!

— Se me permite...

— Você fala abobrinhas como um pároco de verdade, que o diabo me carregue se não. De todos os ladrões, você é o... Bem! Não! Eu *não* permito. Não tenho tempo. Se começar a reclamar de novo, atiro em cheio na sua barriga. Entendeu? Mas agora eu sei... agora eu sei! O que vou fazer primeiro, meu caro, é procurar armas escondidas... uma busca por armas escondidas. E olhe aqui! Quando eu disser para você fazer algo, não comece a tagarelar. Faça logo.

E, com muitas precauções minuciosas, e sempre apontando a pistola para a cabeça do sr. Ledbetter, o homem robusto o fez se levantar e revistou-o em busca de armas.

— Ora, que raio de ladrão você é?! — disse ele. — É um completo amador. Você não tem nem mesmo um bolso para a pistola na parte de trás das calças. Nem isso! Agora cale a boca.

Assim que a questão foi decidida, o homem robusto fez o sr. Ledbetter tirar o paletó, arregaçar as mangas da camisa e, com o revólver apontado para a orelha, continuar o empacotamento que sua aparição havia interrompido. Do ponto de vista do homem robusto, essa era evidentemente a única solução possível, pois, se ele mesmo empacotasse as moedas, teria de largar o revólver, de modo que até o ouro na mesa foi manipulado pelo sr. Ledbetter. Esse empacotamento noturno era bastante peculiar. A ideia do homem robusto era evidentemente distribuir o peso do ouro por sua bagagem da forma menos ostentadora possível. Não era um peso desprezível. Havia ao todo, me afirmou depois o sr. Ledbetter, quase dezoito mil libras em ouro na bolsa preta e sobre a mesa. Também havia muitos rolinhos de notas de cinco libras. Cada rolinho de vinte e cinco libras foi embrulhado em papel pelo sr. Ledbetter. Em seguida, esses rolinhos foram colocados ordenadamente em caixas de charutos e distribuídos entre um baú de viagem, uma valise de couro e uma caixa de chapéu. Cerca de seiscentas libras foram para uma lata de charuto numa bolsa de curativos. O homem robusto colocou no bolso dez libras em ouro e várias notas de cinco. Ocasionalmente, ele censurava a falta de jeito do sr. Ledbetter e instava-o a se apressar, e várias vezes recorreu ao relógio do sr. Ledbetter para checar as horas.

O sr. Ledbetter prendeu o baú e a valise com correias e devolveu as chaves ao homem robusto. Faltavam então dez minutos para a meia-noite, e até o badalar do relógio o homem robusto o fez sentar-se na valise, enquanto ele próprio ficou sentado no baú, a uma distância razoavelmente segura, empunhando o revólver, e esperou. Parecia menos agressivo agora e, depois de observar o sr. Ledbetter por algum tempo, teceu alguns comentários.

— Pelo seu sotaque, julgo que é um homem com certa educação — disse, acendendo um charuto. — Não, *não* comece com essas suas explicações. Sei pelo seu rosto que será muito prolixo, e sou um mentiroso experiente demais para me interessar pelas mentiras de outros homens. Você é, posso afirmar, uma pessoa com instrução. Faz bem em se vestir como um vigário. Mesmo entre pessoas instruídas, pode se passar por um.

— Eu *sou* um vigário — respondeu o sr. Ledbetter. — Ou, pelo menos...

— Você está tentando ser. Eu sei. Mas não devia cometer assaltos. Você não é o tipo de homem que rouba. Você é, se me permite dizer, e já devem ter lhe dito isso antes, um covarde.

— Sabe — disse o sr. Ledbetter, tentando enfim conseguir uma abertura —, foi justamente essa questão...

O homem robusto gesticulou para que ele se calasse.

— Você desperdiça sua instrução cometendo assaltos. Devia fazer uma destas duas coisas: falsificar ou desviar. Eu, da minha parte, desvio dinheiro. Sim, é o que faço. O que acha que um homem poderia estar fazendo com todo esse ouro senão isso? Ah! Ouça! Meia-noite...! Dez. Onze. Doze. Há algo que me impressiona muito nessa lenta batida das horas. Tempo, espaço... Que mistérios são eles! Que mistérios... Está na hora de irmos. Fique de pé!

E então, gentilmente, mas com firmeza, ele induziu o sr. Ledbetter a pendurar a bolsa de viagem nas costas, com a alça atravessada no peito, a pôr o baú sobre o ombro e, desprezando um protesto ofegante, a pegar a valise com a mão livre. Sobrecarregado, o sr. Ledbetter fez com dificuldade a perigosa descida da escada. O cavalheiro robusto veio atrás com um sobretudo, a caixa de chapéu e o revólver, enquanto fazia comentários depreciativos sobre a força do sr. Ledbetter, ajudando-o nas curvas da escada.

— A porta dos fundos — ordenou ele, e o sr. Ledbetter cambaleou por um solário, deixando um rastro de vasos de plantas quebrados atrás de si. — Deixe para lá essa cerâmica — disse o homem robusto. — Isso é bom para o negócio. Esperaremos aqui até meia-noite e quinze. Você pode largar essas coisas. Isso mesmo!

O sr. Ledbetter desabou ofegante sobre o baú.

— Ontem à noite — ele arfou —, eu estava dormindo no meu quartinho, e nem poderia sonhar que...

— Não precisa se incriminar — disse o cavalheiro robusto, olhando para o fecho do revólver.

E começou a cantarolar. O sr. Ledbetter fez menção de falar, mas pensou melhor.

Em seguida, veio o som de uma campainha, e o sr. Ledbetter foi levado até a porta dos fundos e instruído a abri-la. Um homem de cabelos louros, em traje de capitão de iate, entrou. Ao ver o sr. Ledbetter, ele estremeceu violentamente e apoiou as mãos nas costas. Então viu o homem robusto.

— Bingham! — exclamou. — Quem é este?

— Apenas um ato de filantropia da minha parte, um ladrão que estou tentando regenerar. Peguei-o debaixo da minha cama agora mesmo. Não precisa temê-lo, é terrivelmente tolo, mas vai ser útil para carregar algumas das nossas coisas.

De início, o recém-chegado pareceu inclinado a rejeitar a presença do sr. Ledbetter, mas o homem robusto o tranquilizou.

— Ele está sozinho. Nenhuma quadrilha no mundo o aceitaria. Não! Não comece a falar, pelo amor de Deus.

Eles saíram para a escuridão do jardim com o baú ainda curvando os ombros do sr. Ledbetter. O homem com traje de capitão de iate ia na frente, com a valise e uma pistola; atrás dele, vinha o sr. Ledbetter, parecendo Atlas; o sr. Bingham vinha em seguida com a caixa de chapéu, o paletó e o revólver, como antes. A casa era daquelas com jardins que se estendiam até a encosta. Nesta, havia uma escada íngreme de madeira que descia para uma barraca de vestiário que mal dava para distinguir na praia. Abaixo estavam um barco parado e um homenzinho quieto de pele negra ao lado dele.

— Só uma breve explicação — disse o sr. Ledbetter. — Posso assegurar-lhes...

Alguém o chutou e ele não disse mais nada.

Fizeram-no se arrastar na água até o barco, carregando o baú, puxaram-no a bordo pelos ombros e cabelos e não o chamaram de nada melhor do que "canalha" e "ladrão" durante toda a noite. Mas falavam em voz baixa para que as pessoas não soubessem de sua ignomínia. Transportaram-no a bordo de um iate tripulado por orientais estranhos e impiedosos, e em parte o empurraram e em parte ele caiu de uma prancha de embarque, aterrissando num lugar escuro e fétido, onde permaneceria por muitos dias — quantos, não sabe, pois perdia a conta, entre outras coisas, quando ficava enjoado. Alimentaram-no com biscoitos e palavras incompreensíveis; deram-lhe para beber água misturada com um rum indesejado. E havia baratas onde o puseram, baratas, noite e dia, e ratos à noite. Os orientais esvaziaram os bolsos dele e levaram seu relógio — mas o sr. Bingham, atraído pelo objeto, tomou-o para si. E cinco ou seis vezes os cinco lascares — se é que eram lascares —, o chinês e o homem negro que constituíam a tripulação o pescaram e o levaram até Bingham e seu amigo para jogar baralho e ouvi-los contarem suas histórias e se gabarem, sendo obrigado a demonstrar interesse por aquelas empreitadas.

Em tais ocasiões, esses chefes falavam com ele como os homens falam com aqueles que viveram uma vida de crimes. Nunca permitiam explicações, embora deixassem bastante claro que ele era o ladrão mais esquisito que já tinham visto. Diziam isso o tempo todo. O homem louro tinha um temperamento taciturno e era irascível no jogo; mas o sr. Bingham, agora que a evidente ansiedade em deixar a Inglaterra havia sido amenizada, exibia uma aprazível veia para a filosofia. Ele se aprofundou ao falar sobre os mistérios do espaço e do tempo e citou Kant e Hegel — ou, ao menos, disse que estava citando. Várias vezes o sr. Ledbetter conseguiu chegar a dizer: "Eu estava embaixo da sua cama, sabe...", mas o sr. Bingham sempre tinha de cortá-lo, passar o uísque ou intervir de alguma outra forma. Depois de o sr. Ledbetter fracassar pela terceira vez, o homem louro chegou a dar abertura para que ele falasse, e sempre que o sr. Ledbetter abria a boca depois disso, ele gargalhava alto e batia violentamente em suas costas.

— Sempre o mesmo velho começo, a mesma velha história; o bom e velho ladrão! — dizia o homem de cabelo louro.

O sr. Ledbetter sofreu assim por muitos dias, vinte, talvez; e numa noite ele foi levado, junto com algumas provisões em conserva, para a lateral e desembarcado numa pequena ilha rochosa onde havia uma nascente. O sr. Bingham veio no barco com ele, dando-lhe bons conselhos durante todo o trajeto e rejeitando suas últimas tentativas de se explicar.

— Eu realmente *não* sou um assaltante — afirmou o sr. Ledbetter.

— E nunca será — disse o sr. Bingham. — Nunca vai conseguir ser um assaltante. Fico feliz que esteja começando a enxergar isso. Ao escolher uma profissão, o homem deve considerar seu temperamento. Do contrário, mais cedo ou mais tarde vai fracassar. Compare-se comigo, por exemplo. Toda a minha vida estive em bancos... trabalhei neles, já fui até gerente de um. Mas eu era feliz? Não. Por que não era feliz? Porque não combinava com o meu temperamento. Sou aventureiro demais... versátil demais. Fui prático e abandonei essa carreira. Suponho que nunca mais vou gerir um banco. Eles ficariam satisfeitos se eu voltasse a trabalhar para eles, sem dúvida; mas aprendi a respeitar meu temperamento, finalmente... Não! Nunca mais vou gerir um banco.

"Agora, já o seu temperamento o desqualifica para o crime, assim como o meu me desqualifica para a vida honrada. Eu o conheço melhor do que antes, e agora não recomendo nem mesmo dedicar-se à falsificação. Volte a seguir caminhos respeitáveis, meu caro. Seu lugar é o da filantropia, esse é o *seu* lugar. Com essa voz, devia ir para a Associação para a Promoção do Choramingo entre os Jovens, algo nessa linha. Pense nisso.

"A ilha da qual estamos nos aproximando parece não ter nome; ao menos, não consta nenhum no mapa. Você pode pensar num nome para ela enquanto estiver lá, refletindo sobre todas essas coisas que falei. Lá tem água razoavelmente potável, pelo que sei. É uma das Granadinas, uma das Ilhas de Barlavento. Lá longe, indistintas e azuis, estão as outras Granadinas. São inúmeras, mas a maioria não dá para ver. Muitas vezes me perguntei para que servem essas ilhas; agora, veja só, estou mais sábio. Esta aqui, pelo menos, serve para você. Mais cedo ou mais tarde, algum nativo simplório surgirá e o levará embora. Aí pode dizer o que quiser sobre nós. Ofenda-nos, se quiser. Não vamos nos importar com uma Granadina isolada!

E eis aqui o valor de meio soberano em prata. Não o desperdice com esbanjamentos tolos quando retornar à civilização. Se usado corretamente, pode lhe oferecer um recomeço na vida. E não, não encalhem o bote, seus patifes, ele pode ir andando! Não desperdice a preciosa solidão que tem diante de si com pensamentos tolos. Se usada corretamente, pode ser um momento decisivo em sua carreira. Não desperdice nem dinheiro nem tempo, e vai morrer rico. Sinto muito, mas devo pedir-lhe para carregar sua comida nos braços até a terra firme. Não, não é fundo. Dane-se essa sua explicação! Não temos tempo. Não, não, não! Eu não vou ouvir. Você vai ao mar!"

E o cair da noite encontrou o sr. Ledbetter — o mesmo sr. Ledbetter que reclamara que a aventura havia morrido — sentado ao lado de suas latas de comida, o queixo apoiado nos joelhos dobrados, olhando através dos óculos o mar vazio e brilhante, com lúgubre mansidão.

Ele foi recolhido por um pescador negro depois de três dias e levado para São Vicente, de onde seguiu para Kingston, na Jamaica, fazendo uso de suas últimas moedas. E lá poderia ter terminado seus dias. Mesmo hoje, não é um homem de negócios, mas na época era uma pessoa extraordinariamente incapaz. Não tinha a mais remota ideia do que deveria fazer. A única coisa que parece ter feito foi visitar todos os clérigos que conseguiu encontrar no local e pedir emprestada uma passagem para casa. Mas ele parecia sujo e incoerente demais, e sua história era demasiado inacreditável para eles.

Acabei conhecendo-o por acaso. Era quase hora do pôr do sol, e eu estava de saída após a sesta, no caminho para Dunn's Battery, quando o encontrei. Eu estava bastante entediado e tinha uma noite inteira livre, para a sorte dele. Ele vagava melancolicamente em direção à cidade. Seu rosto abatido e o corte quase clerical de seu traje imundo, cheio de terra, captaram minha atenção. Nossos olhos se encontraram. Ele hesitou.

— Senhor — começou, tomando fôlego —, poderia me ceder alguns minutos para o que temo parecer uma história inacreditável?

— Inacreditável?! — exclamei.

— Bastante — respondeu ele, ansioso. — Ninguém vai acreditar, ainda que eu faça modificações nela. No entanto, posso assegurar-lhe, senhor...

Ele parou, desesperançado. O tom de voz do homem despertou meu interesse. Ele parecia uma pessoa peculiar.

— Eu sou — começou ele — um ser dos mais infelizes neste mundo.

— Entre outras coisas, você não jantou? — indaguei, ao me ocorrer uma ideia.

— Não — respondeu ele solenemente —, não janto há muitos dias.

— Você vai me contar melhor depois de comer — falei e, sem mais delongas, indiquei o caminho até um lugar simples que conhecia, onde trajes como os dele dificilmente seriam vistos como uma ofensa.

E lá — com certas omissões que ele completou posteriormente — ouvi sua história. A princípio, fiquei incrédulo, mas à medida que o vinho o aquecia, e a ligeira impressão de servilismo que seus infortúnios haviam acrescentado a seus modos foi desaparecendo, comecei a acreditar. Por fim, eu estava tão completamente convencido de sua sinceridade que consegui uma cama para ele passar a noite e, no dia seguinte, verifiquei, por meio de meu banqueiro na Jamaica, as referências do banqueiro que ele me fornecera. Feito isso, levei-o para comprar roupas íntimas e itens para um cavalheiro em geral. Logo veio comprovação das referências. Sua história impressionante era real. Não vou me estender sobre os procedimentos que vieram depois. Ele partiu para a Inglaterra em três dias.

"Não sei como posso agradecer-lhe o suficiente", começava a carta que ele me escreveu da Inglaterra, "por toda a sua gentileza para com um completo estranho", e prosseguia por algum tempo num tom semelhante. "Se não fosse por sua generosa ajuda, eu certamente nunca poderia ter retornado a tempo para o recomeço de minhas obrigações escolares, e meus poucos minutos de loucura imprudente teriam, talvez, causado a minha ruína. Do modo como tudo terminou, estou enredado num tecido de mentiras e evasivas das mais complicadas para explicar meu aspecto bronzeado e meu paradeiro. Fui descuidado e contei duas ou três histórias diferentes, sem perceber o problema que isso representaria para mim no fim das contas. A verdade não me atrevo a contar. Consultei inúmeros livros jurídicos no Museu Britânico, e não há a menor dúvida de que fui conivente, cúmplice e contribuí para um crime. Aquele canalha do Bingham era o gerente do banco Hithergate, acredito, e é culpado por um escandaloso desfalque. Por favor, queime esta carta após lê-la — confio em você completamente. O pior de tudo é que nem minha tia nem sua amiga que mantinha a pensão em que me hospedei parecem acreditar no cauteloso depoimento que lhes forneci, por assim dizer, sobre o que realmente aconteceu. Elas suspeitam que eu tenha vivido alguma aventura desonrosa, mas que tipo de aventura desonrosa atribuem a mim, eu não sei. Minha tia afirma que me perdoaria se contasse tudo a ela. Eu contei — contei a ela *mais* do que tudo —, e ela ainda não está satisfeita. Não seria bom permitir que elas soubessem a verdade sobre o caso, é claro, então aleguei ter sido emboscado e amordaçado na praia. Minha tia quer saber *por que* me emboscaram e amordaçaram, por que me levaram embora num iate. Não sei. Você pode sugerir algum motivo? Não consigo pensar em nada. Se, quando escrever, puder escrever em *duas* folhas para que eu mostre uma a ela, e se nessa folha puder deixar claro que eu *realmente* estive na Jamaica nesse verão e fui parar lá após ser tirado de dentro de um navio, seria de grande ajuda para mim. Certamente aumentaria a carga de obrigações que tenho com você — uma dívida que temo nunca poder retribuir totalmente. Embora, se a gratidão..." E assim por diante. No final, ele repetiu o pedido para que eu queimasse a carta.

Assim termina a extraordinária história sobre as férias do sr. Ledbetter. Esse rompimento com sua tia não durou muito. A senhorinha o perdoou antes de morrer. ✦

H. G. WELLS

1903

THE MAGIC SHOP

A Loja Mágica

O pequeno Gip e o pai entram em uma loja de itens mágicos em busca de brinquedos para o menino, mas tudo o que encontram por lá parece ser mágico de verdade, inclusive o atendente. O passeio pela loja se torna uma aventura sombria e desconcertante para o pai.

UNIVERSOS PECULIARES

Eu já tinha visto a Loja Mágica de longe em diversas ocasiões. Havia passado uma ou duas vezes por aquela vitrine com pequenos objetos fascinantes — bolas e galinhas mágicas, cones maravilhosos, bonecos ventríloquos, materiais para realizar o truque da cesta, baralhos com cartas que *pareciam* normais e todo tipo de coisas —, mas nunca pensara em entrar até que, certo dia, quase sem aviso, Gip me puxou pelo dedo até a vitrine e comportou-se de tal modo que não me restou outra escolha a não ser entrar ali com ele. Para falar a verdade, eu não achava que a loja fosse ali — uma fachada de tamanho modesto na Regent Street, entre a loja de retratos e um lugar onde os pintinhos corriam livres, recém-saídos das incubadoras —, mas, sem dúvida, a loja estava lá. Imaginara que ficasse mais perto da Circus, depois da esquina na Oxford Street ou até em Holborn; ela sempre estivera no caminho e um pouco inacessível, com um quê de miragem em sua localização. Mas ali estava ela agora, de maneira bastante incontestável. A ponta gordinha do dedo de Gip fez um barulho no vidro enquanto ele apontava.

— Se eu fosse rico — disse ele, batendo o dedo de leve na direção do Ovo que Desaparece —, compraria aquilo ali para mim. E aquilo — o Bebê Chorão, Muito Realista — e aquilo. — Um mistério, como declarava o cartão escrito com esmero: "Compre Uma e Impressione seus Amigos!" — Qualquer coisa debaixo daquele cone desaparece. Eu li isso num livro. E ali, papai, é a Moeda que Some... só que eles colocaram desse jeito, para cima, para não ver como se faz.

Gip, um menino maravilhoso, herdara as boas maneiras da mãe e não sugeriu que entrássemos na loja nem me incomodou de maneira alguma; porém, de um jeito um tanto inconsciente, puxou meu dedo na direção da porta e deixou bem claro seu interesse.

— Aquilo! — Apontou para a Garrafa Mágica.

— E se você tivesse aquilo? — questionei, e diante de tal indagação promissora, ele ergueu o olhar com um brilho repentino.

— Eu poderia mostrar para a Jessie — respondeu ele, como sempre pensando nos outros.

— Faltam menos de cem dias para o seu aniversário, Gibbles — comentei e coloquei a mão na maçaneta.

Gip não respondeu, porém segurou meu dedo com mais força, e assim entramos na loja.

Aquela não se tratava de uma loja comum; era uma loja mágica, e toda a postura saltitante que Gip costumava adotar em relação a meros brinquedos estava ausente. Ele permitiu que eu assumisse o fardo da conversa.

A loja era pequena, estreita e um tanto mal iluminada. O sino à entrada soou mais uma vez, em uma nota lamuriosa, quando fechamos a porta atrás de nós. Por um instante ou mais, ficamos sozinhos e pudemos olhar ao redor. Havia um tigre de papel machê no mostruário de vidro abaixo do balcão, de ar solene e olhar gentil, meneando a cabeça de maneira metódica, além de diversas esferas de cristal, uma escultura em forma de mão feita de porcelana, segurando cartas mágicas, um sortimento de aquários de vidro mágicos em muitos tamanhos e um chapéu petulante que exibia suas molas sem vergonha alguma. No chão, encontravam-se espelhos mágicos; um que deixava a pessoa comprida e fina, outro que aumentava a cabeça e fazia as pernas desaparecerem e um terceiro que deixava a pessoa baixinha e larga feito um barril. E enquanto estávamos ali, rindo dessas coisas, o vendedor, assim suponho, apareceu.

Fosse como fosse, ali estava ele, atrás do balcão — um homem curioso, de aspecto pálido, cabelo e olhos escuros, com uma orelha maior que a outra e um queixo que parecia a biqueira de uma bota.

— Pois não, como podemos servi-los? — perguntou ele, esparramando os dedos compridos e mágicos sobre o vidro do mostruário. Só então, com um susto, notamos sua presença.

— Quero comprar uns truques simples para o meu garoto.

— De ilusionismo? — quis saber ele. — Técnicos? Caseiros?

— Qualquer coisa divertida? — sugeri.

— Hum! — Por um instante, o vendedor coçou a cabeça, como se pensasse. A seguir, de maneira um tanto notável, tirou da própria cabeça uma bola de cristal. — Alguma coisa assim? — E nos ofereceu a bola.

Aquilo foi inesperado. Eu tinha visto aquele truque infinitas vezes antes em festas — fazia parte do repertório dos ilusionistas —, mas não esperava vê-lo ali.

— Esse é bom — disse eu, dando uma gargalhada.

— Não é? — devolveu o vendedor.

Gip esticou a mão que não estava agarrada a mim para pegar o objeto, mas tudo o que encontrou foi uma palma vazia.

— Está no seu bolso — informou o vendedor, e de fato, lá estava!

— Quanto custa? — perguntei.

— Nós não cobramos por bolas de cristal — respondeu o vendedor com educação. — Nós as conseguimos... — E ele tirou uma de seu cotovelo enquanto falava. — ... de graça.

Ele fez aparecer outra da nuca e a colocou ao lado da primeira em cima do balcão. Gip encarou sua bola de cristal de um jeito solene, depois direcionou um olhar questionador às outras duas sobre o balcão e enfim voltou os olhinhos redondos e escrutinadores para o vendedor, que sorriu.

— Você também pode ficar com essas e, se *não* se importar, pode ficar com uma que está na minha boca. *Assim...*

Gip me consultou sem falar nada por um tempo e, a seguir, em um silêncio profundo, guardou as quatro bolas. Por fim, regressou à segurança do meu dedo e se preparou para o próximo evento.

— É como arranjamos os pequenos truques por aqui — destacou o vendedor.

Eu ri como alguém que acompanha a brincadeira.

— Em vez de ir a uma loja que venda por atacado — comentei. — Claro, é mais barato assim.

— De certo modo — respondeu o vendedor. — Embora tenhamos que pagar no fim. Mas não uma quantia muito grande, como as pessoas imaginam... Nossos truques maiores, os mantimentos diários e todas as outras coisas que queremos, tiramos de dentro daquele chapéu... E, sabe, senhor, se me permite, *não existe* uma loja que venda no atacado, não quando o assunto são Artigos Mágicos Genuínos. Não sei se o senhor reparou no nosso letreiro: a Loja de Mágica Genuína. — Ele retirou um cartão de visitas da bochecha e me entregou. — Genuína — repetiu com o dedo sobre a palavra. — Sem nenhuma trapaça, senhor.

Ele parecia estar levando a brincadeira a sério. O vendedor se voltou para Gip com um sorriso de singular afabilidade:

— Sabe, você é o Tipo Certo de Garoto.

Fiquei surpreso por ele saber disso, porque, no que se refere à disciplina, nós mantemos isso em segredo, até mesmo em casa; mas Gip recebeu as palavras com um silêncio inabalável, sustentando um olhar imperturbável na direção do homem.

— Só o Tipo Certo de Garoto consegue passar por aquela porta.

E, como se ilustrasse o que o comerciante acabara de dizer, houve um ruído à porta, e uma vozinha estridente se fez ouvir, ao longe:

— Aqui! Quero *entra* aqui, papai, quero *entra* aqui. Aqui-i-i!

E então veio a entonação de um pai oprimido, instando consolos e apaziguamentos:

— Está trancada, Edward — disse ele.

— Mas não estava antes — comentei.

— Está, sim, senhor — respondeu o vendedor. — Sempre está... para aquele tipo de criança. — E, enquanto ele falava, tivemos um vislumbre do outro jovenzinho, pálido de tanto comer doces e comidas excessivamente saborosas, o rostinho branco distorcido por paixões nocivas, um pequeno egoísta insensível batendo na vidraça da vitrine mágica.

— Não é nada bom, senhor — observou o vendedor, enquanto eu caminhava, em minha natural presteza, na direção da porta. Em um instante, o garoto mimado foi arrastado para longe, berrando.

— Como você fez aquilo? — perguntei, respirando com um pouco mais de leveza.

— Mágica! — respondeu o vendedor, acenando com a mão num gesto despreocupado, que (creia-me!) espalhou centelhas coloridas de seus dedos que desapareceram nas sombras da loja. — Mas você dizia — continuou, dirigindo-se agora a Gip —, antes de entrar, que gostaria de uma das nossas caixas "Compre Uma e Impressione seus Amigos"?

Gip, após um esforço heroico, disse:

— Quero, sim.

— Está no seu bolso.

E, inclinando-se por cima do balcão — ele tinha mesmo um corpo extraordinariamente comprido —, aquele sujeito incrível fez aparecer o produto com os trejeitos que um mágico costuma usar.

— Papel — ordenou ele, tirando uma folha de dentro do chapéu vazio com as molas no fundo. — Barbante! — E, pasmem, sua boca começou a produzir uma linha infinita, que ele foi puxando como quem desenrolasse o fio de um rolo. Quando terminou de amarrar o embrulho, o homem mordeu o barbante para cortá-lo e, ao que me pareceu, engoliu a bola com o que restou dele. A seguir, acendeu uma vela no nariz de um daqueles bonecos de ventríloquo, enfiou um dos dedos na chama (que se transformou em uma cera de lacre vermelha) e fechou a embalagem. — Depois, o Ovo que Desaparece — observou ele, usando a parte da frente do meu casaco para fazer aparecer um Ovo que, na sequência, embalou, além do Bebê

Chorão, Muito Realista. Conforme os pacotes ficavam prontos, eu os entregava a Gip, que abraçava os embrulhos.

Ele pouco falou, mas seus olhos eram eloquentes; o modo como seus braços agarravam os pacotes também. Ele era um parquinho de emoções indizíveis. Aquelas sim eram Mágicas *Reais*, verdadeiramente *genuínas*. Então, num susto, notei que algo se mexia sob meu chapéu — alguma coisa macia e agitada. Tirei-o e, lá de dentro, saiu um pombo com as penas eriçadas — sem dúvida, um cúmplice. Ele começou a correr em cima do balcão e depois, imagino eu, enfiou-se numa caixa de papelão atrás do tigre de papel machê.

— Xô, xô — disse o vendedor, retirando o chapéu de minha cabeça com destreza —; pássaro descuidado! Minha nossa, ele estava fazendo um ninho!

Ele sacudiu meu chapéu e, em sua mão estendida, fez cair dali de dentro dois ou três ovos, uma bolinha de gude grande, um relógio de pulso, mais ou menos meia dúzia das já conhecidas bolas de cristal, papéis amassados e muitas outras coisas, falando o tempo todo sobre como as pessoas são negligentes quando se trata de escovar a parte de *dentro* de seus chapéus, que deveriam ser escovadas da mesma forma que a parte de fora — tudo isso de um jeito educado, claro, mas com certa alusão pessoal.

— Todo tipo de coisas se acumulam aí, senhor... Não me refiro ao *senhor* em particular, claro... Quase todos os clientes... É incrível o que as pessoas carregam por aí...

Os papéis amassados se amontoavam em uma pilha que crescia cada vez mais sobre o balcão até que ele ficou quase escondido por completo atrás dela. Mesmo oculto pela papelada, não parou de falar:

— Nenhum de nós sabe o que a bela aparência de um ser humano pode esconder, senhor. Daí se conclui que todos nós não somos muito melhores do que exteriores escovados, sepulcros embranquecidos...

A voz dele parou — exatamente como acontece quando se acerta um tijolo em cheio no gramofone do vizinho, o mesmo tipo de silêncio instantâneo; o farfalhar do papel cessou, e tudo ficou imóvel...

— Já acabou com o meu chapéu? — perguntei depois de um tempo.

Não houve resposta.

Eu encarei Gip, e ele me devolveu o olhar; além disso, havia também as nossas imagens distorcidas nos espelhos mágicos, todas elas com uma aparência muito esquisita, graves e imóveis...

— Acho que vamos indo — anunciei. — Você pode me dizer quanto é que tudo isso vai dar? Digo — insisti, um pouco mais alto —, eu quero a conta. E o meu chapéu, por favor.

Talvez tenha vindo um barulhinho de trás da pilha de papéis, como o de alguém fungando o nariz...

— Vamos dar uma olhada atrás do balcão, Gip. Ele está fazendo troça de nós.

Conduzi Gip ao redor do tigre que balançava a cabeça, e o que havia atrás do balcão? Nem uma pessoa sequer! Apenas meu chapéu, no chão, e um coelho comum de mágico, branco e de orelhas compridas, com os olhos perdidos como se meditasse, e de aparência tão estúpida e pelos tão amassados tal qual tivesse acabado de sair do chapéu. Recuperei-o, e o animal deu um ou dois pulinhos para longe de mim.

— Papai! — chamou Gip num sussurro culpado.

— O que é, Gip?

— Eu gosto *mesmo* desta loja, papai.

Eu também gostaria, pensei, *se o balcão não se esticasse de repente para atirar alguém porta afora.* Mas não chamei a atenção de Gip para esse fato.

— Coelhinho! — disse ele, esticando a mão na direção do bicho quando este passou por nós, saltitando. — Coelhinho, faça uma mágica para mim!

Seus olhos seguiram o animal enquanto ele se espremia por uma porta que eu certamente não tinha reparado um momento antes. A seguir, a passagem se alargou, e o homem com uma orelha maior que a outra reapareceu. Ele ainda sorria, mas, quando seu olhar encontrou o meu, havia ali algo que pairava entre a diversão e o desafio.

— Gostaria de visitar o nosso salão de exposições, senhor? — indagou ele com uma suavidade inocente. Gip puxou meu dedo para a frente. Dei uma olhada no balcão e reencontrei os olhos do vendedor. Estava começando a achar aquela mágica um pouco genuína demais.

— Não estamos com *muito* tempo — argumentei.

No entanto, de algum modo, antes que eu terminasse a frase, já estávamos dentro do tal salão.

— Todos os itens aqui possuem a mesma qualidade — anunciou o vendedor, esfregando as mãos ágeis. — A melhor. Não há nada neste lugar que não seja um item de Mágica genuína e, garanto, completamente singular. Com licença, senhor!

Senti o homem puxar alguma coisa que se prendeu à manga do meu casaco, e só então o vi segurar pelo rabo um demoniozinho vermelho, que se remexia — a pequena criatura mordia, lutava e tentava alcançar a mão do vendedor — e, sem demora, ele o arremessou de qualquer jeito para trás do balcão. Sem dúvida, aquela coisa não passava de uma imagem destorcida feita de borracha, mas, por um instante... E os gestos do vendedor foram mesmo os de alguém lidando com um vermezinho mordedor! Dei uma olhada em Gip, mas meu menino observava um cavalinho de balanço mágico. Fiquei feliz por ele não ter visto a coisa.

— Digo — comecei, em voz baixa, indicando, com os olhos, Gip e o demônio vermelho —, você não tem mais coisas *daquelas* por aqui, tem?

— Não é nossa! O senhor provavelmente trouxe consigo — garantiu o vendedor, também falando baixo, mas com um sorriso ainda mais esplêndido. — É impressionante o que as pessoas *carregam* por aí sem saber! — E, a seguir, para Gip: — Está vendo alguma coisa de que gosta aqui?

Gip havia gostado de muitas coisas naquele lugar. Ele se virou para aquele comerciante assombroso com uma mistura de confiança e respeito.

— Aquilo ali é uma Espada Mágica?

— É uma Espada Mágica de Brinquedo. Ela não entorta, não quebra e nem corta os dedos. E ainda faz com que a pessoa que a empunhar seja invencível nas batalhas contra qualquer um menor de dezoito anos. De meia coroa a sete e seis pences, dependendo do tamanho. Essas armaduras completas de papelão são muito úteis para jovens cavaleiros errantes; possuem escudo de segurança, sandálias de agilidade e elmo de invisibilidade.

— Ah, papai! — ofegou Gip.

Tentei descobrir quanto custavam, mas o vendedor não me deu atenção. Ele tinha Gip agora, e o menino até largara meu dedo; o homem tinha embarcado na exposição de todo aquele seu estoque confuso, e nada o deteria. Naquele momento, vi, com um receio desconfiado e um tanto de ciúme, que Gip havia segurado o dedo daquele indivíduo do mesmo jeito que segurava o meu. Sem dúvidas, aquele camarada era interessante e tinha fingido de um jeito igualmente interessante uma porção de coisas, falsificações *muito* boas, e ainda assim...

Segui os dois, falando muito pouco, mas de olho naquele camarada ilusionista. Afinal de contas, Gip estava gostando. E, certamente, quando chegasse a hora de irmos embora, conseguiríamos fazer isso com bastante facilidade.

Aquele tal salão de exposições era um lugar comprido e desconexo, uma galeria entremeada por estandes, bancas e pilastras, com arcadas que levavam a outros departamentos — nos quais os assistentes mais esquisitos vagavam, encarando as pessoas —, com espelhos desorientadores e cortinas. Na verdade, tudo era tão confuso que, naquele momento, senti que era incapaz de discernir por qual porta havíamos entrado.

O vendedor mostrou a Gip trens mágicos que corriam sem usar vapor ou mecanismos de corda, apenas obedecendo aos sinais a que se determinava; depois, exibiu umas caixas de aspecto caro, com soldadinhos que ganhavam vida assim que se abria a tampa e falavam... Bem, não tenho um bom ouvido e não consigo repetir, aquilo soava como um trava-línguas, mas Gip, que tem a boa audição da mãe, pegou rapidinho.

— Bravo! — elogiou o vendedor, guardando os homens de volta na caixa sem qualquer cerimônia e entregando-a a Gip, que num instante fez todos os soldadinhos ganharem vida outra vez. — Então, vocês vão querer a caixa?

— Vamos, sim — respondi. — A não ser que você cobre o preço cheio. Nesse caso, eu precisaria ser um magnata de algum cartel...

— Minha nossa! *Não*!

Então o vendedor guardou todos os homenzinhos de volta, fechou a tampa, brandiu a caixa no ar, e, num instante, lá estava ela, embrulhada em papel marrom, amarrada e... *com o nome e o endereço completos de Gip!*

O homem riu diante da minha estupefação.

— Essa é a mágica genuína — comentou. — De verdade.

— É um pouco genuína demais para o meu gosto — repeti.

Na sequência, ele mostrou alguns truques a Gip, truques diferentes e ainda mais esquisitos pelo jeito como eram feitos. Ele os explicou de cabo a rabo, e meu garotinho ficou ali, acenando sua cabecinha cheia de ideias do seu jeito mais sagaz. Eu não participei, embora também pudesse.

— Ei, rápido! — disse o vendedor da Loja Mágica.

— Ei, rápido! — imitou o menino logo depois, com sua vozinha clara.

Mas eu estava distraído com outras coisas. A tremenda estranheza daquele lugar de repente começou a pesar em mim; era, digamos assim, um local inundado de esquisitices. Havia algo um pouco inusitado na maneira casual como estavam distribuídos os equipamentos, o teto, o piso e até as cadeiras. Eu tinha a estranha sensação de que todas as vezes que eu não estava olhando diretamente para essas coisas, elas se entortavam, se remexiam e silenciosamente brincavam de esconde-esconde às minhas costas. E as cornijas ostentavam desenhos sinuosos de máscaras, expressivas demais para serem uma mera decoração de gesso.

Então, de um jeito abrupto, um dos assistentes esquisitos chamou minha atenção. Ele parecia um tanto alheio e era evidente que não estava ciente da minha presença. Só pude ver cerca de três quartos dele por trás da pilha de brinquedos, através de um arco; estava encostado em uma pilastra, de braços cruzados, fazendo as caretas mais horripilantes possíveis! A pior delas foi a que fez com o nariz, como quem estivesse à toa e apenas quisesse se distrair. Primeiro, era um nariz curto e batatudo, mas de repente o homem o esticou, como se fosse um telescópio, e então ele foi ficando cada vez mais fino até parecer um chicote longo, flexível e vermelho. Aquilo parecia algo saído de um pesadelo! Daí o assistente fez um floreio e arremessou aquela coisa para a frente, tal qual um pescador atirando sua linha.

Meu pensamento imediato foi que Gip não deveria ver aquilo. Eu me virei e lá estava o garoto, ocupado demais com o vendedor para reconhecer a maldade. Os dois cochichavam, olhando para mim. Gip estava de pé em um banquinho, enquanto o homem segurava uma espécie de grande tambor.

— Esconde-esconde, papai! — gritou Gip. — Está com você!

E, antes que eu pudesse fazer qualquer coisa para evitar, o vendedor tocou o grande tambor acima de Gip. Na mesma hora, percebi o que aquilo faria.

— Tire isso daí agora mesmo! — berrei. — Você vai assustar o menino. Tire de cima dele!

O vendedor de orelhas desiguais obedeceu sem falar uma palavra, segurando o grande cilindro na minha direção para mostrar que estava vazio. E o banquinho também! Em um piscar de olhos, meu garoto havia desaparecido em pleno ar...

Talvez você conheça essa sensação meio sinistra, como se uma mão surgisse do nada e agarrasse seu coração. É como se o levassem embora, deixando no lugar alguém tenso e alheio, nem vagaroso ou apressado, nem zangado ou aterrorizado. Foi assim que fiquei.

Fui até o vendedor sorridente e chutei o banquinho para o lado.

— Pare com essa bobagem! Cadê o meu menino?

— Está vendo — respondeu ele, ainda mostrando o interior do tambor —, não tem nenhuma trapaça.

Estiquei a mão para agarrá-lo, mas ele se esquivou com um movimento hábil. Fiz mais uma investida, e ele se desviou outra vez, abrindo uma porta para escapar.

— Pare! — gritei, ao que ele gargalhou, recuando.

Saltei em seu encalço, um mergulho na mais completa escuridão.

Pof!

— Deus amado! Não vi o senhor!

Eu estava na Regent Street e tinha acabado de colidir com um trabalhador de aparência muito decente. Talvez a um metro de mim, parecendo ainda um tanto perplexo, encontrava-se Gip. Houve uma troca de desculpas, e então Gip se virou e se aproximou com um sorriso largo, como se, por um instante, tivesse sentido a minha falta.

E ele carregava quatro pacotes em seus braços!

Na mesma hora, Gip segurou meu dedo. Por um segundo, senti-me perdido. Olhei ao redor em busca da porta da loja mágica e, acredite ou não, ela não estava lá! Não havia porta, loja, nada, só as pilastras comuns entre o lugar onde se vendia retratos e a vitrine com os pintinhos.

Fiz a única coisa possível em meio àquela confusão: caminhei direto até o meio-fio e ergui o guarda-chuva para chamar um táxi.

— Demais! — comentou Gip, empolgado.

Eu o ajudei a entrar, relembrei meu endereço com esforço e também adentrei o carro. Alguma coisa incomum se manifestou no bolso do meu casaco; enfiei a mão e encontrei uma bola de cristal. Arremessei o objeto na rua com raiva.

Gip não disse nada.

Por algum tempo, nenhum de nós falou.

— Papai! — disse Gip por fim —, aquela era uma loja e *tanto*!

Foi quando me deparei com um problema: qual fora a impressão que tudo aquilo causara nele? Gip parecia não ter sofrido qualquer dano - o que era bom; ele também não estava assustado ou atordoado, apenas muitíssimo satisfeito com a tarde de distrações, além do fato de levar em seus braços quatro pacotes.

Mas que diabo! O que será que haveria dentro deles?

— Hum — resmunguei. — Garotinhos não podem ir a lojas como aquela todos os dias.

Ele recebeu tais palavras com seu característico estoicismo e, por um instante, lamentei ser seu pai e não sua mãe, pois assim eu poderia, de repente, bem ali, *coram publico*, beijar meu filho tão lindo. Afinal de contas, não fora tão ruim assim.

Mas só quando abrimos os pacotes que eu realmente comecei a me sentir seguro de novo. Três deles continham caixas de soldadinhos — de chumbo, bem comuns —, mas de uma qualidade tão boa que Gip logo se esqueceu por completo de que tais pacotes eram Truques de Mágica do tipo mais genuíno. A quarta embalagem continha um gatinho, branco e vivo, muito saudável, com bom apetite e temperamento.

Assisti ao desembrulhar dos pacotes com uma espécie de alívio cauteloso. Fiquei ali, no quarto de Gip, por um bom tempo...

Isso aconteceu há seis meses, e agora estou começando a acreditar que está tudo bem. O gatinho tem apenas a mágica natural de sua espécie, e os soldadinhos parecem ser uma companhia tão confiável quanto qualquer coronel desejaria que fossem. E Gip...?

Qualquer pai ou mãe inteligente compreenderia que eu deveria agir com cautela em relação a ele. Mas um dia fui longe demais e disse:

— Você gostaria que seus soldadinhos ganhassem vida, Gip? Que saíssem por aí, marchando sozinhos?

— Os meus fazem isso — respondeu ele. — Eu só preciso dizer uma palavra antes de abrir a tampa.

— E então eles marcham por aí, sozinhos?

— Ah, *com certeza*, papai. Eles não teriam a menor graça se não fizessem isso.

Não demonstrei nenhuma surpresa que pudesse me comprometer e, desse dia em diante, sempre que tenho oportunidade, passo no quarto dele uma ou duas vezes, sem aviso, quando os soldadinhos estão espalhados, mas até agora jamais os flagrei realizando qualquer feito mágico.

É tão difícil...

Há ainda a questão financeira. Tenho o hábito incurável de pagar contas. Assim, tenho subido e descido a Regent Street diversas vezes à procura daquela loja. Estou inclinado a pensar que, de fato, nesse caso, honrei minha dívida; afinal, eles já sabem o nome e o endereço de Gip. Posso muito bem deixar a cargo daquelas pessoas, quem quer que sejam, o envio da conta quando acharem melhor. ✦

H. G. WELLS

1904

THE COUNTRY OF THE BLIND

A Terra dos Cegos

Um visitante cai sem querer numa região isolada dos Andes, onde todos são cegos. Sendo o único que enxerga, ele pensa poder tirar vantagem dos demais, sem saber que não será tão fácil assim.

UNIVERSOS PECULIARES

A quase quinhentos quilômetros de Chimborazo e a cento e sessenta da neve do Cotopaxi, nas terras mais ermas dos Andes equatorianos, há um misterioso vale, isolado do mundo, a Terra dos Cegos. Muitos anos atrás, esse vale jazia tão aberto para o mundo que as pessoas conseguiam chegar a seus prados uniformes depois de enfrentar desfiladeiros aterrorizantes e uma passagem congelada, e de fato indivíduos ali chegaram — uma família ou mais de peruanos mestiços que fugiam da luxúria e da tirania de um soberano espanhol. Então, deu-se a colossal erupção do Mindobamba, quando ficou noite em Quito durante dezessete dias, a água fervilhou no Yaguachi e todos os peixes flutuaram mortos até Guaiaquil; por toda a parte, pelas encostas do Pacífico, se viam deslizamentos de terra, degelos instantâneos e enchentes súbitas; um lado inteiro do velho cume de Arauca desprendeu-se e veio abaixo com um estrondo, separando para sempre a Terra dos Cegos dos pés exploradores da humanidade. Contudo, um desses primeiros colonos calhou de estar do lado de cá dos desfiladeiros quando o mundo estremeceu tão violentamente, e ele foi obrigado a esquecer a esposa, o filho e todos os amigos e pertences que deixara lá em cima para recomeçar a vida aqui embaixo. Ele refez a vida, mas doente e acometido pela cegueira, morreu por conta do suplício nas minas. Porém, a história que ele contou deu origem a uma lenda que perdura até hoje por toda a vastidão da Cordilheira dos Andes.

Ele contou a razão para se aventurar a sair daquela fortaleza, para onde, quando criança, fora levado preso a uma lhama junto a um fardo de pertences. O vale, dizia, tinha tudo o que alguém podia desejar: água doce, pasto, um clima ameno, encostas de solo fértil com trançados de um arbusto que produzia um fruto excelente e, do outro lado, grandes florestas de pinheiros íngremes que faziam às vezes de barreira contra avalanches. Bem mais acima, por três lados, vastos rochedos de pedras verde-acinzentadas eram encimados por despenhadeiros de gelo; mas a correnteza glacial não chegava até eles, pois corria por entre as encostas mais distantes, rumando para longe, e apenas uma vez ou outra imensos blocos de gelo caíam no lado do vale. Ali, não chovia nem nevava, e as fartas nascentes davam origem a um pasto verde e rico, cuja irrigação o espalhava por toda a extensão do lugar. Os colonizadores realizaram um bom trabalho ali. Seus animais prosperaram e se multiplicaram, e havia apenas uma coisa que lhes anuviava a felicidade — e de tal forma que a arruinava. Uma estranha doença os acometeu e deixou todas as crianças nascidas ali — e, de fato, muitas das outras mais velhas também — cegas. Em busca de um feitiço ou antídoto contra aquela moléstia da cegueira, o homem, exausto e enfrentando perigos e dificuldades, retornara ao desfiladeiro.

Naquele tempo, em situações assim, não se atinava para germes e infecções, mas sim para o pecado, e parecia-lhe que o motivo para aquele sofrimento deveria recair sobre a negligência dos imigrantes ímpios em erigir um templo tão logo chegaram ao vale. Ele queria que um santuário fosse erguido ali — belo, barato e eficaz; queria relíquias e outros apetrechos poderosos de fé, objetos sagrados, medalhas e orações misteriosas. Em sua bolsa, levava uma barra de prata nativa, cuja origem furtava-se a revelar; com a insistência de um mentiroso amador, teimava que no vale não havia prata alguma. Todos haviam reunido riquezas e ornamentos para comprar a ajuda divina contra aquela enfermidade, contou ele, pois lá em cima não precisavam muito de tais tesouros. Imagino esse jovem montanhês de olhos opacos, queimado pelo sol, esquálido e ansioso, segurando febrilmente a aba do chapéu, um homem totalmente estranho às maneiras do mundo de baixo, contando sua história a um sacerdote atencioso de olhos ávidos antes do grande cataclismo; vejo-o procurando retornar com medicamentos piedosos e infalíveis para curar aquela enfermidade e a agonia sem fim que deve tê-lo arrebatado ao se ver diante da imensidão de ruínas onde antes havia o desfiladeiro. Mas o resto de sua história de infortúnios me é desconhecida, exceto por sua terrível morte, muitos anos depois. Pobre desgarrado daquele lugar tão remoto! A correnteza que um dia criara o desfiladeiro agora é expelida pela boca de uma caverna rochosa, e a lenda que sua infeliz e mal contada história originou transformou-se no mito de uma raça de homens cegos em algum lugar "para lá", que até os dias de hoje é recontada.

E, por entre a pequena população do vale, agora isolado e esquecido, a doença seguiu seu rumo. Os velhos andavam tateando, os jovens viam, mas vagamente, e os filhos que deles nasciam nunca enxergaram. Contudo, a vida era muito fácil naquela bacia rodeada por neve, fora do alcance do mundo, sem espinheiros nem abrolhos, sem insetos malignos nem quaisquer animais, a não ser a raça dócil de lhamas que tinham puxado e impelido, e que seguiram os leitos dos rios estreitos através dos desfiladeiros por onde haviam subido. Aqueles que enxergavam foram perdendo a visão aos poucos, tanto que mal notavam a perda. Guiavam os jovens cegos de um lado para outro até que conhecessem o vale todo muitíssimo bem e, quando, por fim, o último entre eles que enxergava se foi, a raça perdurou. Tiveram tempo até mesmo para se adaptar em controlar às cegas o fogo, que acendiam com cautela em fogões de pedra. No começo, eram um tipo de gente simples e iletrada, apenas brevemente resvalados pela civilização espanhola, mas com algo da tradição das artes antigas e da filosofia perdida do antigo Peru. A uma geração seguiu-se outra. Esqueceram muita coisa; inventaram tantas outras. A tradição do vasto mundo de onde vieram tornara-se mítica e indistinta. A não ser pela visão, eram fortes e hábeis em tudo que faziam, e então o acaso proporcionou a eles alguém provido de uma mente original, com o dom da fala e da persuasão, e depois surgiu outro semelhante. Esses dois morreram, deixando para trás um legado, e a pequena comunidade cresceu em tamanho e conhecimento, encontrando e solucionando problemas sociais e econômicos que surgiam. A uma geração seguiu-se outra. E a mais uma geração seguiu-se outra. Então veio o tempo em que nasceu uma criança quinze gerações depois daquele ancestral que saíra do vale com uma barra de prata em busca da ajuda de Deus e nunca retornara. Por volta dessa época, calhou de um homem chegar até essa comunidade, vindo do mundo exterior. E esta é a história desse homem.

Era um alpinista do interior, de um lugar próximo a Quito, um homem que já descera até o mar e vira o mundo, um leitor de livros diferente de qualquer outro, perspicaz e laborioso, que fora contratado por um grupo de ingleses — os quais vieram ao Equador a fim de escalar montanhas — para substituir um de seus três guias suíços, que adoecera. Ele escalou aqui, escalou ali, e então foi feita a tentativa de subir o Parascotopetl, a Matterhorn dos Andes, onde ele se perdeu do mundo exterior. A história desse acidente foi recontada inúmeras vezes. A narrativa de Pointer é a melhor. Ele conta como o pequeno grupo se esforçou pelo caminho árduo e quase vertical rumo ao último metro do maior e derradeiro precipício, como construíram um abrigo para passar a noite em uma pequena cavidade rochosa em meio à neve e, com uma poderosa carga dramática, como perceberam que Nunez tinha se perdido deles. Eles gritaram, sem obter resposta; gritaram e assobiaram e, pelo resto da noite, não dormiram mais.

Quando amanheceu, viram os rastros da queda do homem. Parecia impossível que ele pudesse ter emitido qualquer som. Ele escorregara a leste, em direção ao lado desconhecido da montanha; mais abaixo ainda, atingiu uma encosta íngreme de neve e foi descendo por ali em meio a uma avalanche. Seu rastro dava direto na beirada de um precipício aterrorizante, mas era impossível enxergar qualquer indício além. Bem mais abaixo, vislumbraram, enevoadas pela distância, árvores despontando de um vale estreito e cerrado — a esquecida Terra dos Cegos. Contudo, não sabiam que aquela era a esquecida Terra dos Cegos nem a distinguiram de qualquer outra faixa estreita do vale montanhoso. Desolados pela tragédia, desistiram da empreitada à tarde, e Pointer foi convocado à guerra antes que pudesse fazer outra tentativa de escalada. Até os dias de hoje, Parascotopetl ostenta um cume indomado, e o abrigo solitário de Pointer desmorona em meio à neve.

O homem que caiu sobreviveu.

À beira da encosta, ele despencou trezentos metros e aterrissou em meio a uma nuvem de neve em uma escarpa nevada ainda mais íngreme que a anterior. Ele desceu rodopiando, desorientado e insensível, mas sem um único osso quebrado; então, por fim, atingiu encostas mais suaves e rolou uma última vez, parando imóvel, enterrado em uma pilha macia de massa branca que o acompanhara e salvara. Voltou a si com a ligeira impressão de estar enfermo em uma cama; em seguida, com a inteligência de um alpinista, deu-se conta de sua situação e foi se soltando até que, após um instante de descanso, se livrou da neve e viu as estrelas. Ficou deitado de bruços por um tempo, conjecturando sobre onde estava e o que havia acontecido. Examinou braços e pernas e descobriu que tinha perdido diversos botões e o casaco subira para a cabeça. Sua faca não estava mais no bolso, e ele perdera o chapéu, mesmo tendo-o amarrado ao pescoço. Lembrou-se de estar catando pedras soltas para construir sua parte da parede no abrigo. Sua picareta havia desaparecido.

Ele concluiu que devia ter despencado e ergueu os olhos para ver o tremendo voo que fizera, exacerbado pela sinistra luz da lua crescente. Por um instante, permaneceu deitado, encarando com um olhar perdido o penhasco pálido e imenso acima dele, desvelando-se momento após momento em meio a uma maré de escuridão que se dissipava. Sua beleza fantasmagórica e misteriosa o manteve cativo por um instante, e então ele foi acometido por um acesso de riso soluçante...

Após um longo período, tomou ciência de que estava próximo à extremidade inferior da neve. Abaixo, descendo pelo que agora era uma encosta iluminada pela luz da lua e transitável, viu a forma escura e irregular de uma relva repleta de pedras. Esforçou-se para ficar de pé, sentindo dores nas juntas e nos membros; com dificuldade, deixou o amontoado de neve solta que havia ao seu redor, desceu até a relva e ali, mais do que deitar-se, caiu ao lado de um rochedo, sorveu com intensidade do cantil em seu bolso interno e adormeceu instantaneamente...

Despertou com o canto dos pássaros nas árvores mais abaixo.

Sentou-se e viu-se em um pequeno cume ao pé de um vasto abismo que exibia um pequeno declive no sulco por onde ele e a neve que o acompanhara tinham descido. Acima e diante dele, mais uma parede rochosa erguia-se contra o céu. O desfiladeiro cortava de leste a oeste esses precipícios e fora inundado pela luz do sol, que iluminava a oeste a massa montanhosa tombada que obstruía o desfiladeiro descendente. Abaixo dele, parecia haver um precipício igualmente escarpado, mas, por trás da neve, no sulco, encontrou uma espécie de fenda estreita e íngreme com neve derretida gotejando, por onde um homem desesperado poderia se aventurar. Ele descobriu que era mais fácil do que parecia e, por fim, chegou a mais um cume desolado e, depois de uma escalada na pedra sem qualquer dificuldade, a uma encosta íngreme de árvores. Ele se situou e voltou-se para encarar o desfiladeiro, observando-o se abrir acima de prados verdejantes, entre os quais agora vislumbrava com bastante distinção um conjunto de cabanas de pedra em um estilo desconhecido. Por vezes, seu progresso parecia com a escalada difícil de um paredão e, depois de um tempo, o sol parou de bater ao longo do desfiladeiro, o trinado do canto dos pássaros desapareceu, e o ar tornou-se frio e escuro acima dele. Mas o vale a distância, com suas casas, reluzia ainda mais por esse motivo.

Ele chegou ao tálus e, por entre as rochas — sendo um homem observador —, notou uma samambaia desconhecida que parecia agarrar-se às fendas com mãos verdes e fortes. Ele pegou uma ou duas folhas e mastigou o caule, considerando-o útil.

Por volta de meio-dia, ele enfim saiu da passagem estreita do desfiladeiro e alcançou a planície e a luz do sol. Estava rígido e exausto; sentou-se à sombra de uma pedra, encheu seu cantil de água em uma nascente e ali ficou por um tempo, bebendo e descansando antes de tomar o rumo até as casas.

Elas eram muito estranhas para ele e, de fato, toda a aparência do vale foi se tornando, conforme o observava, mais excêntrica e incomum. A maior parte da superfície era tomada por um prado verde exuberante, marcado por diversas flores lindas, irrigado com extremo cuidado e com indícios de um sistema de cultivo gradual. Bem acima e rodeando o vale, havia um muro e o que parecia ser um canal circular, de onde corriam pequenos filetes de água que supriam as plantas do prado, e, nas encostas mais acima, rebanhos de lhamas ceifavam o pasto escasso. Aqui e ali, diante do paredão limítrofe, havia choupanas que, ao que parecia, serviam de abrigos ou locais de alimentação para as lhamas. Os córregos de irrigação fluíam até um canal principal lá embaixo, no centro do vale, cercado de cada lado por um muro baixo. Isso conferia àquele lugar isolado uma singular qualidade urbana, muitíssimo acentuada pelo número de caminhos pavimentados com pedras pretas e brancas, cada um exibindo um pequeno e curioso meio-fio na beirada, que seguiam para lá e para cá de maneira ordenada. As casas da aldeia central eram bem diferentes da aglomeração casual e desorganizada das aldeias na montanha que ele conhecia; elas seguiam por uma fileira contínua de cada lado de uma rua central tão limpa que chegava a impressionar; aqui e ali, a fachada multicolorida era interrompida por uma porta, mas não havia uma única janela. As casas tinham sido coloridas com uma irregularidade extraordinária, manchadas com um tipo de gesso que ora era cinza, ora castanho, ora ardósia ou marrom-escuro; e foi a visão desse revestimento extravagante que trouxe à mente do explorador a palavra "cego". *O sujeito que fez isso*, pensou ele, *devia ser cego como um morcego*.

Ele desceu por um caminho íngreme e chegou ao paredão e ao canal que atravessavam o vale, perto de onde este último despejava o excedente de seu conteúdo nas profundezas do desfiladeiro em um fio de cascata miúdo e ondulante. Agora, ele conseguia ver homens e mulheres descansando em pilhas de grama na parte mais afastada do prado, como se fizessem a *siesta*; mais próximas à aldeia, havia uma série de crianças ociosas, e ainda mais perto, três homens carregavam baldes amarrados a jugos por um pequeno caminho que vinha do muro circundante e seguia rumo às casas; vestiam-se com trajes feitos com pelo de lhama, botas e cintos de couro e chapéus de tecido com abas na nuca e nas orelhas. Seguiam um atrás do outro, em uma única fila, andando devagar e bocejando, como se tivessem passado a noite acordados. Havia algo tranquilizante em sua conduta, algo tão próspero e respeitável que, depois de uma breve hesitação, Nunez deu um passo adiante, ficando o mais visível que conseguiu na pedra, e soltou um poderoso grito que ecoou ao redor do vale.

Os três homens pararam e mexeram a cabeça, como se olhassem ao redor. Viraram o rosto para lá e para cá, enquanto Nunez gesticulava amplamente. Mas parecia que, mesmo assim, eles não o viam e, depois de um tempo, seguindo rumo à montanha mais distante, à direita, eles gritaram de volta como se respondessem. Nunez berrou outra vez, e mais uma, e, conforme gesticulava sem resultado, a palavra "cego" surgiu em seus pensamentos. *Os tolos devem ser cegos*, disse a si mesmo.

Enfim, após muita gritaria e fúria, Nunez atravessou o córrego por uma pequena ponte, chegou a um portão no muro e se aproximou deles, e foi quando teve certeza de que eram cegos. Sem dúvida aquela era a Terra dos Cegos recontada pelas lendas. A convicção o dominou — e também uma grande e muito desejável sensação de aventura. Os três estavam lado a lado, sem olhar para ele, mas com as orelhas voltadas em sua direção, examinando-o através de seus passos desconhecidos. Estavam próximos uns dos outros, um pouco receosos, e Nunez notou suas pálpebras cerradas e fundas, como se o globo ocular ali detrás tivesse encolhido. Em seus rostos, havia uma expressão próxima ao pavor.

— Um homem — disse um deles, em um espanhol difícil de reconhecer. — É um homem... um homem ou um espírito... descendo das pedras.

Nunez, porém, avançou com os passos confiantes de um jovem que inicia sua vida. Lembrou-se de todas as histórias antigas sobre o vale perdido e a Terra dos Cegos e, em meio a esses pensamentos, ocorreu-lhe o velho provérbio, tal qual um refrão:

"Em terra de cego, quem tem um olho é rei. Em terra de cego, quem tem um olho é rei."

E, de modo muito cortês, cumprimentou-os. Ele falou com eles e usou seus olhos.

— De onde ele vem, irmão Pedro? — perguntou um deles.

— Descendo as rochas.

— Venho lá das montanhas — disse Nunez —, do país mais além... onde os homens enxergam. De perto de Bogotá, onde há centenas de milhares de pessoas e a cidade vai muito além de onde a vista alcança.

— Vista? — murmurou Pedro. — Vista?

— Ele desceu das rochas — disse o segundo homem cego.

Nunez notou que o tecido dos casacos era curiosamente cerzido, cada um com um tipo diferente de costura.

Eles o assustaram ao se moverem ao mesmo tempo em sua direção, cada um com uma das mãos esticadas. Ele recuou diante do avanço daqueles dedos esparramados.

— Chegue mais perto — disse o terceiro homem cego, seguindo-o e segurando-o com cuidado.

E eles seguraram Nunez e o tocaram, sem nada mais dizerem até que tivessem terminado.

— Cuidado — gritou ele, com um dedo no olho, e descobriu que eles achavam aquele órgão, com suas pálpebras trêmulas, algo excêntrico nele. Eles o tocaram outra vez.

— Que criatura estranha, Correa — disse o que se chamava Pedro. — Sinta a aspereza do cabelo dele. Como pelo de lhama.

— É áspero como as rochas que lhe deram a vida — falou Correa, investigando o maxilar barbado de Nunez com uma das mãos macias e levemente úmidas. — Talvez cresça bem.

Nunez resistiu um pouco àquela análise, mas eles o prenderam com mais firmeza.

— Cuidado — repetiu ele.

— Ele fala — observou o terceiro homem. — Sem dúvida é um homem.

— Argh! — falou Pedro, diante da aspereza do casaco dele. — E você veio ao mundo?

— *Saí* do mundo. Ao longo de montanhas e geleiras; bem lá em cima, a meio caminho do sol. Deixei o grandioso e vasto mundo em uma jornada de doze dias até o mar.

Eles mal lhe deram atenção.

— Nossos pais nos contaram que homens podem ser criados pelas forças da Natureza — disse Correa. — É o calor das coisas, a umidade, a podridão... a podridão.

— Vamos levá-lo até os anciãos — falou Pedro.

— Grite antes para que as crianças não sintam medo — alertou Correa. — É um acontecimento extraordinário.

Então eles gritaram, e Pedro foi primeiro e pegou Nunez pela mão para conduzi-lo até as casas. Ele a recolheu.

— Eu posso ver — protestou.

— Ver? — perguntou Correa.

— Sim, ver — respondeu Nunez, voltando-se para ele e tropeçando no balde de Pedro.

— Os sentidos dele ainda são imperfeitos — comentou o terceiro homem cego. — Ele tropeça e fala palavras sem sentido. Leve-o pela mão.

— Como quiserem — falou Nunez, e se deixou conduzir, rindo.

Ao que parecia, eles nada sabiam sobre visão. Bem, em breve, eles os ensinaria.

Ele ouviu pessoas gritando e viu algumas figuras se reunindo no caminho central da aldeia; descobriu que isso abalava seus nervos e sua paciência mais do que previra, aquele primeiro encontro com o povo da Terra dos Cegos. O local parecia maior conforme se aproximava, e os gessos manchados, mais estranhos; uma multidão de crianças, homens e mulheres (ele notou, encantado, que algumas das mulheres e garotas tinham rostos meigos, embora os olhos fossem cerrados e fundos) veio até ele, segurando-o, tocando-o com mãos macias e sensíveis, cheirando-o e ouvindo cada palavra sua. Algumas moças e crianças, no entanto, ficaram distantes, como se tivessem medo, e de fato a voz dele soava áspera e rude diante das notas mais suaves daquela gente. Eles se amontoavam ao seu redor, enquanto seus três guias mantinham-se por perto, com um quê de proprietários, dizendo sem parar:

— Um homem selvagem veio das rochas.

— Bogotá — disse ele. — Bogotá. Acima do cume das montanhas.

— Um homem selvagem, usando palavras selvagens — disse Pedro. — Você ouviu isso... *Bogotá*? A mente dele ainda não está formada. Ele possui apenas falas iniciais.

Um menininho beliscou a mão de Nunez.

— Bogotá! — zombou ele.

— Sim! Uma cidade, comparada à sua aldeia. Eu venho do mundo maior, onde os homens têm olhos e veem.

— O nome dele é Bogotá — disseram eles.

— Ele tropeçou duas vezes enquanto vínhamos para cá — contou Correa.

— Leve-o até os anciãos.

E, de repente, eles o empurraram por uma porta, para dentro de um cômodo escuro como piche, a não ser pelo brilho débil de uma fogueira. A multidão ficou atrás dele, bloqueando a luz fraca do dia e, antes que pudesse se deter, caiu de cabeça diante dos pés de um homem sentado. O braço de Nunez, estendido, atingiu o rosto de alguém durante a queda; ele sentiu o impacto suave das feições, ouviu um grito de raiva e, por um instante, lutou contra várias mãos que o seguraram. Foi uma luta injusta. Teve um pressentimento sobre aquilo e ficou quieto.

— Eu caí — começou. — Não consigo ver nada nesse breu completo.

Houve uma pausa, como se as pessoas invisíveis ao seu redor tentassem compreender aquelas palavras. Então a voz de Correa falou:

— Ele acabou de ser criado. Tropeça ao andar e mistura palavras que não fazem sentido em suas falas.

Outros disseram coisas sobre ele que Nunez não ouviu direito ou entendeu mal.

— Posso me levantar? — perguntou, fazendo uma pausa. — Não vou lutar contra vocês de novo.

Eles debateram entre si e deixaram que se erguesse.

A voz de um homem mais velho começou a interrogá-lo, e Nunez se viu tentando explicar o mundo maior além daquele em que caíra, o céu, as montanhas e diversas outras maravilhas para aqueles anciãos sentados no escuro na Terra dos Cegos. Eles não acreditavam nem entendiam nada do que ele contava, algo que fugira muito de sua expectativa; eles nem ao menos compreendiam muitas das palavras que ele dizia. Por catorze gerações, aquelas pessoas foram cegas e estiveram isoladas do mundo que enxergava. Os nomes de todas as coisas que eram vistas esmaeceram e se transformaram; o mesmo ocorreu com a história do mundo de fora, que agora era apenas uma história infantil, e eles pararam de se preocupar com qualquer coisa para além das encostas rochosas acima de seu muro circular. Homens cegos geniais despontaram entre eles e questionaram os fragmentos de crença e tradição trazidos dos dias em que enxergavam e dispensaram todas essas coisas como ilusões vagas, substituindo-as por explicações novas e sensatas. Muito de sua imaginação havia atrofiado junto com seus olhos, e eles haviam criado para si novos conceitos com seus ouvidos e pontas dos dedos mais sensíveis. Aos poucos, Nunez foi percebendo uma coisa: a expectativa que criara de deslumbramento e reverência por sua origem e seus dons não se realizaria; e, depois que sua vã tentativa de explicar o que era visão foi deixada de lado e considerada uma versão confusa de um ser recém-criado descrevendo as maravilhas de suas sensações incoerentes, ele cedeu, um pouco frustrado, e pôs-se a ouvir os conhecimentos deles. O mais velho dos cegos explicou sobre vida, filosofia e religião, como o mundo (ou seja, o vale) fora primeiro um vazio oco em meio às pedras, para depois virem as coisas inanimadas sem o dom do toque, as lhamas e outras poucas criaturas de razão limitada, então os homens e, por fim, os anjos, que podiam ser ouvidos quando cantavam e faziam sons adejantes, mas que jamais podiam ser tocados, o que deixou Nunez muitíssimo confuso até ele se lembrar dos pássaros.

Ele prosseguiu e contou para Nunez como o tempo era dividido entre o calor e o frio, o que, para os cegos, equivaliam ao dia e à noite, e como era bom dormir no calor e trabalhar no frio — aliás, não fosse pela chegada de Nunez, toda a cidade dos cegos estaria dormindo. Ele disse que Nunez deveria ter sido especialmente criado para aprender e prover a sabedoria que eles tinham adquirido e, apesar de toda a sua incoerência e comportamento trôpego, ele deveria ser corajoso e dar o seu melhor para assimilar o conhecimento, e, com isso, todas as pessoas na porta soltaram murmúrios de incentivo. Ele falou que a noite — pois os cegos chamam o dia deles de noite — havia muito se fora, e era conveniente que todos voltassem a dormir. Ele perguntou a Nunez se ele sabia dormir, e Nunez respondeu que sim, mas que, antes, queria comida. Eles lhe trouxeram comida — leite de lhama em uma tigela e pão salgado duro — e o conduziram a um lugar solitário para que comesse longe dos ouvidos deles e, depois, repousassem até que o frio da noite na montanha os despertasse para começarem de novo seu dia. Mas Nunez não repousou de forma alguma.

Em vez disso, sentou-se no lugar em que o deixaram, descansando as pernas e repassando sem parar as circunstâncias inesperadas de sua chegada. De vez em quando, ele ria, às vezes divertindo-se, outras, indignando-se.

— Mente não desenvolvida! Ainda sem sentidos! Mal sabem eles que insultaram seu rei e mestre, enviado dos céus... Vejo que devo trazê-los à razão. Preciso pensar, preciso pensar.

Ele ainda refletia quando o sol se pôs.

Nunez tinha bons olhos para coisas bonitas, e parecia-lhe que o brilho sobre os campos de neve e as geleiras que se erguiam por todos os lados do vale eram a coisa mais bela que já vira. Seus olhos vagaram daquela glória inacessível para a aldeia e os prados irrigados, que mergulhavam depressa no crepúsculo, e, de súbito, foi acometido por uma onda de emoção e agradeceu a Deus do fundo do coração por ter lhe concedido o dom da visão.

Ele ouviu uma voz chamando-o do lado de fora da aldeia:

— Ei, Bogotá! Venha aqui!

Com isso, levantou-se, sorrindo. Ele mostraria àquele povo de uma vez por todas o que a visão podia fazer por uma pessoa. Eles o procurariam, mas não o encontrariam.

— Não se mexa, Bogotá — disse a voz.

Ele riu sem emitir som e deu dois passos furtivos para o lado, saindo do caminho.

— Não pise na grama, Bogotá. É proibido.

Nunez mal ouvira o som que ele mesmo fizera. Ele parou, espantado. O dono da voz veio correndo pelo caminho malhado em sua direção, e Nunez voltou para a trilha.

— Estou aqui.

— Por que não veio quando o chamei? — perguntou o homem cego. — Você precisa ser guiado como uma criança? Não consegue ouvir o caminho ao andar?

Nunez riu.

— Eu posso ver o caminho.

— Não existe essa palavra, "ver" — falou o homem cego, depois de um momento. — Deixe de tolice e siga o som dos meus pés.

Nunez o acompanhou, um pouco irritado.

— A minha vez chegará — falou.

— Você aprenderá — respondeu o homem cego. — Há muito o que aprender no mundo.

— Nunca lhe disseram que "Em terra de cego, quem tem olho é rei"?

— O que é cego? — perguntou o homem cego, com cautela, por cima do ombro.

Quatro dias se passaram, e, no quinto, o Rei dos Cegos ainda se encontrava incógnito, como um estranho desajeitado e inútil entre seus súditos.

Descobriu que era muito mais difícil proclamar-se do que tinha suposto e, nesse ínterim, enquanto planejava seu golpe de estado, fazia o que lhe mandavam e aprendia os modos e costumes da Terra dos Cegos. Ele achou que trabalhar e vaguear à noite era particularmente exasperante e decidiu que essa seria a primeira coisa que mudaria.

Aquele povo levava uma vida simples e laboriosa, com todos os elementos de virtude e felicidade que se pode conceber. Eles labutavam, mas não opressivamente; possuíam comidas e roupas suficientes para suas necessidades; tiravam dias e temporadas de descanso; havia muita música e cantoria, e também amor e crianças pequenas. Era fascinante a confiança e a precisão com que viviam em seu mundo organizado. Tudo, perceba, era adequado às suas necessidades; cada um dos caminhos que se propagava da área do vale mantinha um ângulo constante com os outros e distinguia-se por uma marca especial em seu meio-fio; todos os obstáculos e irregularidades do caminho ou do prado havia muito foram eliminados; todos os métodos e procedimentos surgiram naturalmente em decorrência de suas necessidades pessoais. Os sentidos tornaram-se impressionantemente aguçados; eles ouviam e estimavam o gesto mais ínfimo de uma pessoa a dezenas de passos de distância — podiam ouvir até mesmo as batidas do coração. A entonação substituíra a expressão facial, além dos toques, e o trabalho com enxada, pá e forquilha era tão autônomo e seguro quanto um trabalho de jardinagem poderia ser. O sentido do olfato era muitíssimo refinado; eles distinguiam diferenças individuais tão prontamente quanto um cão faria e cuidavam das lhamas, que viviam entre as rochas mais acima e vinham até o paredão em busca de comida e abrigo, com tranquilidade e confiança. Foi só no fim, quando Nunez decidiu se proclamar, que descobriu como os movimentos daquele povo podiam ser naturais e confiantes.

Ele se rebelou somente depois de tentar persuadi-los.

Primeiro, tentou, em diversas ocasiões, contar a eles sobre a visão:

— Vejam, meu povo — disse ele. — Há coisas sobre mim que vocês não compreendem.

Uma ou duas vezes, um ou outro lhe deu atenção; sentavam-se com as faces para baixo e as orelhas voltadas com inteligência na direção dele, e Nunez dava o seu melhor para lhes explicar o que significava ver. Entre seus ouvintes, havia uma garota, com pálpebras menos vermelhas e fundas do que os outros — a ponto de alguém quase poder supor que ela escondia os olhos —, a quem ele, em especial, esperava persuadir. Ele falou das belezas da visão, de observar as montanhas, do céu e do nascer do sol, e eles o ouviram com uma incredulidade divertida que logo se tornava condenatória. Eles lhe contaram que não havia montanhas de forma alguma, mas que no fim das pedras, onde as lhamas pastavam, havia de fato o fim do mundo; de lá, abria-se o teto cavernoso do universo, de onde caíam o orvalho e as avalanches; e, quando ele manteve uma posição categórica sobre o mundo não ter fim nem um teto, como supunham, eles diziam que os pensamentos dele eram abomináveis. Até onde ele conseguia descrever o céu, as nuvens e as estrelas, aquilo lhes parecia uma lacuna apavorante, um vazio terrível no lugar do teto suave para as coisas em que acreditavam — aquela era uma crença firme entre eles, a de que o teto da caverna era delicadamente suave ao toque. Ele viu que, de alguma forma, havia chocado aquela gente e desistiu de vez daquele assunto, tentando lhes mostrar o valor da visão na prática. Em uma manhã, viu Pedro no caminho que se chamava Dezessete, indo em direção às casas centrais, mas ainda longe demais para ser percebido pela audição ou pelo olfato, e assim profetizou aos outros:

— Em pouco tempo, Pedro estará aqui.

Um velho homem observou que o outro nada tinha a fazer no caminho Dezessete e, depois, como se confirmasse isso, quando estava mais próximo, Pedro virou-se e continuou transversalmente pelo caminho Dez e retornou com passos ligeiros rumo ao paredão externo. Eles zombaram de Nunez quando Pedro não apareceu, e, mais tarde, quando o questionou a fim de limpar sua reputação, Pedro negou e o desafiou, passando a tratá-lo com hostilidade.

Então, ele os convenceu a deixá-lo subir bem alto pelos prados escarpados, rumo ao paredão, acompanhado por um indivíduo complacente, prometendo-lhe descrever tudo que acontecia entre as casas. Ele observou as idas e vindas, mas as coisas que pareciam ter um real significado para essas pessoas aconteciam dentro ou por trás das casas sem janelas — as únicas coisas que eles anotaram para testá-lo — e, a respeito disso, ele nada podia ter visto ou dito. Foi após o fracasso dessa tentativa, e da ridicularização que eles não puderam reprimir, que Nunez apelou para a força. Ele pensou em pegar uma pá e subitamente derrubar um ou dois deles no chão e, em um combate justo, mostrar a vantagem da visão. Estava decidido até pegar a pá e descobrir algo novo sobre si mesmo — para ele, era impossível acertar um homem cego a sangue frio.

Ele hesitou e descobriu que todos estavam cientes de que pegara uma pá. Eles ficaram em alerta, as cabeças viradas para um lado e os ouvidos para ele, atentos ao que ele faria em seguida.

— Abaixe a pá — disse um deles, e Nunez sentiu uma espécie de horror desamparado. Chegou perto de obedecer.

Então ele empurrou um deles para trás, contra a parede de uma casa, e passou correndo por ele e para fora da aldeia.

Ele atravessou um dos prados, deixando um rastro de grama pisada para trás, e sentou-se à margem de um dos caminhos deles. Sentiu a energia que acomete todos os homens à beira de uma luta, porém acompanhada de certa confusão. Começou a perceber que não é possível brigar satisfeito com criaturas que possuem um fundamento mental diferente do seu. A distância, viu vários homens carregando pás e pedaços de pau vindo da rua das casas e avançando em fileiras que se alastravam pelos vários caminhos em direção a ele. Eles investiam lentamente, falando o tempo todo uns com os outros, e aqui e ali a fileira toda se detinha, cheirava o ar e punha-se a ouvir.

Na primeira vez que fizeram isso, Nunez gargalhou. Mas, depois, não riu mais.

Um deles encontrou a trilha de Nunez na grama e seguiu inclinado, sentindo o caminho percorrido no prado.

Por cinco minutos, ele observou a lenta fileira que se estendia, e então sua disposição incerta para agir logo se tornou frenética. Ele se ergueu, deu um passo ou mais em direção ao muro circundante, virou-se e recuou um pouco. Todos eles pararam em uma posição de meia-lua, imóveis e ouvindo.

Ele também ficou imóvel, agarrando a pá com mais firmeza nas mãos. Deveria atacá-los?

A pulsação em seus ouvidos batia no ritmo de *"Em terra de cego, quem tem um olho é rei"*.

Deveria atacá-los?

Ele olhou para trás, em direção ao paredão alto e impossível de escalar — por conta de seu reboco liso, mas perfurado por várias portinhas — e também para a fila de perseguidores que se aproximava. Atrás deles, vinham agora outros da rua das casas.

Deveria atacá-los?

— Bogotá! — chamou um deles. — Bogotá! Onde está você?

Ele agarrou a pá com ainda mais força e desceu pelos prados rumo às habitações. Assim que se moveu, eles convergiram em sua direção.

— Vou atacá-los se me tocarem — prometeu ele. — Pelos céus, eu vou. Vou atacá-los. — E gritou para eles: — Olhem aqui, vou fazer o que quiser neste vale! Estão ouvindo? Vou fazer o que quiser e vou aonde quiser.

Eles se moviam com rapidez, cada vez mais próximos dele, tateando, mas movendo-se depressa. Era como brincar de cabra-cega com todos vendados, menos um.

— Peguem-no! — gritou um deles.

Ele se viu cercado por seus perseguidores e, de súbito, percebeu que deveria agir. Precisava tomar uma decisão.

— Vocês não entendem — gritou ele, com uma voz que deveria ser forte e resoluta, mas que saiu trêmula. — Vocês são cegos, e eu enxergo. Me deixem em paz!

— Bogotá! Largue a pá e saia da grama!

A última ordem, grotesca em toda a sua familiaridade civil, desencadeou um acesso de raiva.

— Vou machucá-los — alertou ele, soluçando de emoção. — Pelos céus, vou machucá-los! Me deixem em paz!

Ele começou a correr — sem saber claramente para onde. Correu do cego mais próximo, pois seria um horror atacá-lo. Deteve-se e então disparou para escapar do cerco que se fechava. Rumou para onde havia uma lacuna mais larga, e os homens de cada lado, com uma ágil percepção da aproximação dos passos de Nunez, apressaram-se na direção uns dos outros. Ele saltou para a frente e então viu que seria pego, e *vush!* — a pá acertou algo. Ele sentiu o impacto macio contra mão e braço; o homem caiu com um grito de dor, e ele conseguiu passar.

Tinha passado! E então estava perto da rua com as casas outra vez, e os cegos, girando pás e estacas, corriam com uma agilidade racional para lá e para cá.

Ele ouviu passos atrás de si bem a tempo e viu um homem alto disparando adiante, dando golpes no ar ao ouvi-lo. Ele perdeu a coragem, arremessou a pá a um metro de seu antagonista, virou-se e fugiu, gritando bem alto ao esquivar-se de outro.

Estava dominado pelo pânico. Correu alucinadamente de lá para cá, esquivando-se quando não havia necessidade e, em sua ansiedade de ver de uma só vez por todos os lados, tropeçou. Em um instante, estava no chão, e eles ouviram sua queda. Mais distante, no muro circundante, havia uma pequena porta que parecia o Paraíso, e ele desembestou rumo a ela. Ele nem ao menos olhou ao redor para seus perseguidores até alcançá-la; tropeçou pela ponte, escalou por uma pequena trilha entre as pedras — para surpresa e decepção de uma jovem lhama, que saltitou, saindo de vista — e deitou-se, arquejando.

E assim seu golpe de estado chegou ao fim.

Ele ficou do lado de fora do paredão do vale dos cegos por duas noites e dois dias, sem comida nem abrigo, e refletiu a respeito daquele imprevisto. Durante essas meditações, repetia com muita frequência, e sempre com uma nota profunda de escárnio, o provérbio desacreditado: *"Em terra de cego, quem tem um olho é rei"*. Ele pensou principalmente em maneiras de lutar e subjugar aquele povo, e foi ficando cada vez mais evidente para ele que não havia jeito possível de fazer isso. Ele não tinha armas, e agora seria difícil conseguir uma.

A praga da civilização o acometera até mesmo em Bogotá, e ele não conseguia encontrar em si forças para descer e assassinar um homem cego. É claro que, se fizesse isso, poderia ditar condições sob a ameaça de assassinar todos eles. Mas... cedo ou tarde, teria que dormir!

Ele também tentou encontrar alimento entre os pinheiros e acomodar-se debaixo de seus galhos em meio ao frio que predominava à noite e, com pouca confiança, caçar uma lhama e matá-la — talvez golpeando-a com uma pedra — e aí, finalmente, quem sabe, comer um pouco. Mas as lhamas desconfiavam dele e o observavam atentamente com olhos castanhos cheios de suspeita, cuspindo sempre que se aproximava. No segundo dia, foi acometido por medo e acessos de calafrio. Por fim, rastejou de volta ao paredão da Terra dos Cegos e tentou chegar a um acordo. Arrastou-se pelo córrego, gritando, até que dois homens cegos vieram ao portão e falaram com ele.

— Eu estava louco — começou. — Mas eu tinha sido apenas recém-criado.

Os dois falaram que assim era melhor, ao que ele respondeu que compreendia agora e se arrependia de tudo o que havia feito. Sem querer, rompeu num pranto, pois estava muito fraco e doente então, e eles tomaram aquilo como um bom sinal.

Eles perguntaram se ele ainda pensava que podia "ver".

— Não. Aquilo foi uma tolice. A palavra não significa nada... menos que nada!

Então eles quiseram saber o que havia no alto.

— Por volta de dez vezes a altura de uma pessoa, há um teto acima do mundo... de pedra... e muito, muito suave. — Ele caiu em um pranto histérico outra vez. — Antes de fazerem mais perguntas, me deem comida ou vou morrer!

Ele esperava punições terríveis, mas aquele povo cego era tolerante. Eles consideraram sua rebelião como mais uma prova de sua ignorância e inferioridade em geral e, depois de o chicotearem, deram-lhe o trabalho mais simples e pesado que tinham para ser feito, e ele, sem enxergar outra maneira de viver, obedeceu, submisso, ao que lhe ordenavam.

Ficou doente por uns dias, e eles cuidaram dele com gentileza. Isso intensificou sua submissão. Mas eles insistiam para que continuasse deitado no escuro, e aquilo lhe causava uma imensa infelicidade. Os filósofos cegos vieram e falaram sobre a leviandade perversa de sua mente, reprovando-o tanto por suas dúvidas sobre a tampa de pedra que cobria a panela cósmica deles que ele quase duvidou se de fato não estaria sendo vítima de uma alucinação ao não vê-la no alto.

Assim, Nunez tornou-se um cidadão da Terra dos Cegos, e aquelas pessoas deixaram de ser um povo genérico e passaram a ser indivíduos familiares para ele à medida que o mundo além das montanhas tornava-se cada vez mais remoto e irreal. Havia Yacob, seu mestre, um homem gentil quando não estava irritado; Pedro, neto dele, e Medina-sarote, a filha mais nova de seu mestre. Ela era pouco apreciada no mundo dos cegos porque tinha um rosto bem-definido e lhe faltava aquela maciez prazerosa e acetinada, o ideal de beleza feminina para um homem cego, mas Nunez achou-a bela desde o início e, depois, a criação mais linda de todos os tempos. As pálpebras seladas não eram fundas e vermelhas, o habitual no vale, mas cerravam-se como se a qualquer momento pudessem se abrir; além disso, ela tinha cílios longos, algo que era considerado uma grave deformação, e sua voz era débil e não satisfazia a audição apurada dos pretendentes do vale. Por isso, ela não tinha um amante.

Chegou um momento em que Nunez pensou que, se pudesse conquistá-la, ele se resignaria a viver no vale pelo resto da vida.

Ele a observou; buscou oportunidades de fazer pequenos serviços para ela e logo descobriu que ela o apreciava. Uma vez, durante uma reunião em um dia de descanso, eles sentaram-se lado a lado sob a suave luz das estrelas, e a música que tocava era melodiosa. A mão dele alcançou a dela, e ele atreveu-se a apertá-la. Então, muito levemente, ela também apertou a dele. E um dia, durante a refeição no breu, ele sentiu a mão dela, tão suave, buscando a dele, e, num golpe do acaso, o fogo crepitou e ele viu a ternura no rosto dela.

Ele tentou falar com ela. Aproximou-se numa noite de verão, quando ela estava sentada, tecendo à luz do luar. A luz lhe conferia uma aura prateada de mistério. Ele sentou-se aos seus pés e contou que a amava, e disse-lhe quão bela ela era para ele. Sua voz era a de um amante, com a estima terna que beirava a reverência, e ela nunca antes tinha sido tocada com adoração. Ela não lhe deu uma resposta definitiva, mas ficou evidente que as palavras dele a encantaram.

Depois disso, ele falava com ela sempre que havia uma oportunidade. O vale se tornou o mundo para ele, e o mundo além das montanhas onde os homens viviam sob o sol parecia nada mais do que um conto de fadas que um dia ele contaria para ela. Muito hesitante e timidamente, ele falou com ela sobre a visão.

A visão parecia, para ela, a mais poética das fantasias, e ela ouvia a descrição que ele fazia das estrelas e das montanhas e da beleza suave dela, iluminada de branco, tal qual uma indulgência condenável. Ela não acreditava, apenas entendia um pouco, mas ficava misteriosamente encantada, e a ele parecia que ela entendia plenamente.

Seu amor perdeu a reverência e tomou coragem. Logo, ele foi pedir a Yacob e aos anciãos a mão dela em casamento, mas ela sentiu medo e protelou a situação. E foi uma das suas irmãs mais velhas que contou a Yacob que Medina-sarote e Nunez estavam apaixonados.

Desde o início, houve muita oposição ao casamento dos dois; não tanto pelo valor que davam a ela, mas porque ele era considerado um pária, um tolo, alguém com um quê de incompetência abaixo do nível aceitável a um homem. As irmãs dela se opuseram com amargor, pois aquilo seria desmoralizante para elas; e o velho Yacob, embora tivesse desenvolvido afeição por seu servo esquisito e obediente, balançou a cabeça e disse que aquilo não poderia ser. Os homens mais jovens ficaram furiosos diante da ideia de corromper sua raça, e um deles chegou às vias de fato ao ofender e atacar Nunez. Ele revidou. Então, pela primeira vez, percebeu a vantagem de enxergar, mesmo à luz do crepúsculo, e depois que a briga terminou, ninguém mais ergueu a mão para ele. Contudo, ainda consideravam o casamento impossível.

O velho Yacob sentia muita ternura pela filha caçula e o entristecia vê-la chorar em seu ombro.

— Perceba, minha filha, ele é um ignorante. O homem tem delírios e não consegue fazer nada direito.

— Eu sei — choramingou Medina-sarote. — Mas ele está melhor do que era. Ele está melhorando. E ele é forte, meu amado pai, e gentil... mais forte e gentil que qualquer outro homem no mundo. E ele me ama... e, pai, eu o amo.

O velho Jacob sentia uma imensa aflição ao vê-la inconsolável e, além disso — o que deixava tudo ainda mais agoniante —, ele gostava de Nunez por muitos motivos. Então, sentou-se na câmara sem janelas do conselho com os outros anciãos e observou o rumo da conversa, afirmando, no momento certo:

— Ele está melhor do que era. É bem provável que, um dia, o consideremos tão são quanto nós mesmos.

Depois disso, um dos anciãos, que refletiu de forma profunda a respeito, teve uma ideia. Ele era um grande médico para aquele povo, seu curandeiro, e tinha uma mente muito filosófica e criativa; a ideia de curar Nunez de suas peculiaridades era-lhe muito atraente. Um dia, quando Yacob estava presente, ele voltou ao assunto:

— Examinei Nunez, e o caso está mais claro para mim. Acredito que muito provavelmente ele possa ser curado.

— É o que eu sempre esperei — disse o velho Yacob.

— O cérebro dele está afetado — falou o médico cego.

Os anciãos murmuraram, assentindo.

— Bem, o que o afeta?

— Ah! — disse o velho Yacob.

— Isso — falou o médico, respondendo à própria pergunta. — Aquelas coisas esquisitas que são chamadas de olhos e que existem para formar uma depressão apropriada no rosto estão doentes, no caso de Nunez, de tal forma que afetam o cérebro dele. Eles são muitíssimo distendidos; ele tem cílios e suas pálpebras se movem e, em consequência, o cérebro dele está em um constante estado de irritação e distração.

— Sim? — disse o velho Yacob. — E?

— E acho que posso afirmar com razoável certeza que, no intuito de curá-lo por completo, tudo que precisamos fazer é uma operação cirúrgica simples e fácil, isto é, remover aqueles corpos irritantes.

— E então ele ficará são?

— Então ele ficará perfeitamente são e será um cidadão bastante admirável.

— Glória aos céus pela ciência! — disse o velho Yacob, e foi diretamente até Nunez contar-lhe sobre sua expectativa venturosa.

Mas a maneira como Nunez recebeu as boas notícias pareceu-lhe fria e decepcionante.

— Uma pessoa poderia pensar — disse ele —, pelo tom que você usa, que não se importa com a minha filha.

Foi Medina-sarote que persuadiu Nunez a encarar os cirurgiões cegos.

— Você não quer que eu perca meu dom da visão, quer? — perguntou ele, ao que ela balançou a cabeça. — Meu mundo é a visão.

Ela abaixou a cabeça.

— Há coisas lindas, as coisas simples da vida... as flores, os liquens entre as pedras, a leveza e a maciez de um naco de pelo, o céu tão distante da alvorada, com suas nuvens à deriva, o pôr do sol e as estrelas. E você. Só por você já é bom ter a visão, e poder ver seu rosto doce e sereno, seus lábios meigos, suas belas e amadas mãos unidas... São esses olhos meus que você conquistou, esses olhos que me prenderam a você, são eles que esses tolos estão caçando. Em vez disso, devo tocá-la, ouvi-la e nunca mais vê-la. Devo me colocar sob aquele teto de rocha e pedra e escuridão, aquele terrível teto sob o qual a imaginação de vocês finda... Não, você não iria querer isso para mim, iria?

Uma dúvida desagradável o acometeu. Ele se deteve, deixando a pergunta no ar.

— Às vezes — respondeu ela —, eu queria... — E parou.

— Sim? — quis saber ele, um pouco apreensivo.

— Às vezes, eu queria... que você não falasse assim.

— Assim como?

— Eu sei que é bonito... é a sua imaginação. Eu a amo, mas agora...

Ele sentiu frio.

— Agora? — disse ele, sem forças.

Ela ficou muito quieta.

— Você quer dizer... você acha... que talvez fosse melhor, fosse melhor se eu...

Ele começou a se dar conta das coisas com muita rapidez. Sentiu raiva, talvez, raiva pelo curso sombrio do destino, mas também compaixão pela falta de entendimento dela — uma compaixão que beirava a pena.

— Meu amor — disse ele, e dava para ver por sua palidez o quão tensa ela se sentia em virtude da pressão que sofria por tudo que não podia dizer.

Ele a abraçou, beijando sua orelha, e eles ficaram ali, por um tempo, em silêncio.

— E se eu concordasse com isso? — disse ele por fim, em uma voz muito doce.

Ela jogou os braços ao redor dele, chorando sem parar.

— Ah, se você concordasse — soluçou ela —, se você concordasse!

Durante uma semana antes da operação que o alçaria da condição de servidão e inferioridade ao nível de um cidadão cego, Nunez não conseguiu dormir nada. Ao longo das horas quentes e iluminadas, enquanto os outros descansavam satisfeitos, ele ficava sentado, pensativo, ou punha-se a vagar sem destino, tentando assimilar aquele dilema. Ele dera sua resposta e seu consentimento, mas ainda não tinha certeza. E, enfim, o tempo do trabalho findou, o sol nasceu em seu esplendor acima dos cumes, e seu último dia de visão teve início. Ele tinha alguns minutos com Medina-sarote antes que ela fosse dormir.

— Amanhã — começou ele —, não verei mais.

— Meu amor! — respondeu ela, e apertou as mãos dele com toda a força. — Eles vão machucá-lo só um pouco, e você vai passar por essa dor, você vai passar por isso, meu amor, por mim... Se a vida e o coração de uma mulher forem suficientes, vou recompensá-lo. Meu amor, meu amor de voz terna, vou recompensá-lo.

Sentiu-se inundado de pena, por si e por ela.

Ele a segurou nos braços, pressionou seus lábios contra os dela e olhou para seu rosto gentil pela última vez.

— Adeus! — sussurrou ele para aquela preciosa visão. — Adeus!

E então, em silêncio, virou-se e afastou-se dela.

Ela ouviu seus passos lentos distanciando-se, e algo na cadência deles a lançou em um pranto fervoroso.

Ele foi embora.

Sua intenção era ir a um lugar solitário, onde os prados eram belos, com seus narcisos brancos, e lá ficar até o momento de seu sacrifício, mas, conforme caminhava, ergueu os olhos e viu a manhã, a manhã tal qual um anjo em uma armadura dourada, descendo pelas encostas...

Pareceu a ele que, diante daquele esplendor, ele e aquele mundo cego no vale, o seu amor e tudo mais, nada mais eram do que um poço de pecado.

Ele não virou como pretendia, mas seguiu em frente e passou pelo muro circundante, para além das rochas. Seus olhos não paravam de observar a neve e o gelo iluminados pelo sol.

Ele observou aquela beleza infinita, e sua imaginação elevou-se até o que havia mais além, tudo o que ele renunciaria para sempre!

Pensou naquele mundo tão grande e livre do qual fora separado, o seu mundo, e teve uma visão daquelas encostas além, mais e mais distantes, de Bogotá, lugar de tantas belezas emocionantes, glorioso de dia, misterioso e resplandecente à noite, com palácios e fontes e estátuas e casas brancas dispostos lindamente à meia distância. Pensou em como, por um dia ou mais, alguém poderia atravessar passagens e alcançar as ruas e vias alvoroçadas. Pensou na jornada do rio, dia a dia, saindo da grande Bogotá rumo ao mundo mais além, cruzando cidades e aldeias, florestas e desertos, o rio impetuoso, dia após dia, até deixar as margens para trás e os grandes barcos a vapor agitarem a água, e então chegar ao mar — o mar sem limites, com suas diversas ilhas, suas milhares de ilhas, e seus navios ao longe, indistintos, em suas viagens incessantes ao redor e por todo aquele mundo imenso. E lá, sem a restrição das montanhas, a pessoa podia ver o céu — o céu, não um disco como o que havia ali, mas um arco imensurável de azul, a vastidão mais vasta na qual estrelas giravam e flutuavam...

Os olhos dele começaram a esquadrinhar a grande cortina de montanhas com uma curiosidade atenta.

Por exemplo, se alguém fosse subindo por aquele sulco até a fenda estreita e íngreme do penhasco, então poderia sair bem no alto daqueles pinheiros franzinos que rodeavam uma espécie de leito rochoso e subir ainda mais conforme ia passando por cima do desfiladeiro. E depois? Aquele tálus poderia ser ultrapassado.

De lá, talvez, se pudesse encontrar um caminho de escalada que o levaria até o precipício que havia abaixo da neve; e, se aquela fenda não desse em nada, então outra mais distante a leste poderia servir melhor ao seu propósito. E depois? Depois, esse alguém estaria ali na neve, iluminada num tom de âmbar, e no meio do caminho rumo ao cume daqueles belos lugares remotos. Supondo, é claro, que essa pessoa tivesse sorte.

Ele lançou um olhar para trás, para a aldeia, e então virou-se e encarou-a de braços cruzados. Pensou em Medina-sarote, e ela se transformara em algo pequeno e distante. Voltou-se de novo para o paredão da montanha, onde o dia tinha começado — para ele.

Então, com muita cautela, começou a escalar.

Quando veio o pôr do sol, ele tinha parado de escalar, mas encontrava-se distante e no alto. As roupas estavam rasgadas, os membros, ensanguentados, e ele tinha ferimentos em muitos lugares, mas deitou-se quase à vontade, com um sorriso no rosto.

De seu local de descanso, era como se o vale estivesse em um poço quase um quilômetro abaixo. Já escurecera por causa da neblina e da sombra, embora os picos da montanha ao redor dele fossem feitos de luz e fogo. Os picos eram feitos de luz e fogo, e os pequeninos detalhes nas rochas ao alcance da mão eram inundadas por luz e beleza — um veio de mineral verde perfurando o cinza, o cintilar de pequenos cristais aqui e ali, um ínfimo líquen laranja com sua delicada beleza bem perto do rosto dele. Havia sombras misteriosas e profundas no desfiladeiro, o azul intensificando-se em roxo, e o roxo em uma escuridão brilhante, e, acima, a vastidão ilimitada do céu. Mas ele não mais dava atenção a essas coisas; ficou ali, sem se mexer, sorrindo, satisfeito só por ter escapado do Vale dos Cegos, onde um dia pensou que seria rei. O fulgor do pôr do sol se foi e veio a noite, e ele permaneceu ali, imóvel, sob as frias e nítidas estrelas. ✦

H. G. WELLS

1896

THE RED ROOM

O Quarto Vermelho

Hospedado no famoso
Loraine Castle, um jovem
decide passar a noite
no quarto assombrado
do lugar – e descobre
que existem coisas piores
que fantasmas.

UNIVERSOS PECULIARES

— Eu lhe garanto — falei — que só mesmo um fantasma muito real conseguirá me assustar. — E fiquei em pé diante da lareira com o copo na mão.

— A escolha é sua — disse o homem do braço mirrado, olhando-me de soslaio.

— Tenho vinte e oito anos e nunca vi um fantasma sequer — comentei.

A velha permaneceu sentada com os olhos pálidos e arregalados cravados no fogo.

— Sim — interveio ela —, e viveu vinte e oito anos sem jamais ter visto uma casa como esta, imagino. Há um monte de coisas a serem vistas quando se tem apenas vinte e oito anos. — Ela meneou a cabeça lentamente. — Um monte de coisas a serem vistas e sofridas.

Tenho suspeitas, em parte, de que os velhos estavam tentando acentuar os terrores espirituais da casa por intermédio de uma insistente arenga. Depositei o copo vazio na mesa, percorri o cômodo com os olhos e capturei um vislumbre de mim mesmo, abreviado e alargado a uma robustez impossível, refletido no esdrúxulo espelho velho nos fundos da sala.

— Bom, se vir algo hoje à noite, eu me tornarei bem mais sábio. Porque me coloco nesta situação com a mente aberta.

— A escolha é sua — repetiu o homem do braço mirrado.

Escutei o barulho de uma bengala e um passo capenga nas lajes no passadiço do lado de fora. As dobradiças da porta rangeram quando um segundo idoso entrou, mais curvado, mais enrugado e até mais velho do que o primeiro. Ele apoiava-se em uma única muleta, trazia os olhos cobertos por uma sombra e o lábio inferior, entreaberto, pendia pálido e rosado diante dos deteriorados dentes amarelos. Foi direto para a poltrona no lado oposto da mesa, sentou-se desajeitadamente e começou a tossir. O homem do braço mirrado disparou no recém-chegado um rápido olhar de evidente desgosto; a velha ignorou sua chegada e permaneceu com os olhos fixos no fogo.

— Falei... a escolha é sua — disse o homem do braço mirrado quando a tosse cessou por um momento.

— A escolha é minha — respondi.

Só então o homem de olhos sombreados tomou conhecimento da minha presença; tombou a cabeça para trás e, em seguida, virou-a para me ver. Vislumbrei seus olhos momentaneamente, pequenos, brilhantes e inflamados. Então ele começou a tossir e a pigarrear novamente.

— Por que não bebe um pouco? — ofereceu o homem do braço mirrado, empurrando a cerveja na direção do outro. O homem de olhos sombreados encheu um copo com o braço trêmulo, entornando a mesma quantidade na mesa de pinho. Sua sombra monstruosa rastejava parede acima arremedando as ações dele ao servir e beber. Devo confessar que não esperava zeladores tão grotescos. Há, na minha concepção, algo inumano na senilidade, algo aviltante e atávico; as qualidades humanas parecem diminuir nas pessoas velhas insensivelmente, dia após dia. Os três deixavam-me constrangido com os silêncios esqueléticos, as posturas encurvadas e a evidente antipatia por mim e uns pelos outros.

— Se vocês me mostrarem o quarto assombrado, me acomodarei lá — sugeri.

O velho com tosse virou a cabeça para trás tão de repente que me assustou e disparou na minha direção uma vez mais os olhos vermelhos sombreados, porém, ninguém me respondeu. Aguardei um minuto, olhando um a um alternadamente, e falei, um pouco mais alto:

— Se me mostrarem o tal quarto assombrado, eu os liberarei da tarefa de me entreter.

— Há uma vela na laje do lado de fora da porta — disse o homem do braço mirrado, olhando para os meus pés ao se endereçar a mim. — Mas, se for ao quarto vermelho hoje...

(— Esta noite entre todas as noites! — disse a velha.)

— Você irá sozinho.

— Muito bem. E qual é o caminho?

— Siga pelo passadiço um pouquinho — orientou ele — até chegar a uma porta, atrás da qual há uma escada espiral; na metade dela, você encontrará um patamar e outra porta coberta de baeta. Entre e vá até o final do corredor comprido; o quarto vermelho fica à esquerda, logo acima dos degraus.

— Entendi direito? — perguntei antes de repetir as instruções. Ele corrigiu um único detalhe.

— E você vai mesmo? — questionou o homem de olhos sombreados, fitando-me pela terceira vez com aquela esquisita e nada natural inclinação do rosto.

(— Esta noite entre todas as noites! — disse a velha.)

— Vim para isso. — E parti em direção à porta.

Enquanto eu caminhava, o velho de olhos sombreados se levantou e, tropegamente, deu a volta na mesa para ficar mais perto dos outros e da lareira. À porta, virei-me, olhei para eles e vi que estavam todos bem próximos uns dos outros, escurecidos à luz do fogo, encarando-me por cima dos ombros com uma expressão atenta nos rostos vetustos.

— Boa noite — falei, abrindo a porta.

— A escolha é sua — repetiu o homem do braço mirrado.

Deixei a porta escancarada até a vela estar bem acesa, fechei--os lá dentro e caminhei pelo ecoante passadiço gelado.

Devo confessar que a estranheza daqueles três pensionistas velhos a quem a proprietária havia confiado os cuidados do castelo, bem como a mobília antiquada e de tonalidades profundas do cômodo dos empregados domésticos em que se encontravam congregados, afetaram-me, apesar de meus esforços para permanecer o mais tranquilo possível. Eles pareciam pertencer a outra época, mais antiga, uma em que as questões espirituais eram diferentes das nossas, menos estabelecidas; uma época em que presságios e bruxas eram críveis, e fantasmas, inegáveis. A própria existência deles era espectral; o corte das roupas, um feitio oriundo de cérebros mortos. Os ornamentos e utensílios do quarto ao seu redor eram fantasmagóricos — conceitos de homens desvanecidos, que ainda assombram o mundo de hoje em vez dele participarem.

Entretanto, com esforço, dei meia-volta nesses pensamentos. As correntes de ar gelavam o comprido e empoeirado passadiço subterrâneo, e minha vela bruxuleava, deixando as sombras encurvadas e trêmulas. Os ecos esparramavam-se para cima e para baixo na escada espiral, e uma sombra subiu, arrastando-se atrás de mim, enquanto outra esvoaçou adiante e adentrou a escuridão logo acima. Cheguei ao patamar, parei ali um momento e fiquei atento a um sussurro que fantasiei ter ouvido; então, satisfeito com o absoluto silêncio, abri a porta coberta de baeta e encontrei-me no corredor.

O efeito sequer se aproximava do que eu esperava, pois o luar, que entrava pela ampla janela à majestosa escadaria, lançava em tudo uma vívida sombra negra ou uma iluminação prateada. Tudo encontrava-se no devido lugar: a impressão era de que a casa havia sido desocupada no dia anterior, não dezoito meses atrás. Os bocais dos castiçais continham velas, toda a poeira que porventura estivesse acumulada nos tapetes ou no piso encerado encontrava-se distribuída de maneira tão uniforme que se tornava invisível ao luar. Eu estava prestes a avançar quando parei abruptamente. Uma estátua de bronze no alto do patamar escondia-se de mim no canto da parede, mas a sombra projetava-se com precisão surpreendente na parede branca adornada, dando-me a impressão de ser alguém agachado para me atacar. Permaneci rígido por cerca de meio minuto. Então, com a mão no bolso em que se encontrava o revólver, avancei e deparei-me com uma estátua de Ganimedes e a Águia[1], resplandecente ao luar. Tal incidente restaurou minha coragem por um instante, de maneira que a porcelana de um homem chinês em uma mesa marchetada, cuja cabeça balançou silenciosamente quando passei, quase não me assustou.

A porta do quarto vermelho e os degraus que a ela levavam ficavam em um canto sombrio. Movi a vela de um lado ao outro com o objetivo de ver claramente a natureza do recanto em que me encontrava antes de abrir a porta. *Aqui*, pensei, *meu predecessor foi encontrado*, e a memória dessa história deu-me uma repentina pontada de apreensão. Virei o rosto e vislumbrei Ganimedes ao luar, então abri a porta do quarto vermelho um tanto apressado, com o rosto meio virado para o lívido silêncio do patamar.

Entrei, fechei a porta atrás de mim de uma só vez, girei a chave que encontrei na fechadura no lado de dentro e fiquei parado, a vela suspensa, analisando a cena da minha vigília, o grande quarto vermelho do Castelo Lorraine, onde o jovem duque morrera. Ou, melhor dizendo, onde começara a morrer, pois abrira a porta e despencara de cabeça pelos degraus que eu acabara de ascender. Esse fora o fim de sua vigília, de sua galante tentativa de subjugar a tradição fantasmagórica do lugar; *e jamais*, pensei, *uma apoplexia servira tanto ao propósito da superstição.* E havia outras e mais antigas histórias ligadas ao quarto, que remontavam ao começo relativamente crível de tudo, a fábula de uma esposa tímida e seu trágico fim, resultado da galhofa do marido ao tentar assustá-la. E, ao percorrer os olhos por aquele grande quarto sombrio, com suas

---

1 Estátua que representa parte da história do príncipe Ganimedes. Zeus, em forma de águia, capturou o belíssimo príncipe e o levou ao Monte Olimpo, onde o rapaz serviria de copeiro dos deuses. (N. T.)

janelas salientes igualmente sombrias, seus recessos e alcovas, podia-se entender bem as lendas que brotaram naqueles cantos escuros, naquelas trevas germinantes. Na vastidão daquele lugar, minha vela era uma linguinha de chama que fracassava em penetrar o breu até a ponta oposta do quarto, deixando um oceano de mistério e insinuação além de sua ilha de luz.

Resolvi fazer uma análise sistemática do lugar de uma vez e dispensar as fantasiosas insinuações da obscuridade antes que se apoderassem de mim. Após me certificar de que a porta estava trancada, comecei a caminhar pelo quarto, espiei cada peça da mobília, desdobrei o dossel da cama e abri bem as cortinas; conferi a tranca das várias janelas antes de fechar as venezianas, inclinei-me para a frente, examinei até no alto o negrume da grande chaminé e tateei o painel de carvalho escuro em busca de alguma abertura secreta. Havia dois espelhos grandes no quarto, cada um sustentando um par de castiçais com velas e, na cornija, mais velas em castiçais de porcelana. Acendi todas elas, uma após a outra. A lareira estava pronta — um inesperado ato de consideração de algum dos velhos zeladores —, e eu a acendi para minimizar qualquer possibilidade de tremer e, quando estava queimando bem, postei-me de costas para ela e fitei o quarto. Eu aproximara uma poltrona com forro de chintz e uma mesa para formar uma espécie de barricada diante de mim e nela coloquei o revólver ao alcance da mão. A precisa averiguação fez-me bem, porém eu continuava achando a escuridão dos lugares mais distantes e sua perfeita quietude estimulantes demais para a imaginação. O eco da agitação e dos estalidos do fogo não me propiciavam nenhuma espécie de conforto. A sombra da alcova na ponta, em particular, possuía aquela indefinível qualidade de uma presença, aquela estranha insinuação, que chega tão facilmente no silêncio e na solidão, de que algo vivo nos espreita. Por fim, para me tranquilizar, adentrei-a com uma vela e certifiquei-me de que não havia nada tangível ali. Depositei a vela no chão da alcova e deixei-a lá dentro.

Nesse momento, eu estava em um estado de considerável tensão nervosa, embora, de acordo com minha razão, não houvesse justificativa adequada para tal condição. Minha mente, contudo, estava perfeitamente lúcida. Postulei com afinco e sem reservas que nada sobrenatural poderia acontecer e, para passar o tempo, comecei a enfileirar rimas, à moda de Ingoldsby[2], da lenda original do lugar. Algumas recitei em voz alta, mas os ecos não eram agradáveis. Pela mesma razão, depois de um tempo, também abandonei uma conversa comigo mesmo sobre a impossibilidade de existirem fantasmas e assombrações. Minha mente retrocedeu às três pessoas velhas e distorcidas no andar lá de baixo, e tentei ater-me a esse tópico. Os vermelhos e pretos lúgubres do quarto perturbavam-me; mesmo com sete velas, o cômodo encontrava-se inteiramente umbroso. A que se encontrava na alcova bruxuleava à corrente de vento, e o tremeluzir da chama mantinha as sombras e a penumbra em um perpétuo brandir e balançar. Esquadrinhando os arredores em busca de uma solução, recordei-me das velas que vira no passadiço e, com um leve esforço, deixando a porta aberta, adentrei o luar do lado de fora segurando uma vela e logo retornei com não menos que dez. Coloquei-as em várias quinquilharias de porcelana com as quais o quarto era escassamente adornado, acendi-as e posicionei-as onde as sombras eram mais profundas — algumas no chão, outras em vãos das janelas —, até que, por fim, as dezessete velas estivessem tão organizadas que nenhum centímetro do quarto ficasse escuro, mas recebesse iluminação direta de ao menos uma delas. Ocorreu-me advertir o fantasma, quando ele aparecesse, para que não tropeçasse nelas. O quarto agora tinha uma resplandecente iluminação. Havia algo muito alegre e reconfortante naquelas pequeninas chamas contínuas, e espevitá-las serviu-me de ocupação e proveu-me de uma útil sensação de passagem do

---

2 Referência a Thomas Ingoldsby, pseudônimo criado por Richard Harris Barham, autor de *The Ingoldsby Legends or Mirth and Marvels*. (N. T.)

tempo. Mesmo assim, contudo, a meditabunda expectativa da vigília pesava-me demais.

Foi após à meia-noite que a vela na alcova apagou de repente, e a sombra escura saltou de volta ao seu lugar. Não vi a vela apagar, simplesmente me virei e percebi que a escuridão estava lá, como alguém que se sobressalta ao ver a inesperada presença de um estranho.

— Puxa vida! — falei em voz alta. — Esse vento foi forte! — exclamei antes de pegar os fósforos na mesa e atravessar o quarto devagar para reacender a vela ao canto. O primeiro fósforo não queimou e, quando obtive êxito com o segundo, tive a impressão de que algo pestanejou na parede diante de mim. Virei a cabeça involuntariamente e vi que as duas velas na mesinha à lareira estavam apagadas. Pus-me de pé de imediato.

— Que estranho! Será que eu mesmo fiz isso em um momento de desatenção?

Voltei caminhando, reacendi uma e, ao fazer isso, vi a vela no castiçal direito de um dos espelhos tremular e apagar, e quase no mesmo instante, a companheira seguiu-a. Não havia dúvida. A chama desapareceu como se o pavio tivesse de repente sofrido um beliscão entre um dedo e um polegar, deixando-o sem brilho nem fumaça, mas preto. Permaneci imóvel, totalmente boquiaberto, quando a vela ao pé da cama apagou e as sombras pareceram dar mais um passo na minha direção.

— Não pode ser! — exclamei. Então, primeiro uma e em seguida a outra vela na cornija também se apagaram. — O que é isso? — berrei com um peculiar agudo apoderando-se da minha voz de alguma maneira.

Nesse momento, a vela no guarda-roupa se apagou e a que eu reacendera na alcova a acompanhou.

— Pare com isso! Essas velas são necessárias — falei com uma galhofa meio histérica, riscando um fósforo o tempo todo para os castiçais da cornija. Minhas mãos tremiam tanto que duas vezes errei a lixa da caixa de fósforos. Quando a cornija emergiu da escuridão novamente, duas velas na parte mais distante da janela eclipsaram. Porém, com o mesmo fósforo, também reacendi as velas no espelho maior e as no chão perto da porta, então, por um momento, senti que estava ganhando. Entretanto, numa rajada, quatro chamas desapareceram de uma vez em cantos diferentes do quarto, e risquei outro fósforo com uma ligeireza trêmula, mas fiquei parado sem saber para onde levá-lo.

Enquanto estava ali, indeciso, uma mão invisível apagou as duas velas na mesa. Com um berro aterrorizado, corri à alcova; em seguida, ao canto, e depois à janela, reacendendo outras três quando duas mais desvaneceram à lareira. Soltei os fósforos no baú com trancas de ferro no canto e agarrei o castiçal do quarto. Com isso, eu evitava o atraso de riscar fósforos, mas, apesar de tudo, o processo contínuo de extinção da luz prosseguia, e as sombras que eu temia e contra as quais lutava retornavam e rastejavam para cima de mim; primeiro, um passo que se aproximava por um dos meus lados, depois do outro. Era como uma esfarrapada nuvem de tempestade eliminando as estrelas. Uma vez ou outra, uma reacendia por um minuto e perdia-se novamente. Eu estava quase desvairado pelo horror causado pela escuridão que se aproximava, e meu autocontrole desertou de mim. Eu saltava, ofegante e desgrenhado, de vela em vela em uma vã luta contra aquele avanço desapiedado. Machuquei a coxa ao batê-la na mesa, derrubei uma cadeira, tropecei, caí e puxei a toalha de mesa na queda. Minha vela rolou para longe de mim e agarrei outra ao me levantar. Abruptamente, ela apagou quando a puxei da mesa devido ao vento do movimento repentino e, de imediato, aconteceu o mesmo com as duas velas restantes. Mas ainda havia luz no quarto, uma luz vermelha que se destacava nas sombras. O fogo! É claro, eu ainda podia enfiar a vela entre as barras e reacendê-la!

Virei-me para onde as chamas ainda dançavam entre os carvões reluzentes, que salpicavam de reflexos vermelhos a mobília, dei dois passos na direção da grade e incontinentemente as chamas minguaram e desapareceram, o brilho se foi, os reflexos reuniram-se às pressas e sumiram, e enfiei a vela entre as barras na escuridão que se fechou sobre mim como o cerrar de um olho, envolveu-me como um abraço sufocante, selou minha visão e esmagou os últimos vestígios de razão do meu cérebro. A vela caiu da minha mão. Eu abanava os braços em um vão esforço de apartar aquela ponderosa escuridão de mim e, levantando a voz, gritei com todas as forças — uma, duas, três vezes. Então acho que devo ter levantado com as pernas bambas. Sei que me lembrei de repente do luar no corredor e, com a cabeça abaixada e os braços no rosto, disparei a correr para a porta.

Mas eu tinha esquecido a posição exata da porta e bati com força na beirada da cama; cambaleei para trás, me virei e, ou uma peça da volumosa mobília bateu em mim, ou eu bati nela. Mas tenho uma vaga lembrança de debater-me para lá e cá na escuridão, de uma luta espasmódica, do meu próprio berro tresloucado enquanto disparava de um lado ao outro e, por fim, de levar uma pancada forte na testa, uma horrível sensação de queda que durou uma eternidade, do meu último esforço frenético para manter-me em pé, e em seguida não me recordo de mais nada.

Abri os olhos à luz do dia. Minha cabeça estava grosseiramente enfaixada, e o homem do braço mirrado observava meu rosto. Olhei ao redor, tentando lembrar o que acontecera e, durante um tempo, não consegui me recordar. Virei-me para o canto e vi a velha, não mais abstraída, mas gotejando o medicamento de um frasquinho azul em um copo.

— Onde estou? — perguntei. — Sinto que conheço vocês, mas não lembro quem são.

Eles então me contaram, e prestei atenção no caso do quarto vermelho assombrado como quem ouve uma história.

— Nós o encontramos de madrugada — disse ele —, e você tinha sangue na testa e nos lábios.

Muito lentamente recuperei a memória da minha experiência.

— Agora você acredita — questionou o velho — que o quarto é assombrado? — A maneira como falava não mais era como quem cumprimenta um intruso, mas como alguém pesaroso em relação a um amigo destroçado.

— Acredito. O quarto é assombrado.

— Você o viu. E nós, que moramos aqui a vida toda, nunca pusemos os olhos nele. Porque nunca nos atrevemos... Conte-nos, é mesmo o velho conde que...

— Não, não é — interrompi.

— Eu lhe falei — comentou a senhora com o copo na mão. — É a pobre condessa assustada...

— Não é. Não existe fantasma de conde nem de condessa naquele quarto, não existe fantasma nenhum lá; é pior, muito pior...

— Então? — quiseram saber.

— A pior de todas as coisas que assombram um pobre ser mortal — comecei —, isto é, pura e simplesmente... o Medo! Medo de que não haverá luz nem som, de que a razão não se sustentará; isso ensurdece, escurece e devasta. Ele me seguiu pelo corredor, lutou comigo no quarto...

Parei abruptamente. Houve um intervalo silencioso. Levei a mão aos curativos.

O homem de olhos sombreados suspirou e comentou:

— É isso, então. Eu sabia que era isso. Um poder da escuridão. Que seja imposta tal maldição a uma mulher... Ele sempre espreita por lá. Dá para sentir inclusive de dia, mesmo em um dia ensolarado de verão, nas tapeçarias, nas cortinas, mantendo-se atrás de nós, por mais que viremos o rosto. No crepúsculo, rasteja pelo corredor e nos segue, de modo que não ousemos nos virar. Há Medo naquele quarto dela... Medo sombrio, e permanecerá lá... enquanto esta casa impregnada de pecado durar. ✦

1896

THE STORY OF THE LATE MR. ELVESHAM

A história do falecido sr. Elvesham

Edward recebe uma proposta irrecusável: ser o herdeiro do velho Elvesham, desde que cumpra certas condições. Ao formalizar o acordo, o idoso engana Edward, fazendo com que ele consuma uma bebida e um pó que o deixam entorpecido – e que mudarão a vida do rapaz para sempre.

UNIVERSOS PECULIARES

Escrevo esta história não na esperança de que acreditem nela, mas, se possível, de que sirva como via de fuga para a próxima vítima. Esta, talvez, se beneficie da minha desventura. Sei que o meu caso é irremediável, e estou, em certa medida, preparado para enfrentar meu destino.

Meu nome é Edward George Eden. Nasci em Trentham, Staffordshire, onde meu pai era funcionário dos parques. Perdi minha mãe quando tinha três anos e meu pai, aos cinco, então meu tio, George Eden, me adotou como filho. Ele era um homem solteiro, autodidata e muito conhecido em Birmingham como ousado jornalista. Educou-me generosamente, inflamou minha ambição por ser bem-sucedido no mundo e, na morte, o que aconteceu quatro anos atrás, deixou-me a fortuna inteira, uma importância de aproximadamente quinhentas libras depois de quitados todos os custos. Eu tinha dezoito anos. Ele alertou-me no testamento para investir o dinheiro no término de minha educação. Eu já escolhera a medicina como profissão e, por meio dessa póstuma generosidade e da minha boa sorte em uma disputa por uma bolsa de estudos, tornei-me aluno da University College, em Londres. Na época do início da minha história, alojei-me na University Street, 11A, em um quartinho no andar superior com uma mobília miserável e cheio de correntes de vento, que dava vista para os fundos das instalações do Shoolbred[3]. Usava esse pequeno

[3] Provavelmente, uma referência à renomada empresa de móveis da Era Vitoriana

cômodo tanto para viver quanto para dormir, pois sentia-me aflito para fazer render meus meios até o último xelim.

Eu estava levando um par de calçados para remendar a uma loja na Tottenham Court Road na primeira vez em que encontrei o velhinho de rosto amarelo com quem minha vida agora está inextricavelmente emaranhada. Ele encontrava-se de pé no passeio olhando de maneira indecisa para o número na porta quando a abri. Seus olhos — olhos opacos acinzentados e de contornos avermelhados — pousaram em meu rosto e o semblante dele imediatamente assumiu uma expressão de enrugada amabilidade.

— Você apareceu no momento exato — disse ele. — Eu tinha esquecido o número da sua casa. Como está, sr. Eden?

Fiquei um pouco surpreso diante daquele cumprimento com tanta familiaridade, pois jamais colocara os olhos naquele homem. Também senti-me ligeiramente aborrecido por ele ter me pegado com as botas sob o braço. O sujeito percebeu minha falta de cordialidade.

— Questionando-se quem diabos sou eu, hein? Um amigo, garanto-lhe. Já o vi, embora você não me tenha visto. Há algum lugar em que eu possa conversar com você?

Hesitei. A miséria do meu quarto lá em cima não era assunto para estranhos.

— Quem sabe — comecei — não possamos caminhar pela rua. Infelizmente, eu não... — Meu gesto explicou a sentença antes que a proferisse.

— Pois muito bem — disse ele e olhou para um lado, depois para o outro. — A rua? Em qual sentido devemos ir?

Deixei as botas no corredor.

— Veja bem! — exclamou ele abruptamente. — Esse meu negócio é um palavrório só. Venha almoçar comigo, sr. Eden. Sou velho, um homem muito velho, nada bom em explicações, e com minha voz esganiçada e o tropel do trânsito...

---

chamada James Shoolbred & Co. A empresa não resistiu à crise dos anos 1920 e encerrou atividades em 1931. (N. T.)

Ele pousou uma persuasiva mão macilenta ligeiramente trêmula no meu braço. Eu não era tão velho a ponto de não permitir que um idoso me pagasse um almoço. Contudo, ao mesmo tempo, não estava nem um pouco satisfeito com aquele convite abrupto.

— Prefiro... — comecei.

— Mas eu prefiro — antecipou-se ele — que certa civilidade seja dedicada aos meus cabelos brancos.

Dessa maneira, consenti e parti com o senhor. Ele me levou ao Blavitiski. Tive que caminhar lentamente para acompanhar seus passos. E, ao longo do almoço de qualidade que eu jamais havia saboreado, ele esquivou-se da minha pergunta capciosa, e pude reparar melhor na aparência daquele homem. O asseado rosto barbeado era fino e enrugado, os lábios murchos despencavam sobre a dentadura e o cabelo branco era ralo e um tanto comprido. Eu o achava pequeno — embora, de fato, a maioria das pessoas me davam a impressão de serem pequenas —, e os ombros eram curvados e caídos. Observando-o, não pude me furtar de perceber que ele também me reparava, perpassando os olhos, carregados com um curioso toque de ganância, em mim, desde meus ombros largos até minhas mãos bronzeadas, antes de retornar ao meu rosto sardento.

— E agora — disse ele, quando acendemos os cigarros — preciso contar-lhe do negócio em questão. Devo dizer-lhe, então, que sou velho; um homem muito velho. — Silenciou-se momentaneamente. — E, por acaso, tenho dinheiro que devo muito em breve deixar, mas não tenho filho a quem destiná-lo.

Aquilo me cheirou a um conto do vigário e resolvi ficar alerta aos vestígios das minhas quinhentas libras. Ele prosseguiu, enfatizando sua solidão e a dificuldade de encontrar um destino adequado para o dinheiro.

— Ponderei planos e mais planos, instituições de caridade, fundações, bolsas de estudo, bibliotecas e por fim cheguei à conclusão — e então cravou os olhos no meu rosto — de que encontraria um rapaz ambicioso, de consciência pura, pobre, de corpo e mente sãos e, em suma, faria dele meu herdeiro e daria ao rapaz tudo que tenho. — Ele repetiu: — Darei ao rapaz tudo que tenho, de modo que ele repentinamente seja removido de todos os problemas e dificuldades em que os seus conhecimentos têm sido fundamentados e alçado à liberdade e ao prestígio.

Tentei demonstrar desinteresse. Com transparente hipocrisia, falei:

— E o senhor quer minha ajuda, meus serviços profissionais para, quem sabe, encontrar essa pessoa.

Ele sorriu e olhou-me por cima do cigarro, e eu ri da silenciosa reação à minha modesta presunção.

— Que carreira esse homem pode ter! Enche-me de inveja pensar em como acumulei o que outro homem poderá gastar... Mas há condições, é claro, obrigações a serem impostas. Ele deve, por exemplo, assumir meu nome. Não se pode esperar tudo sem algo em troca. E devo averiguar todas as circunstâncias da vida dele antes de aceitá-lo. Ele deve ser são. Preciso tomar conhecimento da hereditariedade dele, de como os pais e avós morreram, inquirir de maneira criteriosíssima sua moral privada...

Isso modificou um pouco minhas felicitações secretas.

— E pelo que estou entendendo, eu...?

— Sim — disse ele, quase com ferocidade. — Você. Você.

Não respondi uma palavra sequer. Minha imaginação dançava indômita, e meu inato ceticismo era inútil para modificar os arroubos dela. Não havia uma partícula de gratidão na minha cabeça... Eu não sabia o que dizer nem de que forma.

— Mas por que especificamente eu? — desembuchei por fim.

O professor Haslar por acaso lhe dissera, contou ele, que eu era um típico jovem saudável e são, e ele desejava, tanto quanto possível, deixar o dinheiro onde saúde e integridade estivessem garantidas.

Esse foi o meu primeiro encontro com o velhote. Ele mantinha-se misterioso; disse que ainda não forneceria o nome, e após eu responder a algumas perguntas, deixou-me à portada do Blavitiski. Vi que retirou um punhado de moedas de ouro do bolso quando chegou o momento de pagar pelo almoço. A insistência dele na saúde corporal era curiosa. Em conformidade com um acordo que fizéramos, contratei naquele dia um seguro de vida na Empresa de Seguros Loyal por um valor alto e fui exaustivamente examinado pela equipe médica da companhia na semana subsequente. Nem isso o satisfez, e ele insistiu que eu fosse reexaminado pelo extraordinário doutor Henderson. Somente na sexta-feira da semana de Pentecostes, ele chegou a uma decisão. Chamou-me, bem tarde da noite — eram quase nove horas —, quando eu estudava equações químicas com dedicação para o exame científico preliminar. Ele estava de pé no corredor debaixo da débil lamparina a gás e seu rosto era uma grotesca interação de sombras. Ele aparentava estar mais curvado do que na primeira vez em que o vira, e as bochechas tinham afundado um pouco.

— Tudo está satisfatório, sr. Eden — afirmou, a voz vibrando de emoção. — Tudo está muito, muito satisfatório. E nesta noite, esta entre todas, você deve jantar comigo e comemorar a sua... ascensão. — Ele foi interrompido por uma tosse. — Não terá muito o que esperar também — completou, passando o lenço nos lábios e agarrando minha mão com a comprida garra ossuda que estava desocupada. — Certamente, não terá muito o que esperar.

Fomos à rua e chamamos um cabriolé. Lembro-me de todos os incidentes daquela viagem vividamente: do movimento veloz e fluente, do vívido contraste entre a iluminação a gás, a óleo e elétrica, dos grupos de pessoas nas ruas, do estabelecimento ao qual fomos na Regent Street e do suntuoso jantar que nos serviram lá. Fiquei desconcertado a princípio com as olhadelas do garçom bem-vestido para as minhas roupas surradas e incomodado com os caroços das azeitonas, porém, assim que o champanhe aqueceu-me o sangue, minha confiança reavivou-se. Primeiro, o velho falou de si. Ele já tinha me contado o nome no cabriolé, era Egbert Elvesham, o grande filósofo, um nome que eu conhecia desde rapaz na escola. Parecia-me inacreditável que aquele homem cuja inteligência havia tão cedo dominado a minha, aquela grande abstração, repentinamente se concretizasse naquela familiar figura decrépita. Ouso dizer que todo jovem que de súbito encontra-se em meio a celebridades sente parte do meu desapontamento. Nesse momento, ele me falou do futuro que os débeis riachos de sua vida deixariam secos para mim no presente: casas, direitos autorais, investimentos; eu não tinha ideia de que filósofos fossem tão ricos. Ele me observava comer e beber com um toque de cobiça.

— Que capacidade para viver você tem! — disse ele. E então, com um suspiro, um suspiro de alívio até onde podia eu interpretar, falou:

— Não vai demorar.

— É — expeli, a cabeça atordoada pelo champanhe —, eu talvez tenha um futuro... e do tipo muito aprazível, graças a você. Agora terei a honra de carregar seu nome. Mas você tem um passado tão significativo que vale todo o meu futuro.

Ele meneou a cabeça e, como imaginei, deu um sorriso expressando uma apreciação meio triste de minha lisonjeira admiração.

— Esse futuro — sugeriu ele —, você realmente o mudaria? — O garçom chegou com licores. — Talvez não se importe de ficar com meu nome, minha posição, mas você de fato, voluntariamente, ficaria com minha idade?

— Com suas conquistas — falei de modo galante.

Ele sorriu novamente.

— Kummel... dois — disse ele ao garçom e direcionou a atenção para um pacotinho de papel que retirara do bolso. — Esta hora pós-jantar é o momento das pequenas coisas. Isto é um fragmento da minha sabedoria não publicada. — Ele abriu o pacote com os trêmulos dedos amarelos e mostrou um pouco de pó rosado no papel. — Isto — continuou —, bom, você deve adivinhar o que é. Mas o Kummel... coloque uma pitada deste pó nele... vira o Himmel[4] — finalizou, seus grandes olhos acinzentados encarando os meus com uma expressão inescrutável.

Fiquei um tanto surpreendido ao descobrir que aquele grande professor se entregava aos sabores dos licores. Contudo, simulei

---

4 Céu, no sentido de Paraíso, em alemão. (N. T.)

interesse na fraqueza dele, pois eu estava bêbado o suficiente para essa pequena bajulação.

Ele dividiu o pó nos dois copinhos, levantou-se de repente e, com uma estranha e inesperada dignidade, estendeu a mão na minha direção. Imitei o que ele fez e os copos tilintaram.

— A uma rápida sucessão — disse ele e levou o copo na direção dos lábios.

— Isso não — retorqui bruscamente. — Isso não.

Ele parou com o licor na altura do queixo e seus olhos flamejaram os meus.

— A uma vida longa — falei.

Ele hesitou.

— A uma vida longa — falou antes de soltar uma ruidosa gargalhada e, com os olhos fixos um no outro, viramos os copinhos. Os olhos dele estavam cravados nos meus e, enquanto virava aquela coisa, tive uma sensação curiosamente intensa. O primeiro contato com ela desencadeou um tumulto furioso no meu cérebro; tive a sensação de que havia um verdadeiro redemoinho físico no meu crânio, e um zumbido perturbador encheu meus ouvidos. Nem senti o sabor na boca, o aroma que preencheu minha garganta; enxergava apenas a intensidade cinza dos olhos dele queimando os meus. O trago, a confusão mental, o barulho e o redemoinho na cabeça pareciam durar um momento interminável. Curiosas impressões vagas de coisas meio esquecidas dançavam e desapareciam na beira da consciência. Por fim, ele quebrou o feitiço. Com um explosivo suspiro repentino, Elvesham largou o copo.

— Então? — indagou.

— É glorioso — respondi, mesmo sem ter sentido o gosto daquela coisa.

Minha cabeça girava. Sentei. Meu cérebro estava um caos. Depois, a percepção ficou mais clara e precisa, como se eu visse as coisas num espelho côncavo. O comportamento dele tornou-se um tanto mais nervoso e impaciente. Elvesham sacou o relógio e fez uma careta ao olhá-lo.

— Onze e sete! E hoje devo... Sete e vinte e cinco. Waterloo! Tenho que ir embora agora.

Ele pediu a conta e pelejou para colocar o casaco. Garçons oficiosos vieram nos atender. No momento seguinte, eu estava me despedindo dele diante do cabriolé, ainda com uma sensação absurda de nitidez perceptiva, como se — de que forma posso explicar? — eu não apenas enxergasse, mas também sentisse, através de um pequenino binóculo invertido.

— Aquela coisa... — disse ele, e colocou a mão na testa. — Não devia ter lhe dado. Vai fazer sua cabeça rachar amanhã. Espere um minuto. Aqui. — Ele me entregou uma coisinha chata parecida com antiácido. — Tome isso com água quando estiver indo para a cama. A outra coisa era uma droga. Lembre-se, tome só quando for para a cama. Vai melhorar a cabeça. É isso. Mais um aperto de mão... *Futurus*!

Apertei-lhe a garra enrugada.

— Até — despediu-se e, por sua pestana baixa, concluí que ele também estava um pouco sob a influência daquele licor de contorcer o cérebro.

Lembrou-se de algo de repente, tateou o bolso no peito e pegou outro pacote, desta vez cilíndrico e com tamanho e formato de um barbeador.

— Aqui, quase me esqueci. Não abra isto até eu chegar amanhã... mas já fique com ele.

Era tão pesado que por pouco não deixei cair.

— Então tá! — despedi-me, e ele sorriu da janela do cabriolé quando o cocheiro despertou o cavalo com uma leve chicotada. O pacote que me dera era branco, com selante vermelho nas duas pontas e ao longo das extremidades. — Se isto não for dinheiro — comentei —, é platina ou chumbo.

Enfiei-o com elaborado cuidado no bolso e, com o cérebro rodopiante, voltei caminhando por entre os andarilhos da Regent Street e pela escuridão das ruelas além da Portland Road. Lembro-me muito vividamente das sensações daquela caminhada, tamanha a estranheza delas. Estava tão distante de mim que conseguia notar meu peculiar estado mental e matutar se aquela coisa que tomara seria ópio, uma droga além da minha experiência. É difícil agora descrever a peculiaridade da estranheza do meu estado mental — a expressão "mente duplicada" a expressa de maneira vaga.

Quando estava andando pela Regent Street, minha mente persuadia-me de maneira esdrúxula a achar que estava na Waterloo Station, e tive uma inquietante vontade de entrar na Politécnica como alguém que embarca em um trem. Coloquei o nó do dedo no olho, e lá estava a Regent Street. Como posso expressar isso? Digamos que um ator habilidoso nos olhe sossegadamente, saque uma careta e *pluft*! Outra pessoa. É extravagância demais afirmar que minha impressão era de que a Regent Street tinha, nesse momento, feito isso? Em seguida, convencido novamente de que se tratava da Regent Street, me sentia bizarramente atordoado por reminiscências fantásticas que brotavam em mim. *Trinta anos atrás*, pensei, *foi aqui que briguei com meu irmão.* E disparei a gargalhar, para espanto e alento de um grupo de larápios noturnos. Trinta anos atrás, eu não existia e nunca na vida ostentei um irmão. Aquela coisa certamente era disparate líquido, pois o pungente arrependimento por aquele irmão ausente ainda continuava aferrado a mim.

Ao longo da Portland Road, a loucura deu outra guinada. Comecei a recordar lojas que não mais existiam e a comparar a rua com aquilo que ela fora. Um raciocínio confuso e transtornado é compreensível depois da bebida que tomara, mas o que me desconcertava eram aquelas memórias fantasmagóricas que rastejavam mente adentro, mas não apenas as que entravam, como também as que de mim escapuliam. Parei do lado oposto à Steven, loja que comercializava artigos das ciências naturais, e forcei o cérebro a pensar no que o dono dela tinha a ver comigo. Um ônibus passou e ribombou exatamente como um trem. Parecia que eu estava mergulhando em um remoto poço escuro em busca da lembrança.

— É claro — falei por fim —, ele prometeu arranjar três sapos para mim amanhã. Estranho eu ter esquecido.

Eles ainda mostram lanternas mágicas para as crianças? Nelas, lembro-me de que uma imagem aparecia como um fantasma desbotado, crescia e expelia outra. Exatamente dessa maneira, parecia-me que um fantasmagórico conjunto de novas sensações brigava com aquelas do meu eu comum.

Prossegui pela Euston Road até a Tottenham Court Road, perplexo e um pouco amedrontado, tanto que mal notei o caminho nada habitual que fazia, já que comumente eu cortava pela rede de vielas. Virei na University Street e descobri que tinha esquecido o número da minha casa. Só com muito esforço recordei 11A; ainda assim, para mim aquilo parecia algo que uma pessoa de quem não me lembrava dissera. Tentei firmar a mente recordando-me dos incidentes do jantar e, por mais que tentasse, não consegui conjurar nenhuma imagem do rosto do meu anfitrião. Enxergava apenas um contorno sombreado, como alguém que se vê refletido numa janela através da qual está observando. No lugar dele, contudo, eu tinha uma curiosa imagem exterior de mim mesmo, sentado a uma mesa, corado, de olhos vívidos e tagarelando.

— Preciso usar o outro pó — afirmei. — Isto está ficando impossível.

Fui para o lado errado do corredor em busca de vela e fósforos e tive dúvida de qual era o patamar do meu quarto.

— Estou bêbado, tenho certeza. — E tropecei de propósito na escada para sustentar minha afirmação. À primeira vista, meu quarto não me pareceu familiar. — Que lixo! — reclamei, olhando ao redor.

Tive a impressão de que o esforço fez com que eu voltasse a mim, e a estranha propriedade fantasmagórica tornou-se uma familiaridade concreta. Encontrava-se ali o espelho velho com as minhas anotações sobre albuminas presas nos cantos da moldura, bem como minhas roupas de uso cotidiano espalhadas pelo chão. Mesmo assim, não era tão real, no final das contas. Senti arrastar--se para dentro da mente, por assim dizer, uma persuasão absurda de que estava no vagão de um trem parando, espiando pela janela uma estação desconhecida. Segurei a grade da cama com força para recuperar-me.

— Talvez seja clarividência — supus. — Vou escrever para a Sociedade de Pesquisa Psíquica.

Coloquei o pacote cilíndrico no toucador, sentei na cama e comecei a tirar a bota. Era como se a imagem das minhas sensações presentes estivesse pintada sobre outra imagem que tentava sobrepor-se.

— Desgraça! — xinguei. — Estou perdendo o juízo ou encontro-me mesmo em dois lugares ao mesmo tempo? - Semidespido, coloquei o pó em um copo e bebi tudo. Ele efervesceu e adquiriu uma cor âmbar florescente. Antes de deitar-me na cama, minha cabeça já estava tranquilizada. Senti o travesseiro na bochecha e devo imediatamente ter pegado no sono.

Acordei abruptamente durante um sonho com bestas estranhas e peguei-me deitado de barriga para cima. Provavelmente, todo mundo já teve aquele sonho sinistro e emocionante do qual escapou, despertou na realidade, porém tomado por um estranho medo. Senti um gosto curioso na boca, um cansaço nos membros, um desconforto cutâneo. Deitei a cabeça, imóvel, no travesseiro, na esperança de que a sensação esquisita e o terror passassem e de que eu voltasse a dormitar. Porém, em vez disso, minhas inquietudes aumentaram. A princípio, não distingui nada de errado comigo. O quarto tinha uma luz fraca, tanto que era o estágio exatamente anterior ao escuro, e a mobília destacava-se nela como indistintos borrões de absoluta escuridão. Eu observava com os olhos logo acima das cobertas.

Veio-me à mente que alguém entrara no quarto para roubar meu rolinho de dinheiro, entretanto, após permanecer deitado um momento, respirando regularmente para simular que estava dormindo, me dei conta de que se tratava de mera imaginação. Todavia, a desassossegada convicção de que algo estava errado apoderou-se de mim. Com esforço, suspendi a cabeça do travesseiro e espiei o escuro ao redor. O que era aquilo eu não conseguia conceber. As escuridões mais e menos intensas indicavam cortinas, mesa, lareira, prateleiras de livros, e assim por diante. Então comecei a perceber algo nada familiar nos formatos da escuridão. A cama encontrava-se virada? Ali, onde deveria estar a estante de livros, algo amortalhado e pálido erguia-se, algo que não correspondia à estante, por mais que eu o encarasse. Era grande demais para ser minha camisa pendurada em uma cadeira.

Superando o terror infantil, tirei as cobertas e impulsionei a perna para fora. Em vez de sair da bicama e encostar no chão, meu pé mal chegou à beirada do colchão. Dei outro passo, por assim dizer, e sentei-me na beirada. Ao lado da minha cama deveria haver uma vela e fósforos na cadeira quebrada. Levei a mão e tateei... nada. Movimentei a mão no escuro e ela bateu em algo pesado dependurado, macio e de textura densa, que farfalhou ao toque. Agarrei aquilo e puxei, parecia ser uma cortina pendente acima da cabeceira da cama.

Já completamente desperto, começava a me dar conta de que estava em um quarto estranho. Fiquei confuso. Tentei recordar as circunstâncias da noite anterior e encontrei-as curiosamente vívidas na memória: o jantar, os pacotinhos que recebi, eu tentando entender se estava intoxicado, o despir vagaroso, o frio do travesseiro no rosto corado. Abateu-me uma dúvida repentina. Aquilo tinha sido na noite anterior ou duas noites atrás? De todo modo, o quarto me era estranho e eu não conseguia imaginar de que forma parara ali. O sombrio contorno pálido estava ficando mais fraco, e percebi que era uma janela com o formato escuro de um espelho de toucador oval à débil insinuação do amanhecer filtrado pela veneziana. Levantei e fui surpreendido por uma curiosa sensação de fraqueza e debilidade. Com trêmulas mãos estendidas, caminhei lentamente na direção da janela, contudo machuquei o joelho em uma cadeira no caminho. Tateei o vidro, que era grande e tinha belas arandelas, para encontrar a corda da veneziana. Não achei nada. Por acaso, segurei a borla e, com o barulhinho da mola, a veneziana suspendeu.

Peguei-me observando uma cena completamente estranha. Era uma noite nublada e o flocoso cinza das nuvens amontoadas filtrava a débil meia-luz do alvorecer. Na beirada do céu, o dossel de nuvens era margeado por uma auréola vermelho-sangue. Abaixo, tudo estava escuro e indistinto, colinas turvas ao longe, um vago aglomerado de construções elevando-se em pináculos, árvores que pareciam tinta derramada e, sob a janela, um rendilhado de arbustos pretos e caminhos acinzentados. Era tão estranho que por um instante pensei que ainda estivesse sonhando. Tateei o toucador, que parecia feito de alguma madeira requintada e era guarnecido com muito primor — este sustentava garrafas de vidro lapidado e uma escova. Também havia ali um objeto pequeno esquisito, em formato de ferradura de cavalo, com projeções lisas e duras, dentro de um pires. Não achei fósforos nem castiçais.

Virei os olhos novamente para o quarto. Com a veneziana suspensa, débeis espectros do mobiliário irrompiam da escuridão. Uma enorme cama cortinada tinha aos pés uma lareira, cuja grande cornija branca resplandecia o brilho do mármore.

Apoiei-me no toucador, fechei os olhos, abri-os novamente e tentei pensar. Aquela coisa toda era real demais para ser um sonho. Estava inclinado a imaginar que ainda havia um hiato na minha memória, consequência do trago que dei no estranho licor, e que eu talvez já tivesse me apoderado da herança e de súbito perdido as lembranças de tudo desde que minha boa sorte fora anunciada. Talvez, se aguardasse um pouco, as coisas voltariam a ficar claras para mim. Ainda assim, o meu jantar com o velho Elvesham era agora excepcionalmente vívido e recente. O champanhe, os garçons observadores, o pó e os licores — eu apostaria a minha alma que aquilo acontecera algumas horas atrás.

Então ocorreu-me algo tão trivial e ao mesmo tempo terrível, que tremo agora só de pensar naquele momento. Falei em voz alta, questionando:

— Como diabos cheguei aqui...? — E a voz não era a minha.

Não era a minha; fina, a articulação indistinta, e a ressonância nos ossos faciais do rosto era diferente. Então, para ter certeza, passei uma mão na outra e senti dobras soltas de pele, a lassidão óssea da idade.

— Seguramente — falei com aquela voz horrível que de alguma forma instalara-se na minha garganta —, seguramente isto é um sonho! — Enfiei os dedos na boca com um movimento quase tão rápido quanto um gesto involuntário. Meus dentes haviam desaparecido. A ponta dos dedos percorreu a superfície flácida de uma linha uniforme de gengivas enrugadas. O assombro e o asco nausearam-me.

Senti então um desejo veemente de me ver, para constatar de uma vez por todas o completo horror da medonha transformação que me acometera. Cambeteei até a cornija e tateei em busca de fósforos. Enquanto fazia isso, uma tosse roufenha brotou na minha garganta e agarrei a grossa camisola de flanela com que me encontrei vestido. Não havia fósforos ali e repentinamente percebi que minhas extremidades estavam frias. Fungando, tossindo e choramingando um pouco, talvez, retornei desengonçado para a cama.

— Isto com certeza é um sonho — sussurrei, subindo na cama com dificuldade —, com certeza é um sonho. — Era uma repetição senil. Puxei as cobertas por cima dos ombros e as levei às orelhas. Enfiei a mão mirrada sob o travesseiro, determinado a me aquietar para dormir. É claro que era um sonho. De manhã, ele teria acabado, e eu acordaria forte e vigoroso, novamente jovem e pronto para os estudos. Fechei os olhos, respirei com regularidade e, como permanecia desperto, comecei a contar lentamente as potências de três.

Mas aquilo que eu queria não acontecia. Não conseguia pegar no sono. E a convicção da realidade inexorável da transformação que ocorrera comigo aumentava incessantemente. Encontrava-me de olhos arregalados, esquecidas as potências de três, com os dedos macilentos nas gengivas enrugadas; eu de fato era, repentina e abruptamente, um homem velho. De forma inexplicável, eu atravessara a vida e chegara à velhice; de alguma maneira, me despojaram do melhor da vida, do amor, da batalha, da força, da esperança. Afundei no travesseiro e tentei persuadir-me de que tal alucinação era possível. Contínua e imperceptivelmente, a aurora clareava.

Por fim, sem esperança de dormir mais, sentei na cama e olhei ao redor. Um crepúsculo gelado deixou visível o aposento inteiro. Era espaçoso e bem mobiliado, com móveis melhores do que os de qualquer quarto em que eu já dormira. Uma vela e fósforos tornaram-se vagamente visíveis no pequeno pedestal em um recanto. Joguei as cobertas para trás e, tremendo à friagem do início da manhã, embora fosse verão, saí e acendi a vela. Então, com uma tremedeira terrível, a ponto do apagador tilintar no suporte, cambeteei até o espelho e vi... o rosto de Elvesham! Não foi, todavia, horrível, porque eu vagamente já temia isso. Ele já parecera fisicamente fraco e deplorável para mim antes, mas agora, usando apenas uma camisola de flanela ordinária caindo aos pedaços e que deixava à vista um pescoço fibroso — aquele sendo meu próprio corpo —, eu não conseguia descrever sua desolada decrepitude. As bochechas ocas, o restolho desgrenhado e sujo de cabelo grisalho, os remelentos olhos opacos, os trêmulos lábios enrugados, o inferior deixando à mostra um vislumbre do interior rosa e aquelas horríveis gengivas escuras. Quem tem, unidos, mente e corpo, na sua idade natural, não consegue imaginar o que esse aprisionamento demoníaco significava para mim. Ser jovem, repleto de desejo e energia da juventude, mas estar confinado e esmagado neste cambaleante corpo em ruínas...

Porém me desvio do curso da minha história. Durante algum tempo, devo ter ficado abismado pela mudança que me acometera. O dia já havia chegado quando enfim me recompus para pensar. De forma inexplicável, eu fora transformado, e o que acontecera, a não ser por magia, eu não tinha como explicar. Ao refletir, brotou em mim a compreensão sobre a diabólica inventividade de Elvesham. Ficou claro que, como eu encontrava-me no corpo dele, ele deveria estar de posse do meu, da minha força, isto é, do meu futuro. Mas como provar isso? Então, enquanto refletia, aquilo se tornou tão inacreditável, inclusive para mim, que minha mente vacilou e tive que me beliscar, tatear as gengivas desdentadas, me enxergar no espelho e tocar nas coisas ao redor antes de me recompor para encarar os fatos novamente. A vida inteira era uma alucinação? Eu era realmente Elvesham e ele, eu? Eu sonhara com Eden à noite? Eden sequer existia? Mas, se eu era Elvesham, devia lembrar-me de onde estava na manhã anterior, do nome da cidade em que morava, do que acontecera antes do sonho começar. Eu me engalfinhava com meus pensamentos. Recordei-me da esdrúxula duplicidade das memórias à noite. Mas agora minha mente estava limpa. Não havia fantasmas de lembranças, apenas aquelas pertencentes a Eden que eu conseguia evocar.

— Isto, sim, é insanidade! — gritei com a voz esganiçada. Levantei com dificuldade, arrastei os membros fracos e pesados ao lavatório e afundei a cabeça grisalha em uma bacia de água gelada.

Em seguida, me enxugando com a toalha, tentei novamente. Não adiantou. Sentia sem a menor sombra de dúvida que eu era Eden, não Elvesham. Mas Eden no corpo de Elvesham!

Fosse eu um homem de qualquer outra época, poderia simplesmente assumir que meu destino fora enfeitiçado. Entretanto, nestes tempos de ceticismo, milagres não são considerados genuínos. Este era um truque de psicologia. O que um medicamento e um olhar firme poderiam fazer, um medicamento e um olhar firme, ou algum tratamento similar, sem dúvida poderiam desfazer. Homens já perderam a memória antes, mas trocá-las como se troca um guarda-chuva! Gargalhei. Ai de mim! Não foi uma gargalhada saudável, e sim um senil riso chiado. Imaginei o velho Elvesham rindo da minha situação e uma erupção de raiva petulante, nada habitual em mim, irrompeu nos meus sentimentos. Comecei a vestir apressadamente as roupas que encontrava pelo chão, e só quando estava vestido me dei conta de que era um traje de gala. Abri o guarda-roupa e encontrei um vestuário mais comum: uma calça xadrez e um roupão antiquado. Coloquei um venerável *smoking-cap*[5] na minha venerável cabeça e, tossindo um pouco devido aos esforços, saí cambeteando ao patamar.

Eram aproximadamente quinze para as seis, as venezianas estavam bem fechadas e a casa, muito silenciosa. O patamar era espaçoso, uma escadaria ampla e ricamente carpetada adentrava a escuridão da sala lá embaixo, e, diante de mim, uma porta entreaberta deixava à vista uma escrivaninha, uma estante de livros giratória, as costas de uma cadeira de escritório e, prateleira após prateleira, uma coleção de livros encadernados.

— Meu escritório — murmurei e atravessei o patamar. Ao som da minha voz, um pensamento assaltou-me, então voltei ao quarto e coloquei a dentadura. Ela encaixou com a facilidade de um hábito antigo. — Assim está melhor — comentei, rangendo os dentes falsos, e retornei ao escritório.

---

5 Chapéu sem abas, geralmente de veludo e ornado com uma borla no topo, comum na Era Vitoriana. (N. T.)

As gavetas da escrivaninha estavam trancadas, o tampo giratório também. Não vi nem sinal das chaves e não tinha nenhuma nos bolsos da calça. Retornei imediatamente ao quarto e vasculhei o traje de gala, depois os bolsos de todas as vestimentas que consegui encontrar. Eu estava muito impetuoso, e alguém poderia imaginar que ladrões tinham agido ali ao ver o meu quarto quando terminei. Além da inexistência de chaves, não havia uma moeda sequer, nem um pedaço de papel à exceção da conta do jantar na noite anterior.

Uma curiosa fadiga se impôs. Sentei-me e fiquei observando as peças de roupa espalhadas aqui e acolá com os bolsos ao avesso. O meu primeiro frenesi extinguiu-se. A todo momento, eu me dava mais conta da imensa inteligência dos planos do meu inimigo e enxergava com melhor nitidez a desesperança da minha situação. Com esforço, me levantei e coxeei, apressado, escritório adentro. Na escada, havia uma criada suspendendo as venezianas. Ela me encarou, imagino eu, por causa da expressão no meu rosto. Fechei a porta do escritório depois que entrei e, com um atiçador, comecei a atacar a mesa. Foi assim que me encontraram. A tampa da escrivaninha estava quebrada, a tranca, destruída, as cartas, arrancadas dos escaninhos e espalhadas pelo cômodo. Na minha fúria senil, eu tinha espalhado canetas, materiais de escritório e derrubado a tinta. Além disso, um vaso grande sobre a cornija encontrava-se quebrado... não sei como. Não encontrei nenhum talão de cheques, nenhum dinheiro, nenhum indício que me desse a menor possibilidade de recuperar o meu corpo. Eu golpeava enlouquecidamente as gavetas quando o mordomo, acompanhado de duas criadas, me interrompeu.

Basicamente, esta é a história da minha transformação. Ninguém acreditará nas minhas declarações frenéticas. Sou tratado como demente, inclusive, neste momento, estou recluso. Mas encontro-me são, absolutamente são, e para provar escrevo minuciosamente a história do que aconteceu comigo. Apelo ao leitor que confirme se há algum tipo de insanidade de estilo ou método na história que está lendo. Sou um homem jovem trancafiado no corpo de um velho. Porém, o fato evidente é para todos inacreditável.

Naturalmente, pareço louco para aqueles que não acreditam nisto; é óbvio que não sei o nome dos meus secretários, dos médicos que vêm me ver, dos meus criados e vizinhos, desta cidade (qualquer que seja ela) em que me encontro. Naturalmente, perco-me na minha própria casa e sofro inconveniências de toda sorte. Naturalmente, faço as perguntas mais esquisitas. Naturalmente, choro, berro e tenho paroxismos de desespero. Não tenho dinheiro nem talão de cheques. O banco não reconhecerá minha assinatura, é o que pressuponho, pois apesar dos músculos fracos que tenho agora, minha caligrafia ainda é do Eden. As pessoas ao meu redor não me deixarão ir ao banco. Parece, inclusive, que não há banco nesta cidade e que tenho conta em alguma parte de Londres. Pelo visto, Elvesham manteve o nome do advogado dele em segredo de todos os funcionários... Não consegui apurar nada. Elvesham era, claro, um profundo estudioso da ciência mental, e tudo que declaro sobre os fatos do caso apenas confirmam a teoria de que a minha insanidade é resultado de excessiva reflexão sobre a psicologia. Verdadeiros devaneios de identidade pessoal! Dois dias atrás, eu era um jovem saudável com a vida toda pela frente; agora, sou um velho furioso, desgrenhado, desesperado e desgraçado, vagueando por uma casa grande, luxuosa e desconhecida, que todos ao redor observam, temem e evitam por me considerarem lunático. E, em Londres, Elvesham está começando a vida de novo em um corpo vigoroso, com todo o conhecimento e a sabedoria acumulados ao longo de seus vetustos setenta anos. Ele roubou a minha vida.

O que aconteceu, não sei com clareza. No escritório, há volumosas notas manuscritas referindo-se sobretudo à psicologia da memória, e algumas partes podem ser cálculos ou cifras em símbolos totalmente desconhecidos para mim. Certas passagens indicam que ele também se ocupava da filosofia da matemática. Creio que ele transferiu a totalidade de suas memórias, o acúmulo que compõe a personalidade dele, de seu velho cérebro mirrado, para o meu e, de maneira similar, transferiu o meu para esta habitação descarnada. Na prática, portanto, ele trocou os corpos. Porém, como tal transformação pode ser possível está fora do alcance da minha filosofia. Durante toda minha vida intelectual, fui um materialista, mas aqui, de repente, está um caso óbvio de desprendimento do homem da matéria.

Estou prestes a realizar um experimento desesperado. Sentei-me aqui para escrever antes de colocar o procedimento em prática. Hoje de manhã, com a ajuda de uma faca de mesa que larapiei no café da manhã, fui bem-sucedido na tentativa de abrir uma gaveta obviamente secreta na escrivaninha destroçada. Não encontrei nada, salvo um pequenino frasco de vidro contendo um pó branco. Ao redor do pescoço do recipiente havia uma etiqueta em que estava escrita uma única palavra: "Libertação". Isto deve ser... muito provavelmente é veneno. Entendo Elvesham colocar veneno no meu caminho. E eu teria certeza de que era sua intenção livrar-se da única testemunha viva contra ele, não fosse por tão cuidadosa ocultação. O sujeito havia praticamente resolvido o problema da imortalidade. Salvo por uma contrariedade do acaso, ele viverá no meu corpo até envelhecer, em seguida, novamente o deixará de lado e tomará a juventude e a força de outra vítima. Refletir sobre a crueldade dele leva à terrível e cada vez mais inquietante questão... Há quanto tempo ele está saltando de corpo em corpo...? Mas cansei de escrever. Ao que parece, o pó é solúvel em água. O gosto não é desagradável.

Assim termina a narrativa do sr. Elvesham encontrada ao pé da escrivaninha. Seu corpo morto jaz entre a mesa e a cadeira. A carta fora empurrada para trás, provavelmente durante as últimas convulsões. A história fora escrita a lápis e com uma caligrafia insana, bem distinta de seus escritos habituais com letra meticulosa. Apenas dois fatos curiosos resta registrar. Indiscutivelmente, houve alguma ligação entre Eden e Elvesham, já que todas as propriedades foram deixadas para o jovem. Porém, ele jamais as herdou. Quando Elvesham cometeu suicídio, Eden já estava, por mais estranho que possa parecer, morto. Vinte e quatro horas antes, ele fora atropelado por um cabriolé e falecera instantaneamente, no movimentado cruzamento da Gower Street com a Euston Road, de modo que o único ser humano que poderia lançar luz sobre esta fantástica narrativa está além do alcance das perguntas. ✦

H. G. WELLS

1897

THE CRYSTAL EGG

O Ovo de Cristal

O sr. Cave é dono de uma antiguidade curiosa: um ovo de cristal que mostra uma paisagem com casas, montanhas, rios e até alguns seres estranhos com asas. Intrigado, ele leva o ovo até seu amigo e cientista Wace, e os dois se convencem de que o ovo só pode ser uma "janela" para Marte.

UNIVERSOS PECULIARES

Até um ano atrás, havia uma lojinha de aparência imunda perto de Seven Dials e, no alto dela, com letras amarelas desgastadas pelo tempo, estava gravado o nome "C. Cave, Naturalista e Comerciante de Antiguidades". O conteúdo da vitrine era de uma variedade curiosa: presas de elefante, um conjunto imperfeito de peças de xadrez, miçangas e armas, uma caixa de olhos, dois crânios de tigre e um humano, vários macacos empalhados carcomidos por traças (um segurava uma lamparina), um armário antiquado, um ovo de avestruz deteriorado (ou algo assim), alguns equipamentos de pesca e um aquário vazio, tão sujo que chegava a ser espantoso. Também havia, no momento em que a história começa, um bloco de cristal entalhado no formato de um ovo e reluzente de tão lustrado. Duas pessoas, paradas do lado de fora em frente à vitrine, estavam olhando para ele: um clérigo alto e magro e um jovem de barba preta, tez marrom e roupa discreta. O jovem gesticulava impetuosamente ao falar e parecia ansioso para que o companheiro comprasse o artigo.

Enquanto estavam ali, o sr. Cave entrou na loja com a barba ainda sacolejando as migalhas do pão com manteiga que comera no chá. Quando viu aqueles homens e o objeto de interesse deles, seu semblante esmoreceu. Ele olhou de maneira culpada por cima do ombro e fechou a porta com suavidade. Era um idoso baixo, de rosto pálido, peculiares olhos azuis embaçados e cabelo grisalho; vestia uma sobrecasaca azul surrada, um chapéu de seda antigo e sapatilhas de saltos bem gastos. Continuou observando os dois homens que conversavam. O clérigo enfiou a mão no fundo do bolso da calça, examinou um punhado de dinheiro e exibiu os dentes em um sorriso de anuência. O sr. Cave ficou ainda mais deprimido quando os dois entraram na loja.

O clérigo, sem nenhuma cerimônia, perguntou o preço do ovo de cristal. O sr. Cave deu uma olhada nervosa na direção da porta que levava à sala nos fundos da loja e respondeu cinco libras. O clérigo reclamou com o companheiro e com o sr. Cave que o preço estava alto — era, de fato, mais do que o comerciante tinha a intenção de cobrar quando estocou a peça — e deu-se início a uma tentativa de barganha. O sr. Cave caminhou até a porta da loja e a segurou aberta.

— Cinco libras é o preço — afirmou ele, já que desejava resguardar-se do infortúnio de uma discussão sem sentido.

Quando disse isso, a porção superior do rosto de uma mulher apareceu acima da veneziana no painel de vidro da porta que levava à sala nos fundos. Ela encarou com curiosidade os dois fregueses.

— Cinco libras é o preço — repetiu o sr. Cave com um tremor na voz.

O jovem, que até então permanecera como um espectador, observando o sr. Cave com atenção, falou:

— Dê-lhe cinco libras.

O clérigo olhou-o para ver se era sério e, ao mirar o sr. Cave novamente, viu que o rosto dele estava branco.

— É muito dinheiro — afirmou o clérigo antes de enfiar a mão no bolso e começar a contabilizar os recursos. Ele tinha pouco mais de trinta xelins e apelou para o companheiro, com o qual parecia ter considerável intimidade.

Isso deu ao sr. Cave uma oportunidade para organizar os pensamentos, e ele começou a explicar de maneira agitada que o cristal não estava, para dizer a verdade, inteiramente disponível para venda. Os dois fregueses ficaram surpresos com aquilo, é claro, e questionaram por que ele não pensara nisso antes de começar a barganhar. O sr. Cave ficou confuso, mas se aferrou à história de que o cristal não estava à venda naquela tarde, pois um possível comprador já aparecera. Os dois, tratando aquilo como uma tentativa de aumentar o preço ainda mais, encenaram sair da loja, mas nesse momento a porta abriu e uma mulher de franja escura e olhos pequeninos apareceu. Sua face possuía traços brutos, e ela era corpulenta, mais jovem e muito maior do que o sr. Cave. Caminhava com passos pesados e tinha o rosto corado.

— Aquele cristal está à venda — afirmou ela. — E cinco libras é um bom preço. Não sei o que está se passando pela sua cabeça, Cave, para recusar a oferta do cavalheiro!

O sr. Cave, perturbadíssimo pela irrupção, encarou-a furioso por cima da armação dos óculos e, sem muita confiança, asseverou seu direito de gerenciar o negócio da própria maneira. Uma contenda iniciou-se. Os dois fregueses assistiam à cena com interesse e algum júbilo, auxiliando ocasionalmente a sra. Cave com sugestões. O sr. Cave, muito convicto, persistia na história confusa e impossível sobre alguém que demonstrara interesse pelo cristal naquela manhã, e a agitação dele tornou-se penosa. Foi o jovem que pôs fim à curiosa controvérsia: propôs retornarem no decurso de dois dias, assim dariam ao suposto interessado uma oportunidade justa.

— E devemos insistir — disse o clérigo. — Cinco libras é o preço.

A sra. Cave assumiu a responsabilidade de desculpar-se pelo marido, explicando que às vezes ele era "meio esquisito" e, quando os dois fregueses foram embora, o casal entregou-se a uma acalorada discussão sobre o incidente.

Ela dirigia-se ao marido com singular franqueza. O pobre homenzinho estremecia de tão agitado, confundindo-se em seus argumentos; por um lado, defendia a história de que tinha outro freguês em vista e, por outro, afirmava que o cristal valia, na verdade, dez guinéus.

— Por que você pediu cinco libras, então? — indagou a esposa.

— Deixe-me administrar o negócio do meu jeito! — retrucou ele.

Moravam com o sr. Cave uma enteada e um enteado. A transação foi rediscutida durante o jantar naquela noite; nenhum deles tinha em alta estima os métodos empresariais do sr. Cave, mas aquela atitude já parecia o cúmulo da insensatez.

— Na minha opinião, ele já se recusou a vender aquele cristal — disse o enteado, um malcriado desengonçado de dezoito anos.

— Mas cinco libras! — exclamou a enteada, uma jovem questionadora de vinte e seis anos.

Os argumentos do sr. Cave eram esfarrapados; ele só conseguia resmungar fracas afirmativas de que conhecia melhor o próprio negócio. Fizeram-no abandonar o jantar pela metade e, com as orelhas em chamas e lágrimas de humilhação atrás dos óculos, foi fechar a loja. *Por que deixei o cristal na vitrine tanto tempo? Quanta insensatez!* Essa era a sua maior preocupação. Durante um tempo, não conseguiu enxergar uma maneira de evadir-se da venda.

Após o jantar, os enteados se arrumaram e saíram; já a esposa retirou-se ao segundo andar para refletir sobre o negócio do cristal bebericando uma mistura de açúcar, limão e algo mais em água quente. O sr. Cave foi à loja, onde ficou até tarde, fingindo fazer jardins ornamentais para aquários de peixes-dourados, mas na verdade tinha um propósito particular que será explicado mais tarde.

No dia seguinte, a sra. Cave viu que o cristal, antes na vitrine, estava atrás de alguns livros de segunda mão sobre pescaria. Ela o recolocou em evidência, contudo, não discutiu mais o assunto, pois uma forte dor de cabeça a indispôs para brigas. O sr. Cave vivia indisposto também, e o dia transcorreu em discordância. O sr. Cave ficou, para dizer o mínimo, mais absorto do que de costume e, ademais, comportou-se com uma irritabilidade incomum. À tarde, durante a costumeira soneca da esposa, ele tirou o ovo da janela de novo.

No dia seguinte, o sr. Cave tinha que entregar uma remessa de cação em um hospital universitário, onde eram necessários para dissecação. Na ausência dele, a mente da sra. Cave voltou-se para o tópico do cristal e os métodos de dispêndio adequados às inesperadas cinco libras. Ela já tinha concebido alguns gastos muito agradáveis, entre eles, um vestido de seda verde para si e uma viagem a Richmond, quando badaladas dissonantes do sino na porta da frente convocaram-na ao interior da loja. O freguês era um professor reclamando que os sapos solicitados no dia anterior não haviam sido entregues. A sra. Cave não aprovava esse ramo específico do negócio do sr. Cave, e o cavalheiro, que chegara com uma atitude um tanto agressiva, retirou-se após uma breve troca de palavras — inteiramente polida de acordo com a percepção dele. Então a atenção da sra. Cave naturalmente voltou-se para a vitrine, pois o vislumbre do cristal era uma garantia das cinco libras e dos seus sonhos. E que surpresa ao percebê-lo desaparecido! Então ela foi ao compartimento com tranca atrás do balcão onde o encontrara no dia anterior, mas não estava lá, e ela imediatamente iniciou uma ávida procura pela loja.

Quando o sr. Cave retornou do compromisso envolvendo os cações por volta das quinze para as duas da tarde, encontrou a loja meio bagunçada e a esposa extremamente exasperada de joelhos atrás do balcão, fuxicando o material de taxidermia. O rosto da sra. Cave apareceu atrás do balcão, vermelho e furioso, assim que o sino estridente anunciou o retorno do marido, e ela logo o acusou "de escondê-lo".

— Esconder o quê? — questionou o sr. Cave.

— O cristal!

Como resposta, o sr. Cave, aparentemente muito surpreso, correu à vitrine.

— Não está aqui? Pelo amor de Deus, o que aconteceu com o cristal?

Nesse momento, o enteado do sr. Cave entrou na loja pelo cômodo interno; chegara em casa um minuto mais ou menos antes de o sr. Crave e blasfemava à vontade. Ele era aprendiz de um comerciante de mobílias de segunda mão no final da rua, mas fazia as refeições em casa e naturalmente ficou irritado ao não encontrar o almoço pronto.

Porém, ao saber do desaparecimento do cristal, esqueceu a refeição e reorientou a fúria direcionada à mãe para o padrasto. A primeira ideia, claro, era de que ele o escondera. Entretanto, o sr. Cave negou de maneira categórica ter conhecimento do destino do ovo — chegou a se embaralhar com juramentos sobre a questão — e por fim exaltou-se a ponto de acusar, primeiro a esposa, depois o enteado, de terem pegado o cristal tendo em vista uma venda particular. Assim iniciou-se uma acrimoniosa e pungente discussão, que terminou com a sra. Cave muito nervosa, a meio caminho entre histérica e possessa, e fez o enteado chegar meia hora atrasado à loja de móveis à tarde. O sr. Cave refugiou-se do humor da esposa na loja.

À noite, o assunto foi retomado com menos excitação e de maneira mais imparcial sob o comando da enteada. O jantar transcorreu com infelicidade e culminou em uma cena penosa. O sr. Cave enfim desistiu, bastante irritado, e saiu batendo a porta com violência. O restante da família, conversando sobre ele com a liberdade proporcionada por sua ausência, vasculhou a casa, do sótão ao porão, na esperança de localizar o cristal.

No dia seguinte, os dois fregueses apareceram novamente. Foram recebidos pela sra. Cave quase aos prantos. Na conversa, ela manifestou que ninguém imaginava tudo o que suportava de Cave em várias ocasiões da vida conjugal... Ela também deu um relato deturpado sobre o desaparecimento. O clérigo e o jovem riram silenciosamente um para o outro e disseram que aquilo era bastante curioso. Como a sra. Cave pareceu disposta a contar-lhes a história completa de sua vida, eles se despediram, para, assim, ir embora da loja. Imediatamente, a sra. Cave, ainda agarrando-se à esperança, pediu o endereço do clérigo, de modo que, se conseguisse arrancar alguma coisa do marido, ela pudesse comunicá-lo. O endereço foi devidamente informado, entretanto, ao que parece, desapareceu mais tarde. A sra. Cave não se lembra de nada a esse respeito.

Na noite daquele dia, os Cave pareciam ter se cansado de brigar, e o sr. Cave, que passara a tarde fora, jantou em um melancólico isolamento que contrastava de maneira agradável com a exacerbada controvérsia dos dias anteriores. Durante um tempo, as coisas ficaram muito tensas na família Cave, mas nem o cristal, nem os clientes reapareceram.

Agora, com franqueza, devemos admitir que o sr. Cave era um mentiroso: ele sabia muito bem onde o cristal estava. Encontrava-se nos aposentos do sr. Jacoby Wace, professor assistente no Hospital St. Catherine, na Westbourne Street. Estava no aparador, parcialmente coberto por um veludo preto e ao lado de um decantador de uísque americano. São do sr. Wace, inclusive, os pormenores em que esta narrativa se baseia. Cave levara o objeto para o hospital escondido no saco de cação, e lá pressionara o jovem pesquisador a guardá-lo. O sr. Wace ficou meio indeciso no início. Sua relação com Cave era peculiar: ele tinha um apreço por indivíduos singulares e convidara o velho, mais de uma vez, para fumar e beber em seus aposentos, ocasiões em que Cave expunha as muito espirituosas percepções da vida em geral e da esposa em particular. O professor encontrara a sra. Cave também, quando o sr. Cave não estava em casa para atendê-lo. Ele sabia da constante interferência a qual o sr. Cave era submetido e, avaliando o caso de forma imparcial, decidiu dar ao cristal um refúgio. O comerciante prometeu explicar a extraordinária afeição pelo objeto de maneira mais detalhada em uma conjuntura posterior, contudo, afirmou enfaticamente que tinha visões ali dentro. E ligou para o sr. Wace na mesma noite.

Contou uma história complicada: o cristal, segundo ele, tinha chegado às suas mãos com outras bugigangas que arrematou judicialmente de outro comerciante de curiosidades e, sem ideia de qual seria o valor daquilo, estipulara dez xelins. Permanecera em suas mãos a esse preço durante alguns meses, e estava pensando em "reduzir a cifra" quando fez uma descoberta singular.

Naquele período, sua saúde estava muito ruim; deve-se ter em mente que, ao longo de toda essa experiência, sua condição física declinava e ele vivia em considerável infortúnio por razão de negligência — de maus-tratos até — da esposa e dos enteados. A mulher era vaidosa, extravagante, insensível e tinha um crescente apreço por beber em segredo; a enteada, má e traiçoeira; por fim, o enteado nutria uma violenta antipatia por ele e não perdia uma oportunidade sequer de demonstrá-la. A pressão das exigências dos negócios pesava-lhe muito, e o sr. Wace desconfiava que o sr. Cave entregava-se a ocasionais intemperanças. Tinha começado a vida em posição confortável, era um homem de considerável educação, porém sofria, por semanas a fio, de melancolia e insônia. Com receio de incomodar a família, escapulia silenciosamente de perto da esposa quando os pensamentos tornavam-se intoleráveis e vagava pela casa. Aproximadamente às três da manhã, no final de agosto, o acaso o conduziu à loja.

A escuridão do lugarzinho sujo parecia impenetrável, com exceção de um local onde percebeu o brilho de uma luz incomum. Aproximando-se dela, viu que era o ovo de cristal na beirada do balcão próximo à vitrine. Um fraco raio penetrava as venezianas através de uma rachadura, atingia o objeto e preenchia-lhe todo o interior.

Ocorreu ao sr. Cave que aquilo não estava de acordo com as leis da ótica que aprendera nos anos de juventude. Ele compreendia os raios serem refratados pelo cristal e se concentrarem no interior dele, mas aquela difusão perturbava suas concepções físicas. Aproximou-se bem do cristal, espiou dentro dele e em volta, e sentiu uma passageira renovação da curiosidade científica que na juventude determinara a escolha da profissão. Surpreendeu-se ao ver que a luz não era estável, mas se contorcia na substância do ovo como se aquele objeto fosse uma esfera oca de vapor luminoso. Movimentando-se ao redor dele para conseguir diferentes pontos de vista, de repente notou que se posicionara entre o ovo e o raio, e ainda assim o cristal mantivera-se luminoso. Abismadíssimo, suspendeu-o para fora do raio de luz e carregou-o até a parte mais escura da loja. Ele permaneceu brilhante durante mais quatro ou cinco minutos, então lentamente esmoreceu e apagou. Posicionou-o no fino raio de luz do dia e a luminosidade foi quase imediatamente restaurada.

Pelo menos até então, o sr. Wace fora capaz de confirmar a impressionante história do sr. Cave. Ele segurava várias vezes o cristal em um raio de luz (que precisava ter um diâmetro inferior a um milímetro) e, em uma escuridão perfeita, tal a que podia ser produzida por um embrulho de veludo, o cristal sem dúvida adquiria uma fosforescência bem tênue. Parecia, contudo, que a luminosidade era de um tipo excepcional, e não igualmente visível a todos os olhos; o sr. Harbinger — cujo nome será familiar aos leitores de textos científicos ligados ao Instituto Pasteur — era quase incapaz de enxergar alguma luz. E a capacidade de reconhecimento dela do próprio sr. Wace era incomparavelmente inferior à do sr. Cave. Mesmo para o sr. Cave, a potência variava de maneira considerável: as visões eram mais vívidas durante estados de extrema fraqueza e fadiga.

Desde o princípio, a luz no cristal exerceu uma notável fascinação no sr. Cave, e ele não ter contado a nenhum ser humano suas curiosas observações expressava a solidão de sua alma de maneira muito mais convincente do que a escrita patética de um livro inteiro. Ele vivia em uma atmosfera tão repleta de maldades mesquinhas que admitir a existência de um prazer teria sido arriscar a perda dele. Constatou que, à medida que avançava o raiar do dia e a quantidade de luz difusa aumentava, ao que tudo indicava, o cristal perdia toda a luz. E, durante um tempo, não conseguia enxergar nada nele, a não ser à noite, nos cantos escuros da loja.

Mas lhe ocorreu usar um pedaço de veludo velho que ficava por baixo da coleção de minerais e, dobrando-o em dois e colocando-o sobre a cabeça e as mãos, conseguia vislumbrar o movimento luminoso dentro do cristal mesmo durante o dia. Ele era muito cauteloso a fim de que a esposa não o descobrisse, por isso dedicava-se à atividade apenas durante as tardes, de maneira circunspecta, em um vão sob o balcão, enquanto ela dormia no andar de cima. Então, certo dia, girando o cristal nas mãos, viu algo; a visão surgiu e desapareceu num lampejo, mas ele teve a impressão de que o objeto, por um momento, revelara-lhe a imagem de um campo amplo, espaçoso e estranho. Girando-o, assim que a luz esmoreceu, ele enxergou a mesma imagem.

Seria muito tedioso e desnecessário relatar todas as fases da descoberta do sr. Cave a partir desse momento. Basta afirmar que o efeito foi este: o cristal, se perscrutado internamente a um ângulo aproximado de cento e trinta e sete graus em relação à direção do raio luminoso, dava a nítida e consistente imagem de uma ampla e peculiar região campestre. Não era nem um pouco parecida com um sonho: ela produzia uma impressão precisa de realidade e, quanto melhor a luz, mais real e íntegra se mostrava. Era uma imagem em movimento: isto é, certos objetos moviam-se nela, mas lentamente e de maneira ordenada como as coisas reais e, de acordo com a alteração de direção da iluminação e da visão, a imagem também mudava. Era, de fato, como olhar para uma paisagem através de uma vidraça oval e, girando-a, conseguia-se pontos de vista diferentes.

O sr. Wace garantiu-me que as declarações do sr. Cave eram extremamente circunstanciais e livres por completo de qualquer qualidade emocional que tinge impressões alucinatórias. Porém, é necessário lembrar que todos os esforços do sr. Wace para enxergar com clareza similar na débil opalescência do cristal foram inteiramente malsucedidos, por mais que ele tentasse. A diferença na intensidade das impressões dos dois homens era enorme e, muito provavelmente, o que se mostrava uma imagem para o sr. Cave era uma mera nebulosidade borrada para o sr. Wace.

A vista, como o sr. Cave a descrevia, era invariavelmente de uma planície vasta, e ele a enxergava sempre de uma altura considerável, como se de uma torre ou um mastro. A leste e oeste, a planície era cercada a uma distância remota por penhascos avermelhados, que lhe lembravam algo que ele já vira em alguma imagem, porém, a qual se referia, o sr. Wace fora incapaz de confirmar. Os penhascos entendiam-se pelo norte e pelo sul — ele conseguia determinar os pontos cardeais devido às estrelas visíveis à noite —, retrocedendo em uma perspectiva quase ilimitada e esmorecendo ao longe, névoa adentro, antes de se encontrarem. Estava mais próximo dos penhascos no lado leste na primeira ocasião em que viu o lugar, com o sol suspendendo-se acima deles; então uma turba apareceu, voando nas alturas, negra diante dos raios de sol e pálida em contraste às próprias sombras, que o sr. Cave concluiu serem pássaros. Uma grande variedade de construções espalhava-se abaixo dele, que parecia olhá-las do alto e, à medida que se aproximavam da beirada da imagem borrada e refratada, tornavam-se indistintas. Também havia, ao lado de um cintilante canal largo, árvores de formatos curiosos e colorações que variavam entre um intenso verde-musgo e um cinza delicado. Algo enorme e de cores brilhantes atravessava a imagem, voando. Mas, na primeira vez em que o sr. Cave viu aquilo, enxergou apenas lampejos, pois as mãos tremiam, a cabeça mexia, e a paisagem surgia e desaparecia, tornando-se nevoenta e indistinta. A princípio, foi dificílimo encontrar a imagem novamente, uma vez perdida a localização dela.

Quando conseguiu vê-la de novo, o que aconteceu uma semana após o primeiro episódio, um intervalo que não produziu nada além de torturantes vislumbres e algumas experiências úteis, enxergou a parte que se estendia pelo vale. A paisagem era diferente, mas ele tinha uma curiosa suspeita, e suas observações subsequentes a confirmaram de forma copiosa: estava assistindo àquele mundo estranho exatamente do mesmo lugar, embora olhasse em uma direção diferente.

A comprida fachada do maior edifício, cujo telhado ele já enxergara de cima para baixo em outra oportunidade, estava agora recuado na imagem: reconheceu o telhado. Na frente da fachada havia um terraço de proporções gigantescas e comprimento extraordinário, e no meio dele, a certos intervalos, erguiam-se enormes e muito graciosos mastros sustentando pequeninos objetos brilhantes que refletiam o sol poente. O sr. Cave só percebeu a importância desses pequenos objetos um tempo depois, quando estava descrevendo a cena para o sr. Wace. O terraço projetava-se sobre um emaranhado da mais luxuriante e graciosa vegetação e depois dela estendia-se um amplo gramado verdejante, onde criaturas volumosas, com formato de besouro, porém excepcionalmente maiores, repousavam. Ainda mais além, havia uma vereda de tijolos rosados com adornos riquíssimos e, ao fundo de tudo isso, ladeada por densas ervas vermelhas e atravessando o vale com um paralelismo simétrico em relação aos distantes penhascos, encontrava-se uma ampla e espelhada extensão de água. O ar estava repleto de esquadrões de enormes pássaros fazendo curvas em manobras majestosas. Do lado do rio, via-se uma profusão de construções esplêndidas, de coloridos riquíssimos, cintilando com rendilhados e facetas metálicas em meio a uma floresta de árvores musguentas e repletas de líquen.

De repente, algo esvoaçou através da paisagem como o movimento de um leque adornado de joias ou o bater de uma asa, e uma face, ou melhor, a parte superior de uma, com olhos muito grandes, aproximou-se do rosto do sr. Cave como se estivesse do outro lado do cristal. Ele ficou tão assombrado e impressionado com a realidade absoluta daqueles olhos que afastou a cabeça do cristal para espiar atrás dele. A observação daquilo o absorveu de tal maneira que ficou surpreso ao descobrir-se na fria escuridão de sua lojinha, com o familiar odor de metilo, mofo e decadência. Enquanto olhava ao redor, às piscadelas, o reluzente cristal esmoreceu e apagou.

Essas foram as primeiras impressões gerais do sr. Cave. A história é curiosamente direta e circunstancial. Desde o princípio, quando o vale lampejou por um instante pela primeira vez diante dos olhos do sr. Cave, a imaginação dele foi afetada de forma estranha e, quando começou a apreciar os detalhes da cena que via, a admiração elevou-se ao patamar de paixão. Ele perambulava pelo estabelecimento, apático e distraído, pensando apenas no momento em que poderia retornar à observação. Então, algumas semanas após a primeira vez em que se deparou com o vale, chegaram os dois fregueses, a tensão e o alvoroço da oferta deles, e o cristal escapando por um triz de ser vendido, como já contei.

Agora, enquanto aquilo fosse segredo do sr. Cave, permaneceria um mero objeto de fascinação, algo do qual se aproximar às escondidas para espiar, tal qual uma criança espreita um jardim proibido. Porém, para um jovem pesquisador científico, o sr. Wace tinha uma linha de raciocínio bastante lúcida e linear. Assim que tomou conhecimento do cristal, da história dele e que viu a fosforescência com os próprios olhos, ele concluiu haver ali certa prova de que as declarações do sr. Cave não eram infundadas, então começou a desenvolver a questão de forma sistemática. O sr. Cave ficava ansioso demais para banquetear os olhos com aquela terra maravilhosa, de maneira que toda noite permanecia lá das oito e meia às dez e trinta e, às vezes, na ausência do sr. Wace, durante o dia. Fazia o mesmo nas tardes de domingo. Desde o princípio, o sr. Wace fez anotações copiosas e foi graças ao seu método científico que a relação entre a posição inicial com que o raio entrava no cristal e a orientação da imagem foi comprovada. Ao cobrir o cristal com uma caixa contendo apenas um pequeno orifício que recebia o raio estimulante e substituir o veludo preto pelas venezianas bege, ele aperfeiçoou bastante as condições das observações, de modo que em pouco tempo passaram a inspecionar o vale em todas as direções que desejassem.

Portanto, após esclarecido isso, podemos fornecer um breve relato do mundo visionário dentro do cristal. Em todos os casos, as descobertas foram testemunhadas pelo sr. Cave, e o método de trabalho não variava: ele observava o cristal e reportava o que enxergava, enquanto o sr. Wace (que como estudante das ciências tinha aprendido o truque de escrever no escuro) tomava notas breves do relato. Quando o cristal esmorecia, colocavam-no na caixa na posição apropriada e acendiam a luz elétrica. O sr. Wace fazia perguntas e sugeria observações para esclarecer pontos intrincados. Nada, de fato, podia ser menos visionário e mais prático.

Não demorou para a atenção do sr. Cave voltar-se para as criaturas parecidas com pássaros que estavam presentes com tanta abundância em cada uma das visões anteriores dele. Logo, a primeira impressão que teve foi corrigida, e ele considerou durante um tempo que podiam ser uma espécie diurna de morcego. Então, pensou, por mais grotesco que possa parecer, talvez fossem querubins. As curiosas cabeças eram redondas e humanas, mas foram os olhos de uma delas que muito o assustaram na segunda observação. Tinham asas prateadas, largas, sem penas e quase tão cintilantes quanto peixes recém-pescados e com a mesma sutil variação de cores; além disso, tais asas não se estruturavam como as de um pássaro ou um morcego, concluiu o sr. Wace, pois sustentavam-se em costelas curvadas que irradiavam do corpo (uma espécie de asa de borboleta com costelas curvadas talvez seja a melhor descrição da aparência delas). O corpo era pequeno, mas continha dois cachos de órgãos preênseis, como tentáculos compridos, logo abaixo da boca. Por mais incrível que fosse para o sr. Wace, acabou tornando-se irresistível a crença de que eram essas criaturas as proprietárias das construções quase humanas e do magnificente jardim que deixava o vale tão esplêndido. O sr. Cave observou que as construções, entre outras peculiaridades, não tinham porta, mas grandiosas janelas circulares, que se abriam livremente, fornecendo às criaturas egresso e entrada. Elas pousavam nos tentáculos, dobravam as asas, encolhiam-se à pequenez de uma vareta e saltitavam para dentro. Porém, entre elas havia uma multiplicidade de criaturas aladas menores, como libélulas, mariposas, besouros voadores e, ao longo do gramado, besouros terrestres de cores brilhantes rastejavam preguiçosos de um lado para o outro. Além disso, nas veredas e nos terraços, criaturas cabeçudas similares a moscas, porém sem asas, eram visíveis saltitando energicamente no emaranhado de tentáculos parecidos com mãos.

Já foram feitas alusões a objetos cintilantes em mastros que se erguiam no terraço da construção mais próxima. O sr. Cave percebeu, após fitar um desses mastros com muita atenção em um dia particularmente iluminado, que o objeto cintilante ali era um cristal exatamente igual ao que ele espiava. E um escrutínio ainda mais cuidadoso o convenceu de que cada um dos quase vinte mastros que compunham a paisagem carregava um objeto similar.

Ocasionalmente, uma das grandes criaturas aladas adejava um e, dobrando as asas e envolvendo vários tentáculos ao redor do mastro, fitava o cristal um tempo — às vezes por até quinze minutos. Uma série de observações, feitas a partir da sugestão do sr. Wace, convenceu ambos os espectadores de que, de acordo com o que conheciam daquele mundo visionário, o cristal dentro do qual espiavam ficava no cume do mastro na extremidade do terraço, e em certa ocasião ao menos um dos habitantes daquele outro mundo encarara o rosto do sr. Cave enquanto ele fazia suas observações.

Isto é o suficiente a respeito dos fatos essenciais desta história muito singular. A não ser que consideremos tudo uma engenhosa invenção do sr. Wace, devemos acreditar em uma de duas opções: ou o cristal do sr. Cave estava em dois mundos ao mesmo tempo e, enquanto era levado para lá e para cá em um deles, permanecia imóvel no outro, o que soa um completo absurdo; ou ele tinha alguma peculiar relação de harmonia com um cristal exatamente similar naquele mundo, assim, o que era visto no interior do ovo neste mundo estava, em condições adequadas, visível a um observador no cristal correspondente no outro mundo e vice-versa. Até o momento, de fato, não conhecemos maneira nenhuma por meio da qual os dois cristais pudessem estar em sintonia, porém, hoje em dia temos conhecimento suficiente para compreender que tal situação não é de toda impossível. Essa visão dos cristais em sintonia foi a suposição que ocorreu ao sr. Wace, e para mim, ao menos, ela pareceu extremamente plausível...

E onde ficava o outro mundo? Sobre isso também a ágil inteligência do sr. Wace rapidamente lançou luz. Após o pôr do sol, o céu escurecia rapidamente — havia, na verdade, um breve intervalo crepuscular — e as estrelas brilhavam. Elas eram as mesmas que vemos aqui, arranjadas nas exatas constelações. O sr. Cave reconheceu a Ursa Maior, a Plêiades, a Aldebarã e a Sirius. Portanto, o outro mundo devia estar em algum lugar do sistema solar e, no máximo, a alguns milhões de quilômetros do nosso. Seguindo essa pista, o sr. Wace descobriu que o céu da meia-noite era de um azul mais escuro até que o do nosso céu do meio do inverno, e que o sol aparentava ser um pouco menor. E havia duas luazinhas!

— Como a nossa lua, porém menores e com crateras bem diferentes.

Uma delas movia-se tão depressa que o movimento era claramente visível para quem fitasse com atenção. Essas luas nunca ficavam altas no céu, mas desapareciam ao se elevarem: isto é, toda vez que orbitavam eram eclipsadas por serem muito próximas do planeta primário. E, embora o sr. Cave não soubesse, tudo isso condiz exatamente com as condições que Marte deve ter.

De fato, parece uma conclusão de plausibilidade extraordinária que, ao espiar dentro do cristal, o sr. Cave realmente visse o planeta Marte e seus habitantes. E, se fosse esse o caso, a estrela de brilho tão intenso no céu noturno naquela distante visão era nada mais, nada menos que a nossa familiar Terra.

Durante um tempo, os marcianos — se fossem mesmo marcianos — pareciam não ter conhecimento da inspeção do sr. Cave. Uma ou duas vezes, algum vinha espiar e ia embora logo em seguida para outro mastro, como se a visão fosse insatisfatória. Durante esse período, o sr. Cave foi capaz de observar a conduta dessas pessoas aladas sem ser perturbado por elas e, embora o relato dele seja essencialmente vago e fragmentário, é, contudo, muito sugestivo. Imagine a impressão da humanidade que um observador marciano teria quando, após um difícil processo de preparação e com os olhos bastante fatigados, fosse capaz de espiar Londres do campanário da Igreja de St. Martin durante, no máximo, quatro minutos por vez.

O sr. Cave não foi capaz de confirmar se os marcianos alados eram os mesmos que saltitavam pelas veredas e terraços e se estes últimos podiam colocar asas à vontade. Em várias ocasiões, viu bípedes desengonçados, que de maneira indistinta remetiam a símios brancos e parcialmente translúcidos, alimentando-se em meio às árvores com líquen. Certa vez, alguns fugiram de um dos marcianos saltitantes de cabeça redonda, porém ele agarrou um deles com os tentáculos; entretanto, a imagem desvaneceu de repente e deixou o sr. Cave em uma escuridão tentadora. Em outra ocasião, algo enorme, que o sr. Cave a princípio pensou tratar-se de um inseto gigantesco, apareceu avançando pela vereda ao lado do canal com extraordinária ligeireza. À medida que se aproximava, o sr. Cave percebeu que era um mecanismo de metais brilhantes e notável complexidade. E então, quando olhou novamente, ele havia desaparecido de seu campo de visão.

Depois de um tempo, o sr. Wace aspirou atrair a atenção dos marcianos, e assim que os olhos estranhos de um deles apareceram próximos ao cristal, o sr. Cave soltou um berro e afastou-se com pulo, ao que imediatamente eles acenderam a luz e começaram a gesticular de maneira sugestiva, sinalizando um para o outro. Porém, quando o sr. Cave por fim examinou o cristal novamente, o marciano havia se ausentado.

As observações mencionadas progrediram até o início de novembro, então o sr. Cave, sentindo que as suspeitas da família a respeito do cristal atenuaram-se, começou a carregá-lo de um lugar para o outro de modo que, quando surgia uma oportunidade durante o dia ou a noite, pudesse confortar-se com aquilo que rapidamente tornava-se a coisa mais real de sua existência.

Em dezembro, o sr. Wace, devido a um exame futuro, ficou muito atribulado no trabalho e, relutante, teve que suspender os encontros durante uma semana, talvez dez ou onze dias — ele não sabe precisar exatamente —, portanto não teve a menor notícia do sr. Cave. Ele ficou muito ansioso para retomar a pesquisa e, quando o estresse de seus trabalhos sazonais reduziram, ele foi até Seven Dials. Na esquina, notou que a vitrine de uma loja especializada em pássaros e a de um sapateiro estavam com as portas de enrolar abaixadas. A loja do sr. Cave estava fechada.

O sr. Wace bateu e a porta foi aberta pelo enteado trajado de preto. Ele imediatamente chamou a sra. Cave, que estava — o sr. Wace não tinha como deixar de notar — vestindo um traje de viúva ordinário e volumoso, porém com uma estampa bastante vistosa. Sem muita surpresa, o sr. Wace descobriu que o sr. Cave morrera e já fora enterrado. Ela estava aos prantos e com a voz um pouco grossa. Acabara de retornar de Highgate e parecia preocupada com conjecturas sobre o próprio futuro e detalhes louváveis do funeral, mas, por fim, o sr. Wace descobriu os pormenores da morte de Cave. Encontraram-no morto na loja de manhã cedo no dia após a última visita ao sr. Wace, segurando o cristal entre as mãos entrelaçadas, já duras e geladas. O rosto estava sorridente, contou a sra. Cave, e o pedaço de veludo dos minerais encontrava-se caído aos pés dele. Devia estar morto havia quatro ou cinco horas quando o encontraram.

Aquilo foi um grande choque para o sr. Wace, que começou a censurar-se com amargura por ter negligenciado os evidentes sintomas da debilitada saúde do idoso. Mas o pensamento dominante era o cristal. Ele abordou o assunto de maneira cautelosa, pois conhecia as peculiaridades da sra. Cave. Ficou abismado ao saber que ele fora vendido.

O primeiro impulso da sra. Cave, assim que levaram o corpo de Cave para o andar superior, fora escrever para o clérigo que oferecera cinco libras pelo cristal e informá-lo que o objeto fora recuperado, porém, após uma violenta caça juntamente com a filha, convenceram-se da perda do endereço do cliente. Como não tinham como bancar o velório e o enterro de Cave com a elegância sofisticada que a dignidade que um velho habitante de Seven Dials exigia, elas apelaram para um amigo comerciante da Great Portland Street. O sujeito muito gentilmente levou parte do estoque para avaliação, que ele mesmo realizou, e o ovo de cristal encontrava-se incluído em um dos lotes. O sr. Wace, após algumas condolências adequadas, proferidas talvez de maneira pouco cerimoniosa, correu para a Great Portland Street, mas ali soube que o ovo de cristal já havia sido vendido para um homem alto e de pele marrom, vestido de cinza.

E aqui os fatos materiais desta curiosa e, ao menos para mim, muito sugestiva história, chegam a um fim abrupto. O comerciante da Great Portland Street não sabia quem era o homem alto de cinza nem o observara com suficiente atenção para descrevê-lo de forma minuciosa. Ele não sabia sequer para que lado a pessoa seguira depois de ir embora da loja. Durante um tempo, o sr. Wace permaneceu no estabelecimento, testando a paciência do comerciante com perguntas inúteis, desabafando a própria irritação. Por fim, deu-se conta de repente de que a coisa toda escapulira-lhe das mãos, desaparecera como uma visão à noite, então retornou para os próprios aposentos e surpreendeu-se ao encontrar as anotações que fizera ainda reais e visíveis sobre a mesa desarrumada.

Sua irritação e frustração naturalmente eram enormes. Ele fez um segundo contato (igualmente ineficaz) com o negociante da Great Portland Street e recorreu a anúncios em periódicos que provavelmente chegariam às mãos de colecionadores de antiguidades. Também escreveu cartas para o *The Daily Chronicle* e a *Nature*, mas ambos, suspeitando que se tratasse de uma farsa, pediram-lhe para reconsiderar antes de publicá-las e alertaram-no de que uma história tão estranha, infelizmente muito desprovida de provas, poderia ameaçar a reputação dele como pesquisador. Além disso, as demandas de seu verdadeiro trabalho eram urgentes. Sendo assim, após um mês mais ou menos, com exceção de alguns contatos de certos negociantes, ele decidiu, relutante, abandonar a busca pelo ovo de cristal que, daquele dia até este, permanece desaparecido. Ocasionalmente, no entanto, ele me conta, e eu acredito, que tem acessos de empolgação, abandona os ofícios mais urgentes e retoma a busca.

Se ele permanecerá ou não desaparecido para sempre, bem como seu material e sua origem, são questões igualmente especulativas no momento presente. Se o comprador atual é um colecionador, seria de se esperar que as averiguações do sr. Wace o tivessem conduzido a essa pessoa através dos negociantes. Ele conseguira descobrir o clérigo e o "oriental" mencionados pelo sr. Cave — eram ninguém menos que o reverendo James Parker e o jovem príncipe Bosso-Kuni, de Java. Sou grato a eles por certos pormenores. O propósito do príncipe era simples curiosidade — e extravagância. Ficou ávido para comprá-lo porque Cave estava estranhamente relutante em vendê-lo. E é bem possível que quem o comprou em segunda instância não passe de um simples freguês casual, não um colecionador, e o ovo de cristal, ao que me é dado supor, pode no momento presente estar a menos de dois quilômetros de minha pessoa, decorando uma sala de visitas ou servindo como um peso de papel — com seus extraordinários propósitos totalmente desconhecidos. De fato, é em parte devido a essa possibilidade que moldei esta narrativa em um formato que dará a ela a chance de ser lida pelo consumidor comum de ficção.

As minhas opiniões sobre a questão são praticamente idênticas às do sr. Wace. Acredito que o cristal no mastro em Marte e o ovo de cristal do sr. Cave estão de alguma maneira física, embora, neste momento, ainda de forma inexplicável, em sintonia, e nós dois acreditamos que o cristal terrestre deve ter sido — possivelmente em alguma data remota — enviado para cá daquele planeta, com o intuito de dar aos marcianos uma visão mais aproximada de nós. É possível que os cristais nos outros mastros também estejam no nosso globo. Nenhuma teoria que considere alucinação é suficiente para elucidar os fatos. ✦

1898

THE MAN WHO
COULD WORK MIRACLES

O Homem que Fazia Milagres

Um homem descobre acidentalmente que pode operar milagres, mas a inconsequência de seus atos terá efeitos devastadores para toda a humanidade.

UNIVERSOS PECULIARES

É questionável que o dom fosse inato. De minha parte, creio que lhe chegou de forma repentina. Realmente, até os trinta anos, ele era um cético e não acreditava em poderes miraculosos. E, por conveniência, é aqui que menciono que ele era baixo com olhos de um tom quente de castanho, cabelo ruivo e armado, bigode com pontas levantadas e sardas. Chamava-se George McWhirter Fotheringay — decerto um nome que não despertava muitas expectativas de milagres — e ele era balconista da Gomshott's. Era deveras viciado em discussões assertivas. Foi durante uma discussão sobre a impossibilidade de milagres que sentiu a primeira insinuação do extraordinário poder que tinha. O argumento em questão ocorreu em um bar em Long Dragon, e Toddy Beamish se opunha aos argumentos dele com o comentário monótono, mas eficaz "É o que dizes", testando os limites da paciência do sr. Fotheringay.

Estavam presentes, além desses dois, um ciclista coberto de poeira, o senhorio Cox e a srta. Maybridge, a perfeitamente respeitável e especialmente distinta garçonete do Dragon. Srta. Maybridge estava de costas para o sr. Fotheringay, lavando os copos; os outros o observavam, mais ou menos entretidos com a presente ineficácia do método assertivo. Incitados pelas táticas de Torres Vedras do sr. Beamish, o sr. Fotheringay estava determinado a fazer um raro esforço retórico:

— Pois bem, sr. Beamish, é melhor termos uma boa compreensão do que consiste um milagre. É algo contrário ao curso da natureza, feito a partir da força de vontade, algo impossível de acontecer sem essa força especial.

— É o que dizes — retrucou sr. Beamish, repelindo-o.

O sr. Fotheringay apelou ao ciclista, até aquele momento, um ouvinte silencioso, e recebeu uma concordância — feita com uma tosse discreta e um olhar para o sr. Beamish. O senhorio não expressou opinião, e o sr. Fotheringay, voltando a atenção para o sr. Beamish, recebeu a concessão inesperada de uma concordância qualificada à sua definição de milagre.

— Vejamos um exemplo do que seria um milagre — disse o sr. Fotheringay, deveras encorajado. — Aquele lampião, no curso natural das coisas, não poderia queimar desse jeito se estivesse de cabeça para baixo, não é mesmo, Beamish?

— É o que dizes — respondeu Beamish.

— E tu? — perguntou Fotheringay. — O que dizes, então?

— Não — respondeu Beamish, a contragosto. — Não queimaria.

— Pois muito bem — continuou sr. Fotheringay. — Então alguém se aproxima, esse alguém pode muito bem ser eu. Eu me aproximo e digo para o lampião, como vou fazer agora, com toda minha força de vontade: "Vire de cabeça para baixo sem apagar e continue com um brilho constante" e bravo!

Foi o suficiente para todos exclamarem "bravo!". O impossível, o inacreditável, estava visível para todos verem. O lampião estava pendurado de cabeça para baixo, queimando tranquilamente com sua chama apontada para o chão. Era tão sólido e inquestionável como qualquer lampião comum e prosaico do bar Long Dragon.

Sr. Fotheringay ficou paralisado, com o indicador em riste e as sobrancelhas franzidas de quem espera um estrondo catastrófico. O ciclista que estava sentado ao lado do lampião se abaixou e saltou para o outro lado do bar. Todos se sobressaltaram. A srta.

Maybridge se virou e gritou. Por quase três segundos, o lampião ficou no lugar. O sr. Fotheringay soltou um grito de grande sofrimento:

— Eu não vou conseguir mantê-lo assim por muito tempo.

Cambaleou para trás, e o lampião invertido soltou um brilho repentino e caiu na quina do bar, quicou de lado, espatifou-se no chão e se apagou.

Por sorte, contava com uma base de metal ou o resultado poderia ter sido um incêndio. O sr. Cox foi o primeiro a falar, e seu comentário, desprovido de excrescências desnecessárias, foi no sentido de que Fotheringay era um tolo. Fotheringay não tinha como refutar uma declaração tão fundamental como aquela! Estava surpreso além de qualquer descrição diante do ocorrido. A conversa subsequente não lançou luz à questão até onde Fotheringay sabia; a opinião geral confirmava a afirmação do sr. Cox de forma bastante veemente. Todos acusaram Fotheringay de ter feito um truque bobo e lhe disseram diretamente que ele não passava de um destruidor tolo do conforto e da segurança. Sua mente era um turbilhão de perplexidade, pois o próprio Fotheringay estava inclinado a concordar com todos e ele apresentou uma oposição notavelmente ineficaz ao convite de se retirar.

Voltou para casa com o rosto quente e ruborizado, colarinho amarrotado, olhos agitados e orelhas vermelhas. Lançou olhares nervosos para cada um dos dez lampiões da rua pelos quais passou. Só quando estava a sós no quartinho na Church Row foi que analisou seriamente as lembranças do ocorrido e se perguntou:

— Mas o que diabos aconteceu?

Tinha tirado o casaco e as botas e estava sentado na cama com as mãos no bolso repetindo o texto da sua defesa pela décima sétima vez:

— Eu não queria que aquilo acontecesse.

Foi quando lhe ocorreu que, no instante exato que disse as palavras de comando, aplicou uma força de vontade inadvertida e foi quando viu o lampião pairando no ar e sentiu que o objeto dependia dele para se manter ali, mas sem saber ao certo como tinha conseguido tão feito. A mente de Fotheringay não era particularmente complexa ou talvez tivesse pensado mais na "força de vontade inadvertida", abrangendo, assim, os problemas mais abstratos da ação voluntária; mas, na verdade, a ideia veio de forma nebulosa e deveras aceitável. E a partir de então, como sou obrigado a admitir, sem seguir nenhuma lógica clara, ele começou a fazer experimentos.

Apontou resolutamente para a vela e concentrou a mente, embora sentisse que estava sendo tolo:

— Ergue-te — disse ele.

Mas a sensação logo desapareceu, pois a vela, de fato, se elevou, pairando no ar por um instante vertiginoso e, quando o sr. Fotheringay ofegou, ela caiu na penteadeira, deixando-o no escuro, a não ser pelo brilho incandescente do pavio.

Durante um tempo, o sr. Fotheringay ficou ali no escuro, sem se mover.

— Isso realmente aconteceu — disse para si mesmo. — E eu não sei como explicar isso.

Soltou um suspiro pesado e começou a tatear os bolsos em busca de um fósforo. Como não encontrou nenhum, levantou-se e começou a tatear a penteadeira.

— Gostaria de ter um fósforo — disse ele.

Procurou no casaco, mas não encontrou nenhum. Foi quando se deu conta de que milagres eram possíveis, mesmo com fósforos. Ergueu uma das mãos e franziu as sobrancelhas.

— Que um fósforo apareça na minha mão — declarou.

Sentiu um objeto leve pousar na palma da mão, fechou-a em volta do fósforo. Depois de várias tentativas frustradas de acendê-lo, descobriu que se tratava de um palito de fósforo. Atirou-o no chão antes de se dar conta de que talvez pudesse usar sua vontade para acendê-lo. E foi o que fez e o viu queimar no meio do tapetinho sob a penteadeira. Ele o pegou rapidamente e a chama se apagou. Sua percepção das possibilidades se ampliou. Tateando, ele colocou uma vela nova no castiçal.

— Acende-te! — disse sr. Fotheringay.

E logo a vela estava brilhando, e ele viu um pequeno buraco escuro na tampa do vaso sanitário, emitindo um fio de fumaça. Ficou olhando a chama por um tempo e, então, ergueu o olhar, se viu no espelho e ficou pensando com seus botões em silêncio por um tempo.

— E o que dizer de milagres agora? — perguntou o sr. Fotheringay por fim, dirigindo-se à própria imagem.

As meditações subsequentes do sr. Fotheringay foram uma discrição grave, mas confusa. Até o momento, ele conseguiu perceber que se tratava de um caso de pura força de vontade nele. A natureza dos experimentos que fizera até então o desencorajava de ir além, pelo menos até reconsiderá-los melhor. Mas pegou uma folha de papel e derramou água rosa e depois água verde, e criou um caracol, que ele miraculosamente aniquilou e conseguiu miraculosamente uma escova de dentes nova. Em algum momento na madrugada, chegou à conclusão de que sua força de vontade devia ser particularmente rara e pungente, um fato do qual ele decerto tinha pressentimentos antes, mas nenhuma garantia certa. O assombro e a perplexidade diante da descoberta foram substituídos pelo orgulho por aquela evidência de singularidade e por intimações vagas de vantagens. Percebeu que o relógio da igreja soava uma hora da manhã e como não lhe ocorreu que suas obrigações diárias na Gomshott's pudessem ser miraculosamente dispensadas, voltou a se despir para ir dormir sem demora. Enquanto tirava a camiseta, teve uma ideia brilhante.

— Que eu esteja deitado na cama — declarou, e foi o que aconteceu. — Sem roupas — estipulou. E ao sentir o lençol frio, acrescentou: — Com o meu pijama... Não, em um pijama macio de lã. Ah! — exclamou ele com imenso prazer. — E que eu agora caia em um sono agradável...

Acordou no horário de sempre e ficou pensativo durante o desjejum, imaginando se a experiência da noite anterior não passava simplesmente de um sonho particularmente vívido. Após um longo tempo, sua mente retornou aos experimentos cautelosos. Por exemplo, ele comeu três ovos no desjejum; dois oferecidos pela senhoria, gostosos, mas medíocres, e um ovo de ganso fresco e delicioso, colocado, cozido e servido a partir da sua extraordinária força de vontade. Apressou-se para ir para a Gomshott's em um estado de animação intensa, mas cuidadosamente disfarçada e só se lembrou da casca do terceiro ovo quando a senhoria a mencionou naquela noite. No decorrer do dia, não conseguiu trabalhar direito por causa da recente e incrível descoberta, o que não lhe causou qualquer inconveniente, porque ele compensou tudo miraculosamente nos últimos dez minutos.

À medida que o dia passava, seu estado de espírito passou de espanto à exaltação, embora a lembrança das circunstâncias de sua partida do Long Dragon ainda fossem desagradáveis, e um relato distorcido do ocorrido tivesse chegado aos ouvidos dos colegas de trabalho, provocando algumas galhofas. Ficou evidente que deveria ser cuidadoso quando levantasse artigos frágeis, mas, quanto mais pensava, mais percebia que aquele dom trazia muitas promessas. Tinha a intenção, entre outras coisas, de aumentar suas posses pessoais por meio atos simples de criação. Trouxe à existência um par de lindos diamantes e rapidamente os aniquilou quando o jovem Gomshott atravessou o departamento de contabilidade para ir até a sua mesa. Temia que o jovem Gomshott talvez achasse que ele os tinha encontrado. Via claramente que o dom exigia cautela e atenção durante o uso, mas, até onde via, a dificuldade de dominar o dom não seria muito maior do que o que enfrentara ao aprender a andar de bicicleta. Talvez tenha sido tal analogia, assim quanto a sensação de que não seria mais bem-vindo no Long Dragon, que o fez sair depois do jantar, seguindo pela alameda além da fábrica de gás, para ensaiar alguns milagres em particular.

Havia talvez uma certa ausência de originalidade nas tentativas, pois, além da força de vontade, o sr. Fotheringay não era um homem muito excepcional. O milagre do cajado de Moisés lhe veio à mente, mas a noite estava escura, o que não favorecia muito o controle adequado de serpentes miraculosas. Lembrou-se então da história de "Tannhauser" que lera no verso do programa da filarmônica. Aquilo lhe pareceu particularmente atraente e inofensivo. Ele fincou a bengala — modelo Poona-Penang Lawyer — na relva que margeava a trilha, e comandou que a madeira seca deveria florescer. O ar imediatamente foi tomado pelo cheiro de rosas e, com um fósforo, viu com os próprios olhos que realmente tinha conseguido realizar aquele lindo milagre. A satisfação foi interrompida pelo som de passos se aproximando. Temendo a descoberta prematura dos novos poderes, dirigiu-se rapidamente à bengala e disse:

— Volta.

O que queria dizer era "Volta ao que era", mas é claro que o comando ficou confuso. A bengala voltou com uma velocidade considerável e logo sr. Fotheringay ouviu um grito de raiva e um palavrão da pessoa que se aproximava.

— Em quem achas que estás atirando galhos, seu energúmeno? — perguntou uma voz. — Acertaste minha canela.

— Peço que me desculpe, amigão — disse sr. Fotheringay.

Mas percebendo a natureza estranha da explicação, passou a mão nervosamente pelo bigode. Viu Winch, um dos três policiais de Immering, aproximando-se.

— O que queres dizer com isto? — perguntou o policial. — Ah! És tu, não és? O sujeito que quebrou o lampião no Long Dragon!

— Não foi por querer — respondeu sr. Fotheringay. — Não mesmo.

— E por que o fizeste, então?

— Ah, céus! — exclamou sr. Fotheringay.

— Pois sim! Tu não sabes que uma paulada dói? Por que o fizeste?

Por um instante, sr. Fotheringay não conseguiu pensar no motivo de ter feito aquilo. O silêncio pareceu irritar o sr. Winch.

— Mas tu atacaste um policial desta vez. Foi isso que fizeste.

— Ora, sr. Winch — começou sr. Fotheringay com tom de irritação e confusão. — Sinto muito, mas o fato é que...

— O quê?

Não conseguiu pensar em nada para dizer, além da verdade.

— Eu estava tentando fazer um milagre. — Tentou falar de forma casual, como se nada fosse, mas tentar e conseguir são coisas diferentes.

— Fazer um...! Minha nossa, não me venhas com besteiras. Fazer um milagre! Pois sim! Não eras tu o camarada que não acreditavas em milagres... O fato é que este é outro dos seus truques idiotas de conjuração... Agora chega. Vou te dizer...

Mas o sr. Fotheringay não chegou a ouvir o que o sr. Winch estava dizendo. Percebeu que tinha se entregado e revelado o valioso segredo para os quatro ventos. Uma onda violenta de irritação o fez entrar em ação. Voltou-se para o policial e, com rapidez e decisão, disse:

— Acho que já ouvi o bastante. Isso sim! Vou te mostrar um truque tolo de conjuração. É o que vou fazer. Vai-te para o inferno! Vai-te agora mesmo!

E sr. Fotheringay se viu sozinho!

Não realizou mais nenhum milagre naquela noite, nem se importou de ver o que tinha acontecido com a bengala florida. Voltou para a cidade, temoroso e silencioso, seguindo direto para o quarto.

— Senhor! — disse ele. — Este é um dom poderoso, um dom deveras poderoso. Eu não queria realmente aquilo. Não de verdade... Gostaria de saber como o inferno é!

Sentou-se na cama e tirou as botas. Tomado por um pensamento feliz, decidiu transferir o policial para São Francisco, e, sem nenhuma outra interferência do assunto, foi para a cama. Durante o sono, sonhou com o raivoso Winch.

No dia seguinte, sr. Fotheringay ouviu duas novidades interessantes: alguém tinha plantado a mais linda roseira perto da casa do velho sr. Gomshott na rua Lullaborough, e que o rio até Raling's Mill deveria ser dragado nas buscas pelo policial Winch.

Sr. Fotheringay passou o dia retraído e perdido em pensamentos, sem realizar nenhum milagre, a não ser pelo envio de algumas provisões para Winch e o milagre de concluir suas obrigações de trabalho de forma pontual e perfeita apesar do turbilhão de pensamentos. E o estado retraído e pensativo foi notado por várias pessoas e virou motivo de chacota. Mas, na maior parte do tempo, ele estava pensando em Winch.

No domingo à tarde, ele foi até a capela e, por mais estranho que parecesse, o sr. Maydig, que tinha certo interesse nas ciências ocultas, fez justamente um sermão sobre "coisas que não respeitam as leis da natureza". Sr. Fotheringay não costumava ir à igreja, mas o sistema de ceticismo assertivo, o qual já mencionei antes, estava deveras abalado depois de tudo que tinha acontecido. O teor do sermão lançou uma luz totalmente nova sobre os dons recém-descobertos, e ele sentiu um ímpeto de consultar o sr. Maydig logo após a missa. Assim que tomou a decisão, ficou se perguntando por que não fizera aquilo antes.

Sr. Maydig, um homem magro e animado, com pulsos e pescoço notavelmente longos, ficou grato com o pedido de uma conversa particular com um jovem cujo desinteresse descuidado em assuntos religiosos provocava comentários por toda a cidade. Depois de algumas delongas necessárias, sr. Maydig conduziu o sr. Fotheringay até o seu escritório na paróquia, o qual ficava convenientemente ao lado da área de dispersão, indicando um lugar para ele se sentar. Sr. Maydig permaneceu de pé, diante de uma lareira acesa, com as pernas formando uma sombra arqueada na parede em frente, e solicitou que ele dissesse do que queria tratar.

No início, o sr. Fotheringay ficou um pouco constrangido, sentindo dificuldade de abordar o assunto.

— Suspeito que não vais acreditar, mas... — mas não conseguiu seguir e fez mais algumas tentativas semelhantes por um tempo. Por fim, optou por pedir a opinião do sr. Maydig acerca dos milagres.

O sr. Maydig, ainda estava dizendo "Muito bem", em um tom bastante crítico, quando o sr. Fotheringay o interrompeu novamente:

— Suponho que não creias que uma pessoa comum, como eu, por exemplo, sentado aqui agora, talvez possa ter algum tipo de deformação dentro de si que o torna capaz de fazer coisas usando apenas a força de vontade.

— É possível — respondeu o sr. Maydig. — Uma coisa desse tipo talvez seja possível.

— Se me permites ser bem direto aqui, creio que eu talvez devesse demonstrar através de um tipo de experimento — disse sr. Fotheringay. — Vejamos... vamos pegar esse pote de tabaco sobre a mesa. O que eu quero saber é se o que estou prestes a fazer com ele é um milagre ou não. Só alguns segundos, sr. Maydig, por favor.

Sr. Fotheringay franziu as sobrancelhas, apontou para o pote de tabaco e disse:

— Transforma-te em um vaso de violetas.

E o pote de tabaco assim se transformou.

Sr. Maydig ficou bastante assustado e permaneceu imóvel olhando do taumaturgo para o vaso de flores. Não disse nada, apenas se aventurou a se inclinar sobre a mesa e cheirar as violetas. Eram recém-colhidas e de boa qualidade. Então, olhou par ao sr. Fotheringay e perguntou:

— Como fizeste isso?

Sr. Fotheringay puxou as pontas do bigode.

— Eu só ordenei, e aí está. Trata-se de um milagre, de magia negra ou do quê? E o que achas que pode haver de errado comigo? Era isso que eu queria perguntar.

— É um evento deveras extraordinário.

— E há uma semana eu não fazia ideia de que eu poderia realizar tais feitos. Tudo aconteceu de forma repentina. Creio que existe algo estranho com minha força de vontade, e é tudo que sei.

— Isso é... a única coisa? Ou podes fazer outras coisas além dessas?

— Decerto que sim! — respondeu sr. Fotheringay. — Qualquer coisa, na verdade. — Ele parou para pensar e, de repente, se lembrou de um show de mágica que tinha visto. — Já sei! — Ele apontou. — Transforma-te em um aquário... Não, não, não isso. Transforma-te em um aquário cheio de água e um peixinho dourado nadando. Ah, bem melhor! Viu isto, sr. Maydig?

— Impressionante. Incrível. Ou o senhor é o mais extraordinário... Mas não...

— Eu poderia transformar em qualquer coisa — afirmou sr. Fotheringay. — Aqui! Transforma-te em um pombo.

Em um instante, um pombo azulado estava voando pela sala fazendo com que o sr. Maydig se encolhesse toda vez que o pássaro se aproximava dele.

— Para bem aí — ordenou o sr. Fotheringay, e o pombo ficou pairando, imóvel, no ar. — Eu poderia fazê-lo se transformar novamente em um vaso de flores — disse ele, colocando o pombo sobre a mesa para fazer outro milagre. — Ou talvez o senhor queira fumar seu cachimbo — disse ele, restaurando o pote de tabaco.

O sr. Maydig seguiu todas aquelas alterações em um tipo de silêncio ejaculatório. Ficou olhando atentamente para o sr. Fotheringay e, com todo cuidado, pegou o pote de tabaco e o examinou, antes de colocá-lo de volta na mesa.

— Pois muito bem! — Foi tudo que ele conseguiu dizer para expressar seus sentimentos.

— Agora, depois disso, fica mais fácil explicar por que vim até aqui — disse sr. Fotheringay.

O que se seguiu foi uma narrativa longa e envolvente sobre suas estranhas experiências, começando com o ocorrido no Long Dragon e complexas alusões persistentes a Winch. À medida que prosseguia, o orgulho efêmero provocado pela consternação do sr. Maydig passou; e ele se tornou o sr. Fotheringay, um camarada bem comum do dia a dia. O sr. Maydig ouvia a tudo com atenção, segurando o pote de tabaco e sua expressão mudando muito pouco no decorrer do relato. No momento, enquanto o sr. Fotheringay narrava o milagre do terceiro ovo, o ministro o interrompeu com um gesto da mão, enquanto dizia:

— Tudo é possível. Tudo é crível. É assombroso, é claro, mas resolve algumas grandes dificuldades. O poder de realizar milagres é um dom... uma qualidade peculiar, como a de um gênio ou a de um vidente... E, dessa forma, isso só acontece de forma rara e com pessoas excepcionais. Mas, nesse caso... Eu sempre me perguntei sobre os milagres de Maomé e os milagres de Madame Blavatsky. Mas é claro! Sim, sim, era apenas um dom! Ele reproduz bem os argumentos daquele grande pensador... — a voz do sr. Maydig fica mais baixa — ... sua alteza o Duque de Argyll. Estamos tratando aqui de algumas leis mais profundas... Mais profundas do que as leis comuns da natureza. É isso. Pode prosseguir, por favor!

O sr. Fotheringay relatou o desfortúnio com Winch, e o sr. Maydig não mais assombrado nem temeroso começou a sacudir os braços enquanto soltava algumas interjeições.

— E é isso que me deixa mais preocupado — continuou sr. Fotheringay. — Minha agitação se deve a isso e preciso de um conselho. É claro que ele agora está em São Francisco... onde quer que São Francisco seja... mas é claro que é estranho para nós dois, como bem podes ver, sr. Maydig. Não sei como ele possa compreender o que aconteceu. Atrevo-me até a dizer que ele deve estar com medo e deveras exasperado com tudo e tentando chegar até mim. Atrevo-me também a dizer que ele deve estar tentando vir para cá. E eu o mando de volta, por milagre, depois de algumas horas, quando penso nisso. E é claro que isso é uma coisa que ele não há de compreender e isso vai deixá-lo ainda mais irritado. E é claro se ele sempre comprar uma passagem para voltar, vai gastar muito dinheiro. Eu fiz o melhor que pude por ele, mas é claro que é difícil de ele se colocar no meu lugar. Eu pensei depois que as roupas dele deveriam estar queimadas, sabe? Se o inferno é tudo que deveria ser, antes de eu tê-lo mudado de lugar. Nesse caso, creio que o prenderam em São Francisco. É claro que desejei a ele um novo conjunto de roupas diretamente para ele. Mas, como podes ver, já estou emaranhado nisso tudo...

Sr. Maydig parecia sério.

— Vejo bem como estás emaranhado. Sim, trata-se de uma posição difícil. Como podes terminar com isso... — Ele deixou a frase difusa e sem conclusão. — No entanto, deixemos Winch de lado por um tempo e vamos discutir a questão mais ampla. Não creio que este seja um caso de magia negra nem nada do tipo. Não creio que haja nada de criminoso no seu dom, sr. Fotheringay... nadinha mesmo, a não ser que estejas suprimindo algum fato. Não, estamos falando de milagres, os mais puros milagres. Milagres estes, se me permites dizer, são do mais alto nível.

Ele começou a andar de um lado para o outro no tapete, gesticulando, enquanto o sr. Fotheringay permanecia sentado com o braço apoiado na mesa e a cabeça apoiada na mão, com expressão preocupada.

— Não sei o que fazer em relação a Winch — disse ele.

— Um dom de fazer milagres. Ao que tudo indica, um dom muito poderoso — disse sr. Maydig. — Vamos encontrar uma forma de resolver a questão de Winch, não temas. Meu caríssimo senhor, tu és um homem deveras importante, um homem com as mais incríveis possibilidades. Como evidência, por exemplo! E as coisas que podes fazer...

— Sim, eu pensei em uma ou duas coisas — disse o sr. Fotheringay. — Mas algumas coisas saíram um pouco tortuosas. Viste aquele primeiro peixe? O aquário errado e o tipo errado de peixe. E eu achei melhor perguntar para alguém.

— Sim, agiste certo — concordou sr. Maydig. — Muito certo, na verdade. Certíssimo. — Ele parou e olhou para o sr. Fotheringay. — É praticamente um dom ilimitado. Vamos testar seus poderes para vermos se realmente são... Se realmente são tudo que parecem ser.

Então, por mais incrível que pareça, no escritório da casinha atrás da capela congregacional, na noite de domingo, 10 de novembro de 1896, o sr. Fotheringay, estimulado e inspirado pelo sr. Maydig, começou a fazer milagres. Chamamos a atenção do leitor especificamente para a data em questão. Ele talvez faça objeções, talvez já até as tenha feito, afirmando que certos pontos da história são improváveis, que se qualquer coisa do tipo que já descrevi realmente tivesse ocorrido, teriam sido publicadas em todos os jornais no ano passado. Os detalhes que se seguem são particularmente difíceis de aceitar porque, entre outras coisas, envolvem a conclusão de que o leitor ou a leitora em questão deve ter sido morto ou morta de forma violenta e sem precedentes mais de um ano atrás. Agora, um milagre não é nada além de improvável e, na verdade, o leitor realmente foi morto de forma violenta e sem precedentes há um ano atrás. No curso subsequente desta história que ficará perfeitamente clara e crível, como qualquer leitor razoável e lúcido há de concordar. Mas ainda não chegou o momento para o fim da história, sendo esta apenas uma pequena interferência no meio. E, no início, os milagres que o sr. Fotheringay realizou eram milagrezinhos tímidos, transformações de coisinha como xícaras, enfeites de sala, tão medíocres quando os milagres dos teósofos, e, por mais medíocres que fossem, recebiam toda a admiração do seu colaborador. Ele teria preferido resolver a questão com Winch, mas o sr. Maydig não permitia. No entanto, depois de ter realizado uns dez milagres domésticos triviais, o senso de poder começou a crescer, e a imaginação, a dar sinais de estímulo, e a ambição, aumentar. O primeiro empreendimento de maior magnitude ocorreu por causa da fome e da negligência da sra. Minchin, a criada do sr. Maydig. A refeição que o ministro serviu para o sr. Fotheringay decerto foi malfeita e era deveras pouco convidativa, um simples refresco para dois habilidosos trabalhadores de milagres; mas eles estavam sentados, e o sr. Maydig estava reclamando mais com pesar do que com raiva das deficiências da criada, antes que ocorresse ao sr. Fotheringay que estava diante de uma excelente oportunidade.

— Sr. Maydig, se me permites uma liberdade, o senhor não acha...

— Meu caro, sr. Fotheringay, mas é claro! Não... Eu nem pensei.

Sr. Fotheringay fez um aceno com a mão.

— E o que teremos? — perguntou ele, em um espírito largo e inclusivo e, a pedido do sr. Maydig, ele revisou todo o cardápio do jantar. — Quanto a mim — disse ele observando as escolhas do sr. Maydig —, sempre gostei muito de uma boa caneca de cerveja e uma torrada à galesa, e é isso que vou pedir. Não sou muito chegado a vinho da Borgonha.

E assim, um prato de torradas à galesa e uma caneca de cerveja apareceram ao seu comando. Eles jantaram juntos, conversando como iguais, como bem percebeu o sr. Fotheringay, com um brilho de surpresa e gratidão por todos os milagres que poderiam realizar.

— E veja só, sr. Maydig — disse o sr. Fotheringay. — Eu talvez possa ajudá-lo em uma situação doméstica.

— Não entendi bem o que quer dizer — comentou sr. Maydig, servindo-se de mais uma taça do miraculoso vinho envelhecido de Borgonha.

Sr. Fotheringay se serviu de mais uma torrada à galesa e deu uma garfada, antes de dizer:

— Eu estava pensando que eu talvez possa (*nhac-nhac*) fazer (*nhac-nhac*) um milagre com a sra. Minchin (*nhac-nhac*) para transformá-la em uma mulher melhor.

Sr. Maydig colocou a taça na mesa e pareceu indeciso.

—Ela... Ela se opõe veementemente a qualquer interferência, sr. Fotheringay. E... na verdade, já passa das onze horas da noite e ela já deve estar até dormindo. Achas, no grande...

Sr. Fotheringay considerou as objeções.

— Não vejo por que o milagre não funcionaria durante o sono dela.

Por um tempo, o sr. Maydig se opôs à ideia, e, então cedeu. Sr. Fotheringay deu suas ordens e, com talvez um pouco menos de tranquilidade, os dois cavalheiros continuaram a refeição. Sr. Maydig demonstrava uma expectativa exagerada nas mudanças que talvez pudesse encontrar na sua criada no dia seguinte, com um otimismo que pareceu até mesmo para o sr. Fotheringay um um pouco forçado e febril, quando uma série de ruídos confusos começaram a soar no andar de cima. Eles trocaram um olhar de dúvida, e o sr. Maydig saiu da sala apressado. Sr. Fotheringay o ouviu chamar a criada e, então, seus passos caminhando levemente em direção a ela.

Em pouco mais de um minuto, o ministro voltou com passos leves e expressão radiante.

— Que maravilha! — exclamou. — E que emoção! Que emoção!

Ele começou a caminhar de um lado para o outro no tapete diante da lareira.

— Um arrependimento, um arrependimento deveras emocionante pela abertura da porta. Pobre mulher! Que mudança maravilhosa! Ela se levantou. Deve ter acordado imediatamente. Ela se levantou para quebrar um garrafa escondida de uísque que ficava em uma caixa. E para confessar... Mas isso nos dá uma incrível visão das possiblidades que se abrem. Se conseguimos fazer essa mudança milagrosa nela...

— Essa coisa parece ilimitada, ao que tudo indica — disse o sr. Fotheringay. — E quanto ao sr. Winch...

— Completamente ilimitada.

E ali do tapete diante da lareira, o sr. Maydig deixou a dificuldade de Winch de lado, e apresentou uma série de propostas maravilhosas... Propostas que ia inventando conforme falava.

Mas o que tais propostas eram não tem nada a ver com os fundamentos desta história. Basta dizer que eram designadas em um espírito de infinita benevolência, o tipo de benevolência que costumava ser chamada de pós-prandial. Basta dizer também que o problema de Winch continuou sem solução. Também não é necessário descrever até onde aquelas propostas chegaram à conclusão. Houve mudanças extraordinárias. A madrugada encontrou o sr. Maydig e o sr. Fotheringay correndo pela praça fria do mercado sob o luar, em um tipo de êxtase da taumaturgia. Sr. Maydig esbelto e com gestos amplos, sr. Fotheringay atarracado e cheio de energia, e não mais vexado com a própria grandeza. Eles emendaram todos os bêbados da divisão parlamentar, trocaram toda a cerveja e bebidas alcoólicas por água (sr. Maydig indeferiu o sr. Fotheringay quanto a isso); eles ganharam uma estrada de ferro melhor, drenaram o pântano Flinder, melhoraram a qualidade do solo na fazenda One Tree Hill, e curaram a verruga do vigário. E estavam a caminho de ver o que poderiam fazer com o píer arruinado em South Bridge.

— Esse lugar não será o mesmo amanhã.— disse sr. Maydig ofegante — Imagine como todos ficarão surpresos e gratos amanhã!

E foi nesse momento que o relógio da igreja badalou as três horas da manhã. O sr. Fotheringay disse:

— Já são três horas! Melhor eu voltar para casa. Tenho que estar no trabalho às oito! Além disso, a sra. Wimms...

— Só estamos começando — retrucou o sr. Maydig, totalmente encantando com aquele poder infinito. Só estamos começando. Pense em todo o bem que estamos fazendo. Quando as pessoas acordarem...

— Mas... — disse o sr. Fotheringay.

O sr. Maydig agarrou o braço do sr. Fotheringay de forma repentina. Os olhos estavam brilhantes e agitados.

— Meu querido camarada — disse ele. — Não é preciso ter pressa. Olhe! — Ele apontou para a lua no zênite. — Josué!

— Josué? — perguntou sr. Fotheringay.

— Sim. Por que não? Detenha a lua como ele fez.

Sr. Fotheringay olhou para a lua.

— Acho que é um pouco longe demais — disse ele depois de uma pausa.

— Por que não? — perguntou sr. Maydig. — É claro que ela não para. Você pode parar a rotação da Terra, sabe. O tempo para. Não é como se estivéssemos fazendo algum mal.

— Hum! — respondeu o sr. Fotheringay. — Pois muito bem. — Ele suspirou. — Vou tentar. Aqui...

Ele abotoou o casaco e se dirigiu para o globo habitável com convicção no próprio poder.

— Desejo que pare de girar — disse o sr. Fotheringay.

Na hora, ele começou a flutuar pelo ar a dezenas de quilômetros por minuto. Em vez dos círculos incontáveis que ele estava descrevendo por segundo, e ele pensou, pois o pensamento é uma verdadeira maravilha: às vezes tão lento quanto o piche fluindo, às vezes tão instantâneo quanto a luz. Ele pensou em um segundo, e desejou: "Deixe-me descer são e salvo. Aconteça o que acontecer, deixe-me descer são e salvo".

Desejou apenas uma vez, pois suas roupas, aquecidas pelo voo rápido pelo ar já estavam começando a queimar. A decida foi violenta, mas não o machucou quando ele pousou no que parecia ser um monte de terra recém-revirada.

Uma grande construção de metal e alvenaria, extraordinariamente parecida com a torre do relógio no meio da praça do mercado, atingiu a terra perto dele, ricocheteou sobre ele e voou contra outras construções, como uma bomba explodindo. Uma vaca foi atingida por um grande bloco e esmagada como um ovo. Houve uma colisão que fez todas as colisões mais violentas de sua vida anterior parecerem o som de terra caindo, e isso foi seguido por uma série de colisões menores. Um vento forte rugia por toda a Terra e todos os Céus, então ele quase não conseguia levantar a cabeça para olhar. Por um tempo, ficou tão surpreso e ofegante para ver onde estava ou entender o que tinha acontecido. E seu primeiro movimento foi tocar a cabeça para se assegurar de que seu cabelo ainda era dele.

— Meu Deus! — Sr. Fotheringay ofegou, quase sem conseguir falar por um tempo. — Que susto! O que foi que deu errado? Tempestades e trovões. E um minuto atrás era uma noite agradável. Foi Maydig que me fez fazer isso. Que ventania! Se eu continuar agindo assim, vou acabar causando algum acidente grave...! Onde está Maydig? Que baita confusão está aqui!

Ele olhou em volta, o máximo que a casaca permitia. A aparência das coisas era realmente estranha.

— O céu está certo de alguma forma — disse o sr. Fotheringay. — E essa é a única coisa que está certa. E mesmo ali está uma ventania terrível. Mas lá está a lua, exatamente como antes. Brilhante como o meio-dia. Mas quanto ao resto... Onde está o vilarejo? Onde... onde está tudo? E o que foi que fez este vento começar a soprar? Eu não ordenei nenhum vento.

O sr. Fotheringay se esforçou para ficar de pé, mas foi em vão e, depois de uma tentativa fracassada, continuou de quatro, se segurando. Observou o mundo iluminado pelo luar e açoitado pelo vento, com a cauda da casaca voando acima da cabeça.

— Tem alguma coisa muito errada — disse o sr. Fotheringay. — E só Deus sabe o quê.

Na distância, não dava para ver nada na luz branca através da nuvem de poeira que se elevou diante da ventania ruidosa, além de montes de terra, escombros e ruínas. Nada de árvores, nada de casas, nada das formas conhecidas, só uma vastidão de desordem desaparecendo na escuridão sob as colunas e serpentinas rodopiantes, os relâmpagos e trovões de uma tempestade que se levantava rapidamente. Ao lado dele, sob a luz lívida havia algo que talvez um dia tivesse sido um olmeiro, uma massa esmagada de lascas e galhos estilhaçados até o tronco principal, e mais adiante uma massa retorcida de vigas de ferro, evidentemente o viaduto, se erguia no meio das ruínas confusas.

Veja você, quando o sr. Fotheringay fez a rotação da Terra parar, não fez nenhuma estipulação em relação às coisas sobre a superfície. E a Terra gira tão rápido que a superfície no seu equador viaja a mais de mil e quinhentos quilômetros por hora e, nessas latitudes a mais da metade dessa velocidade. Então, aquele vilarejo, o sr. Maydig, o sr. Fotheringay e tudo e todos foram lançados violentamente para frente a mais de cinquenta mil quilômetros por hora, ou seja, com muito mais violência do que se tivessem sido atirados de um canhão. E todo ser humano, todo ser vivo, toda casa e toda árvore, todo o mundo como o conhecemos, foi lançado, esmagado e completamente destruído. Isso foi tudo.

É claro que o sr. Fotheringay não sabia de tudo isso. Mas conseguiu perceber que seu milagre tinha desandado e, com isso, começou a sentir um grande desgosto em relação aos milagres. Estava no escuro agora, pois as nuvens tinham se unido, bloqueando seu vislumbre momentâneo da lua, e o ar foi tomado de granizo. O vento rugia e as águas enchiam a terra e o céu, e espiando sob sua mão através da poeira e granizo, viu pela luz dos relâmpagos um enorme paredão de água prestes a cair na sua direção.

— Maydig! — berrou o sr. Fotheringay com uma voz fraca no meio dos barulhos da natureza. — Aqui! Maydig!

E, então, o sr. Fotheringay gritou para o paredão de água que avançava:

— Pare! Ah, pelo amor de Deus, pare!

E para os raios e trovões ele pediu:

— Só um minuto. Parem por um minuto para que eu possa pensar... E agora, o que devo fazer? — perguntou ele. — O que devo fazer? Deus! Eu bem que gostaria que Maydig estivesse aqui.

— Eu sei — disse o sr. Fotheringay. — E pelo amor de Deus, vamos fazer o certo dessa vez.

Ele continuou de quatro, contra o vento, com a intenção de fazer tudo certo.

— Ah! — disse ele. — Não permita que nada do que eu ordene aconteça até eu dizer "Agora..." — Nossa! Gostaria de ter pensado nisso antes!

Ele ergueu a voz contra o vento, gritando cada vez mais alto no desejo vão de ouvir o que estava dizendo.

— Agora, então! Lá vai! Preste atenção no que vou dizer. Em primeiro lugar, quando tudo que eu tiver dito estiver feito, permita que eu perca esse poder miraculoso, permita que minha vontade seja igual a de todo mundo, e todos esses milagres perigosos parem. Não gosto deles. Eu preferia não os ter usado. Nunca. Essa é a primeira coisa. A segunda é, permita que volte a um pouco antes de todos os milagres começarem; que tudo volte a ser como antes de aquele bendito lampião virar de cabeça para baixo. É um trabalhão, mas é o último. Entendeu? Nada mais de milagres e tudo como era antes, eu de volta ao Long Dragon exatamente como antes de eu tomar minha cerveja. É isso! Sim.

Ele fincou os dedos na terra, fechou os olhos e disse:

— Agora!

Tudo ficou perfeitamente imóvel. Ele percebeu que estava de pé.

— É o que dizes — disse uma voz.

Ele abriu os olhos. Estava no Long Dragon, argumentando sobre milagres com o Toddy Beamish. Tinha uma sensação vaga de que tinha se esquecido de algo grandioso, mas ela logo passou. Veja só, a não ser pela perda dos poderes miraculosos, tudo voltou a ser como era antes; dessa forma, sua mente e sua lembrança eram agora exatamente como tinham sido quando a história começou. De forma que ele não sabia absolutamente nada sobre tudo que aqui foi contado, não sabe nada até hoje. E entre outras coisas, é claro, ele ainda não acredita em milagres.

— Pois eu lhe digo que milagres propriamente ditos não podem acontecer — disse ele. — E estou preparado para provar.

— É o que pensas — retrucou Toddy Beamish. — Proves se for capaz.

— Pois bem, sr. Beamish — disse o sr. Fotheringay. — É melhor termos uma boa compreensão do que consiste um milagre. É algo contrário ao curso da natureza, feito a partir da força de vontade... ✦

Este livro foi impresso na fonte
Artigo em papel Pólen® Bold 70g/m²
pela gráfica Ipsis.

Os papéis utilizados nesta edição provêm
de origens renováveis. Nossas florestas
também merecem proteção.